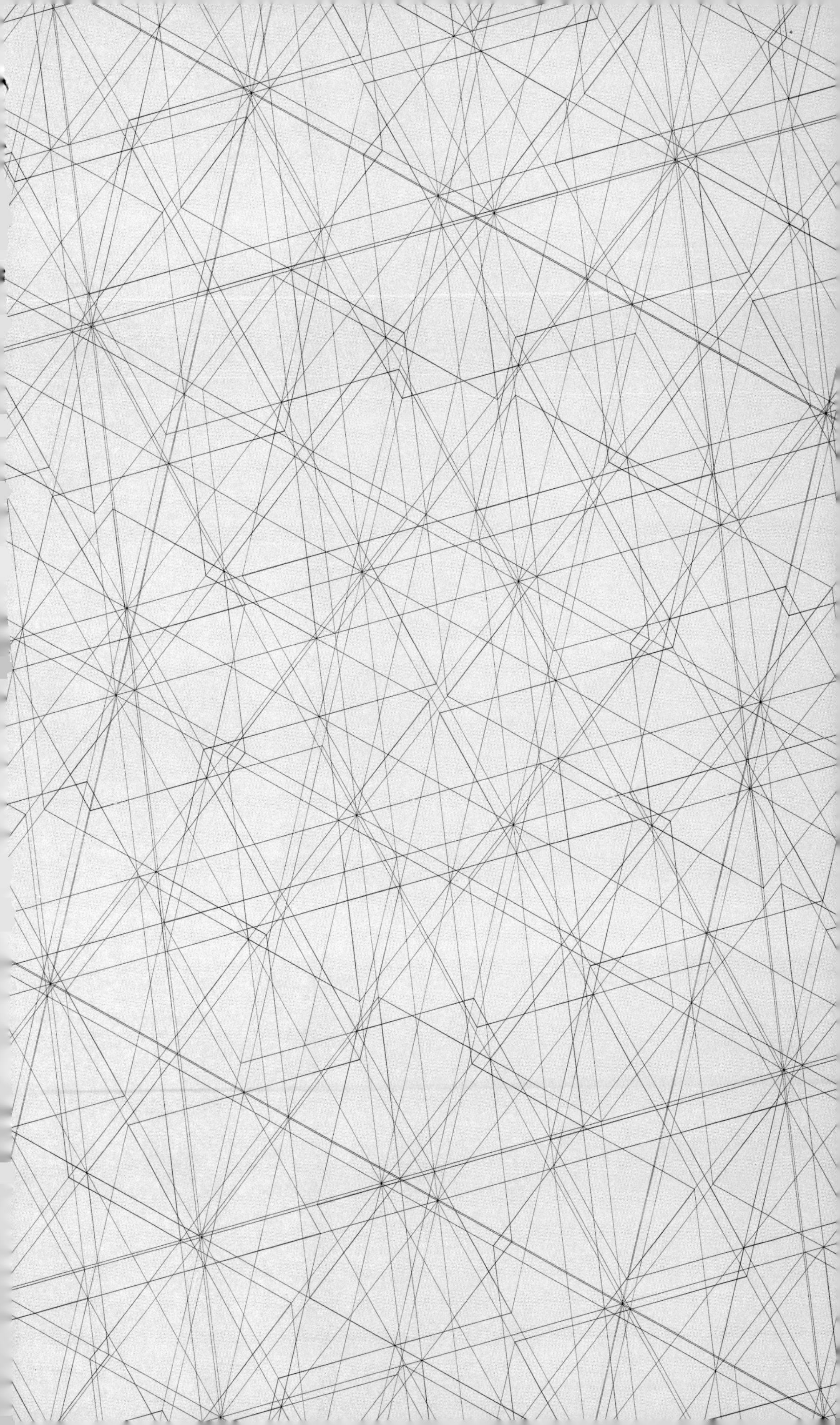

英华学者文库

文史互观

——虞建华学术论文自选集

虞建华 著

An Intertextual Reading of Literature and History:

Selected Essays of Yu Jianhua

高等教育出版社·北京

内容简介

本书收录了虞建华教授自选的13篇文章，以美国文学的历史、文化研究为主，如历史事件的小说再现、历史语境中的小说透析和美国文学史论方面的课题，强调文学作品的社会语境和外延性指涉，在文史互观、互动中解读作品的意义。这些文章分设于"'非常'历史与文学审视""历史语境与小说解读""文学史论与问题再探"和"当代文学与前沿思考"四个部分中，每个部分前附有简要的述评性导言。

英华学者文库

总 序

27年前，在吕叔湘、柳无忌等前贤的关心和支持下，中国英汉语比较研究会获得民政部和教育部批准成立。经过几代人的不懈努力，如今，研究会规模不断扩大，旗下二级机构已达29家，其发展有生机勃勃之态势。研究会始终保持初心，秉持优良传统，不断创造和发展优良的研究会文化。这个研究会文化的基本内涵是：

> 崇尚与鼓励科学创新、刻苦钻研、严谨治学、实事求是、谦虚谨慎、相互切磋、取长补短，杜绝与反对急功近利、浮躁草率、粗制滥造、弄虚作假、骄傲自大、沽名钓誉、拉帮结派。

放眼当今外语界，学术生态受到严重污染。唯数量、唯“名刊”、唯项目，这些犹如一座座大山，压得中青年学者透不过气来。学术有山头，却缺少学派，这是一个不争的事实。在学术研究方面，理论创新不够，研究方法阙如，写作风气不正，作品细读不够，急功近利靡然成风，这一切导致草率之文、学术垃圾比比皆是，触目惊心，严重影响和危害了中国的学术生态环境，成为阻挡中国学术走向世界的障碍。如何在中国外语界、对外汉语教学界树立一面旗帜，倡导一种优良的风气，从而引导中青年学者认真探索、严谨治学，这些想法促成了我们出版“英华学者文库”。

“英华学者文库”的作者是一群虔诚的“麦田里的守望者”。他们在自己的领域里，几十年默默耕耘，淡泊处世，不计名利，为的是追求真知，寻得内心的澄明。文库的每本文集都收入作者以往发表过的10余篇文章，凝聚了学者一生之学术精华。为了便于阅读，每本文集都会分为几个相对独立的部分，每个部分都附有导言，以方便读者追寻作者的学术足迹，了解作者的心路历程。

我们希望所有收入的文章既有理论建构，又有透彻的分析；史料与语料并重，让文本充满思想的光芒，让读者感受语言文化的厚重。

我们整理出版“英华学者文库”的宗旨是：提升学术，铸造精品，以学彰德，以德惠学。我们希望文库能在时下一阵阵喧嚣与躁动中，注入学术的淡定和自信。“随风潜入夜，润物细无声”，我们的欣慰莫过于此。

我们衷心感谢高等教育出版社为本文库所做的努力。前10本即将付梓，后20本也将陆续推出。谨以此文库献礼中国共产党建党100周年！

中国英汉语比较研究会会长　罗选民

2021年1月5日

自　序

我把在“文化大革命”中“上山下乡”到安徽农村插队落户的经历称作“土插队”，把后来几年到英国攻读博士学位的经历称作“洋插队”。两次“插队”各三年半时间，都是我人生经历中重要的时段。“土插队”是接地气的几年，让我比较深入具体地了解了中国农村社会；“洋插队”有点高大上，让我“一本正经”地开始了外国文学研究，走上了“做学问”的道路。与文学结缘从“土插队”开始。在农村时，由于各种机遇和巧合，我参加了安徽阜阳地区群众文化馆的创作班，为群众演出写一些小剧本，后来又有机会到安徽合肥参加省文学创作学习班，由几名“工农作家”为我们讲授小说和诗歌创作。当时“文革”尚未结束，写的虽然是想象作品，但多为口号教条式的东西。不管怎样，由此我开始了某种广义的“文学书写”，走上了文学创作、教学、研究和翻译的漫漫长路。

1973年，我获得了推荐上大学的机会，来到上海外国语学院（今天的上海外国语大学）英语系就读。我在中学时学的是俄语，英语自学过几天，起点很低，但我读书非常勤奋。用“非常勤奋”来描述那几年的努力，我问心无愧。我不会用同样的词语来评价自己后来的几十年——尽管别人也常常会这么说。当时年纪轻，吃惯了苦，加之年轻人求知若渴的“拼搏”心态，几年中自感长进不小。我自然而然地对英语文学产生了兴趣，阅读偏重文学性的作品，尤其是英美文学经典。

大学毕业留校任教数年后，我又迎来了“洋插队”的机会。1987年，我获得香港包玉刚出资设立的“中英友好奖学金”，次年前往由英国文化委员会为我选定的东安格利亚大学就读博士。安格利亚（Anglia）是“英格兰”的古旧写法，因此校名也常被中译为“东英格兰大学”。同批同机前往英国的，还有现任教于华南农业大学的黄国文教授。“洋插队”让我看到了不同的世界，体验了不同的文化，得到了所需的学术训练。赴英国之前，我的第一本书稿《20部美国小说名著评析》已经交给了上海外语教育出版社，我也向诸如《上海师范大学学报》之类的刊物投稿发表文章。当时我没有寻求指导，自己摸索着匆匆上路。不过20世纪80年代的文学研究，仍多以引介为主，一般都缺乏今天学界要求的深度，我的那些文字尤其如此。但是毕竟文字见诸书刊，车辆启动了，开始了至今仍无法“刹车”的40年漫长学术旅程。

有人说，最理想的职业是做自己喜欢的事。按此标准，我想我应该属于这幸运的一族。我喜欢读文学作品，喜欢摆弄文字，喜欢思考和探讨一些问题，喜欢与学生交往，更喜欢工作时间上的相对自由。总工作时间肯定是超量的，我可以许多天持续伏案劳作，也可以放松心情，仰望蓝天。这样的向往很快便成为一种难得的奢侈。我从1992年开始担任自己并不擅长也无甚兴趣的院、系主要领导工作，占去了我40余年高校从教生涯的将近一半。我自嘲为“教书匠”，在内心深处从来只把自己当作教师，把当系主任和院长视为“本分”之外的兼职工作。平心而论，这项“兼职”对我锻炼很大，有很多无形的收获，但对时间的侵吞，对精力的耗损，是我为之付出的巨大代价。

1997年，我开始招收博士生。身边有了博士生和博士后，我这个“单干户”和大家组成了学术团体，我们互动交流、学习探讨，有了更好的气氛。除了常规的学习和博士文章撰写，他们也参与我的科研，我们合作出版了如《美国文学的第二次繁荣》《美国文学辞典·作家与作品》《美国文学大辞典》等对学界还算有些影响和价值的东西。

我从一而终，上海外国语大学忙碌且充实的教学、科研、管理是我唯一的职业。一门接一门的课程，上完又设；一批又一批的研究生，走了又来。一晃已经到了该“打扫战场”的时候——刀枪入库，马放南山，尽享退休后的闲情逸致。理论上虽如此，但学术生涯即便踩下刹车也无法完全制动，惯性依然强大，仍在拖着我前行。我知道减速慢行才是现实的对策。大学教龄已40余年，林林总总，积少成多，各类文章发表了不少。美国文学是我的研究主项，其他领域也略有涉猎，如英国和新西兰文学。我也写过关于翻译、外语教学、辞典编纂和修辞研究方面的文章，虽然也发表在核心刊物上，但多为心血来潮有感而发之作。已见诸刊物的文章也良莠不齐，有些文章我自认为有一定的见解和深度，也有些文章是思考不足而匆匆写就的。

这次承蒙举荐，入选《英华学者文库》系列，自成一集，由高等教育出版社出版，也算是某种形式的总结与归置。“文库”并不要求自选的文章聚焦于某一主题或领域，而希望作者择优而取，挑选最能代表个人学术水平和学术风格的文章。我从20世纪80年代开始发表一些文章，到今年年初在《当代外国文学》上刊发一篇，跨度30余年，关注点和兴趣点并非始终如一，代表性不易确定。经过思考选择之后，我按篇幅限定的字数挑出13篇，发现所选文章的内容尚有关联性。这些文章涉及的语境和时代、探讨的视角和重心都不相同，但整合在一本书中，感觉并不零散。我将这本自选集取名为“文史互观”，意在凸显文章涉及的历史与小说的互文关系和互文解读。书名也是主题，虽仅有四个字，但涵盖面不小，包括了三个关键词：文学（文）、历史（史）和互文研究（互观）。这三个词的组合，圈出了一个非常有趣、非常有意义的研究领域。收录的文章主要是美国文学研究方面的，唯一的例外是一篇讨论英国波兰裔作家康拉德的小说与南美殖民历史的文章，因为该文与本集的书名“文史互观”十分合拍。

传统的文史观将文学和历史视为一组二元对立：历史是真实可靠的，小说是虚构编造的。历史以真实性的权威不屑于文学，而文学强调其美学价值而轻慢历史。这样的状况在新历史主义批评实践中被扭转。作为新历史主义的主要理论建构者，海登·怀特首次将“历史”的概念分作两部分：一部分是本体论的历史，即历史本身，指过去发生的事情和存在的人物的总和；另一部分是知识论的历史，即我们平时所言及和讨论的历史，由记忆、记载、书籍、文献等承载，经过选择和剔除，重组而成。怀特指出，这个语言构建物不是那个物质性的历史存在本身，而在历史的文字铺陈中，书写者的意图必然灌注其中[1]。海登·怀特阐明了历史的语言学建构特质，认为它与文学一样，也是一种叙事，也就是说，历史被文本化了。而与此相对应的，文学文本也被赋予了承载历史的使命，可以言说、再现、评价历史，可以介入社会的知识体系，成为历史言说的一部分。新历史主义由此拉近了历史与小说的亲缘关系，历史与文学的关联性讨论被推上了学术前沿，为我们提供了通过"互观"发现意义的可能性。

自选集的文章中，没有一篇是直接讨论历史的——纯粹的历史研究在本人专业能力之外。文章大多是文学的历史研究或语境化的小说研究，都从文学入手，以文学为主，意在通过文学文本重访历史，重审历史，从历史文本与文学文本的互文解读中，看到历史的多面性和历史的相对深度。弗雷德里克·杰克逊·特纳在《历史的意义》一文中写道："每一个时代都试图建构自己的历史观。每一个时代都会以当下的状况为参照来重新书写过去的历史。"[2]这些书写者中间也包括小说家。小说家不是史学家，小说与历史不属于同一个话语体系，但是两者都不可避免地在书写文本中融入当下情怀、意识形态、个人立场和阐释意愿。小说家采用虚构的但更富直觉的叙述语言，由人物和故事寄寓意义，具有历史记载无法涵容的复杂性和开放性。本文集所选的大多数文章，都通过强调小说作者的书写意图，通过文史互观互鉴，解读两种叙事间的重叠和抵触，以获得新认识和新见解。从所选文章内容上看，它们之间少有关联，是不同视角下对若干不同主题的零碎思考，但大多数文章遵从了同样的文化史观和类似的逻辑模式，因此具有整体关联性。这些共享的成分融于文字之间，藏于结构之下，是讨论的认识基点，也是推演思辨展开的驱动力。

自选集中的这些文章反映了本人对文学历史主题的偏爱。尤其在最近十几

---

1 White H. Metahistory: the historical imagination in 19th-century Europe[M]. Baltimore: The John Hopkins University Press, 1973: 6-54.

2 Turner F J. The significance of history[M]// Edwards E. The early writings of Frederick Jackson Turner. Madison: University of Wisconsin Press, 1938: 41-68.

年中，与历史相关的文学研究，也确实是我的主要兴趣所在。选定的13篇文章分设成四部分，前三个都与历史有关：历史事件的小说再现、历史语境中的小说解读和美国文学史论方面的课题。最后一部分的三篇文章讨论当代文学，其实也与历史有所关联，但不是“回看”式的对历史书写进行讨论，而是“前瞻”式的从当代文学现象出发讨论文学发展的未来走势，比如，对身份问题的新认识，对后现代语境中现实主义/新现实主义小说前景的分析等，因此也可归入文学史研究的范畴。我相信文学的外延性指涉才是其真正的价值所在，因此大多数讨论将文学文本置入产生作品的历史的、政治的、社会的语境之中，让文、史互动，在两者的交叠与冲撞中，解读作品的意义。

能够入选文库，我感到荣幸之至。感谢罗选民教授的推荐，以及罗教授在选集编排原则、体例规范、标题栏目等多方面细致的规划。我尤其要感谢高等教育出版社为我提供的这个机会，感谢出版社编辑认真细致的工作和各方面建设性的意见。多年来，我一直得到高等教育出版社的帮助和支持，这次入选《英华学者文库》，再次受惠于高等教育出版社，感激之意，不胜言表。

虞建华

2020年秋

目　录

第一部分　“非常”历史与文学审视　1

导言　3
一　“萨柯事件”：文化语境与文学遗产　7
二　禁酒令与《了不起的盖茨比》　21
三　《五号屠场》：冯内古特的历史意识与政治担当　36
四　“女巫”赞歌：关于塞勒姆审巫案的两部当代历史小说评述　50

第二部分　历史语境与小说解读　67

导言　69
五　文学市场化与作为“精神自传”的《马丁·伊登》　73
六　读解《诺斯托罗莫》——康拉德表现历史观、英雄观的艺术手法　86
七　《海狼》的女性人物与杰克·伦敦的性别政治　97

第三部分　文学史论与问题再探　113

导言　115

八　“迷惘的一代”作家自我流放原因再探　119

九　现代主义和激进主义
——对峙背后的姻联　130

十　20 世纪二三十年代美国文学断代史研究小议　143

第四部分　当代文学与前沿思考　153

导言　155

十一　再议作家的族裔身份问题：本质主义与自由选择　159

十二　西方文论关键词：极简主义　175

十三　当今美国文坛两部社会小说的文外解读　187

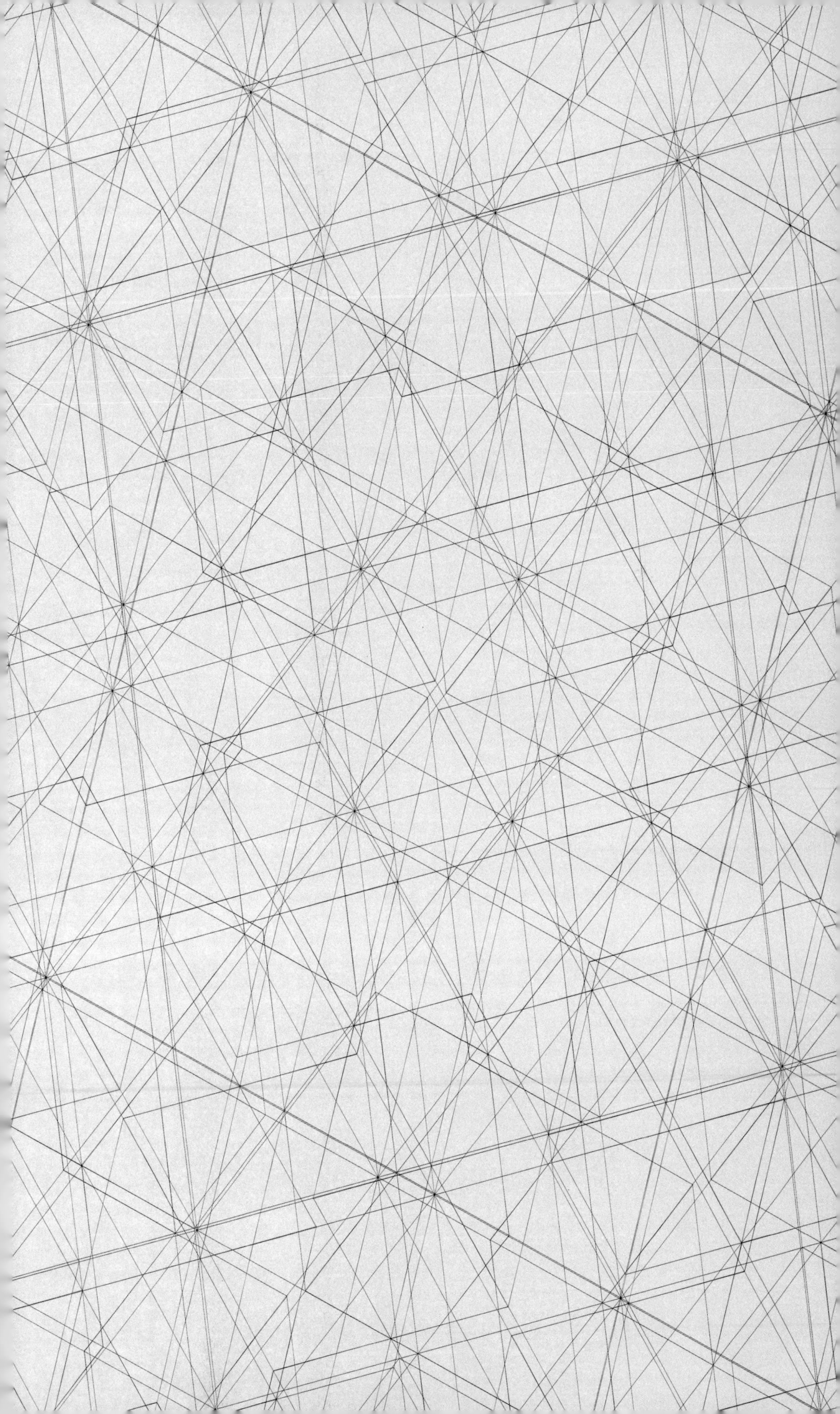

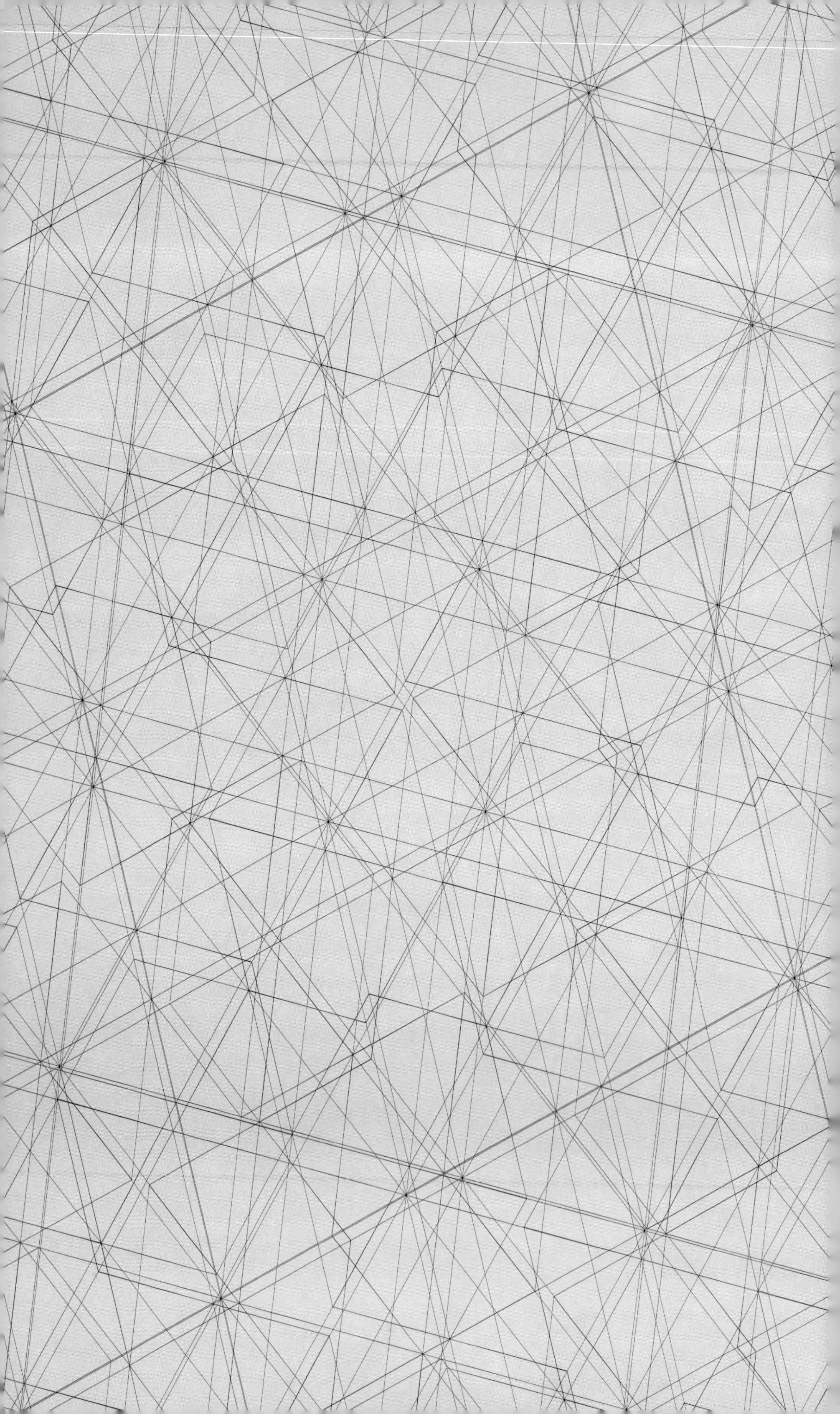

第一部分

“非常”历史与文学审视

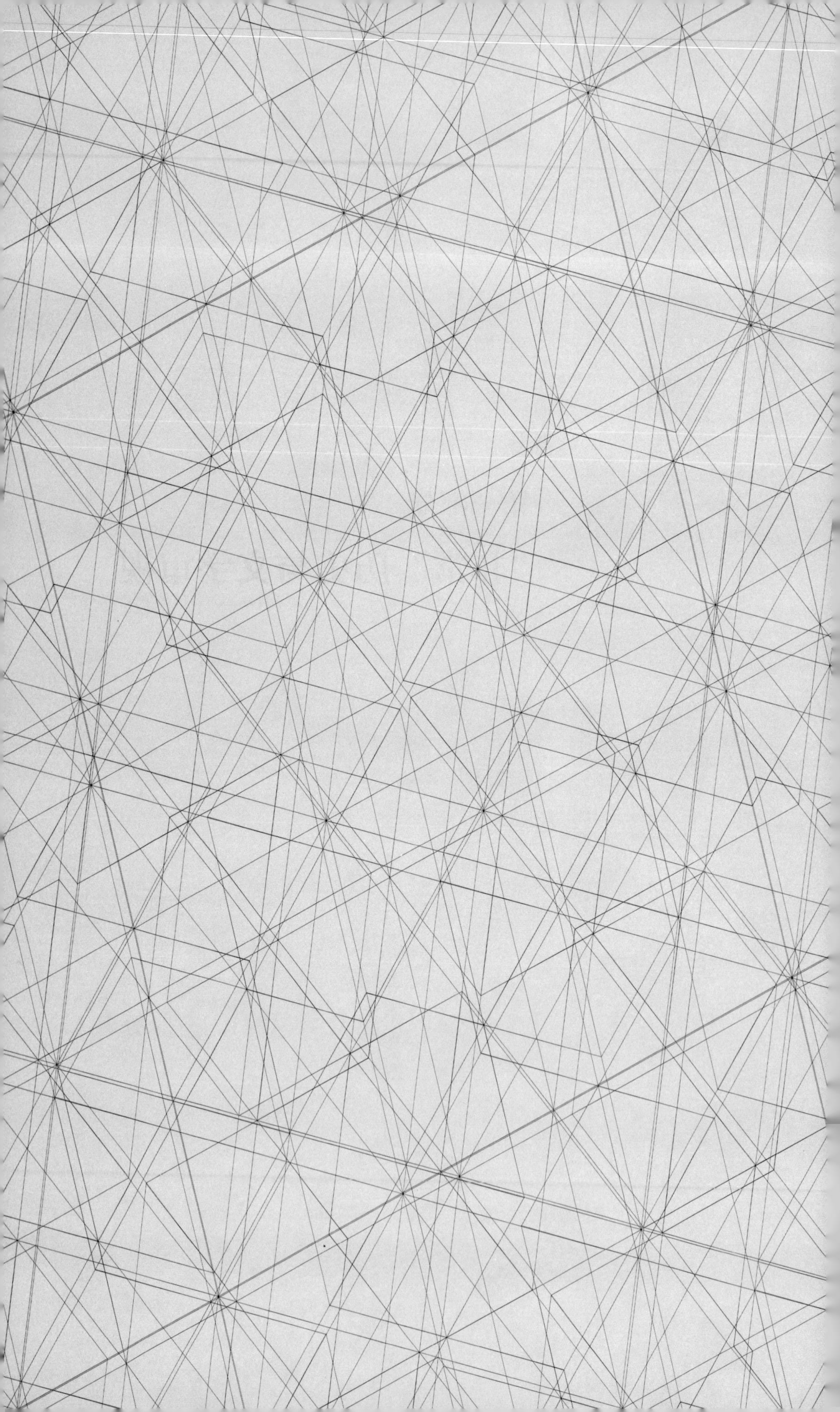

导　言

本部分所选的四篇文章均涉及美国不同历史时期的重大事件（从17世纪到第二次世界大战）。这些文章都与本人主持的国家社会科学基金重点项目“美国历史‘非常事件’的小说再现与意识形态批判研究”相关，有的是前期铺垫，有的是项目的阶段性成果。历史书写是一种叙事，史学家喜欢串联各种各样的“事件”，赋予其连贯性的意义。但被冠以“非常”一词进行修饰之后，历史事件所指的就不再是革命、战争、饥荒之类，而是悖逆律令、常理、惯例而又引发广泛争议的事件。这类事件往往由尖锐的社会矛盾引发，最能标示意识形态风向，也最能暴露背后机构化的权力操纵。因此，那些被历史学家关注的“非常事件”，也常常是小说家偏爱的创作素材。他们把历史写成故事，把历史记载的所谓“真实”置入虚构的框架重新演绎，于是我们就有了对历史叙事与小说叙事进行互文解读的平台。

本部分第一篇文章《“萨柯事件”：文化语境

与文学遗产》以20世纪初发生在美国的一个刑事案为中心事件，涉及了很多与此相关的文学作品。事件由法院对两名激进派移民的死刑判决触发，引出了两股势力的冲撞与较量：美国权力阶层出于恐惧对新移民和左派文化人士进行打压，“左翼”知识分子则团结起来展开抗议运动，“萨柯事件”于是演变成了政治和文化斗争的象征。文学对这一历史事件的再现，留下了视角不同、立场不同的对抗书写文本。文章试图对时代的政治气候和文化景观做出描述和解析，指出文学青年参与事件的过程是一个再教育的过程，事件影响了美国文学的走向，奠定了文学的批判基调，造就了新一代作家。同时，文章也讨论了“萨柯事件”留下的文学遗产。

第二篇《禁酒令与〈了不起的盖茨比〉》将菲茨杰拉德的代表作置入禁酒时期的历史语境，解读这部文学名著中深刻的历史、文化内涵。美国于1920年开始实施禁酒令，闹腾了10多年后又通过宪法修正案将其废除。《了不起的盖茨比》的故事背景，正设在美国短暂实施禁酒令的特殊时期。作家以私酒贩子盖茨比为中心人物，在小说中大张旗鼓地描写饮酒作乐，有其明显用意。文章把酒精视为文化符号，把饮酒看作带反叛性质的狂欢，解析消费主义影响下出现的道德和价值变迁，并试图透过现象，揭示禁酒令背后的政治较量和文化缠斗。

本人翻译了库尔特·冯内古特的长篇小说代表作《五号屠场》，自感颇有心得，写了两篇文章，本部分的第三篇《〈五号屠场〉：冯内古特的历史意识与政治担当》是其中之一。由于小说塑造了受虐型的人物和抱有宿命论观点的叙述者，加之一般对后现代小说“去政治化”的理解，人们在赞美《五号屠场》高超的叙事技巧的同时，常常忽视了小说的历史和政治维度，而这正是该篇文章的论述核心——作家通过笔下“反英雄”角色的警示效果，实现了历史修正和政治介入的意图。文章试图穿过复杂的后现代叙事迷宫，讨论小说中德累斯顿轰炸事件引出的军事道德问题，将第二次世界大战与越南战争联系起来，批判延续至今的美国的暴力政治。

第四篇《“女巫”赞歌：关于塞勒姆审巫案的两部当代历史小说评述》则回到美国历史的最早期，解读两部回看历史的当代小说。塞勒姆审巫案是美国历史开篇中臭名昭著的一页，也是文学关注的重要历史题材。近年出版的两部历史小说都对这一历史悲剧进行了想象性的重构与重现，在尊重史实的基础上充分运用小说的虚构特权，将遭受诬陷的受害者们塑造成令人敬仰的女英雄。文章以小说再现的历史为依托，通过作家对历史的想象性重构回探殖民时期的清教历史，追根溯源，讨论这一恶性宗教、政治迫害事件的生成因素，提出历史的反思，讨论历史遗产的借鉴意义。

这四篇文章的研究对象都是历史小说。当然“历史小说”的定义具有弹性，可宽可窄，但共性明显：都与某一过去经历有关，都提出了对宏大历史的修正性再思考。新历史主义强调，历史和小说都是一种书写性建构，因此其批评实践的核心关注不是何为历史“真实”，而是书写者的意图。历史小说对故事的铺陈，对人物的塑造，不是为了复原过去，而是为了表达观点，而小说的虚构性往往是其历史叙说的力量所在。小说与历史的对比解读，可以揭示被选择、被省略、被掩盖、被包装、被篡改的宏大历史，引导对历史的新认识。通过文学再现了解历史，通过历史了解当今，这便是文学的历史文化研究的意义所在。

一 “萨柯事件”：文化语境与文学遗产[1]

1. 引言

轰动全美国乃至全世界的“萨柯事件”，至1927年尘埃落定，已经过去了90多年。从最早皮埃尔·伊昂迪的《七年痛楚：萨柯和樊塞蒂的殉难》（1927年出版）到最近布鲁斯·沃森的《萨柯和樊塞蒂：其人其案与人类的审判》（2007年出版），已有10余部著作对这一事件进行了深入讨论，但都是从法律、政治、社会层面展开的。拉开了时间距离之后，我们也应该从文学的角度，对事件的生成环境进行审视，并讨论它对美国文学的深刻影响。

事情发生在1920年4月15日。马萨诸塞州一家鞋业公司在发薪日遭到抢劫，出纳和一名门卫被枪杀后，一辆黑色轿车接走了凶手和钱箱。三周后，警察逮捕了车主的两个朋友，萨柯和樊塞蒂。公诉人没有确凿的证据，却在法庭上谴责他们的反美政治态度。在歇斯底里的审判气氛中，陪审团宣判两人死刑，舆论哗然，知识界自发联合起来进行抗争。1925年，一个叫玛第罗斯的杀人犯被捕，同时交代了参与鞋业公司抢劫杀人一事，但该州法院以此人被工会收买为由，维持死刑判决。文化界的“营救行动”持续了整整七年，

1 原载《外国文学评论》2008年第1期，87—95页，原文题为《“萨柯－樊塞蒂事件”：文化语境与文学遗产》，本文称为“萨柯事件”。

但一次次的申诉均被驳回。1927年萨柯、樊塞蒂二人被送上电椅。

在这7年时间里，作家、艺术家、新闻记者、大学教授，以及工会和美国共产党联合起来，在各地举行了上千次各种形式的抗议和请愿，为打破权力政治的“铁桶阵”，争取话语权和信仰自由共同斗争。萨柯和樊塞蒂这两个无足轻重的小人物，被卷入了时代巨变激起的旋涡。该事件一时成为美国知识界的关注中心，成了美国民主的“试金石”和政治走向的“风向标”。

2. 文化语境：移民身份与激进理想

后来成为美国最高法院法官的费利克斯·法兰克福回顾这场审判时指出，“地方检察官充分利用被告的外来者身份，以及他们蹩脚的英语、反主流的政治观和反战立场，煽起当地民众仇视外来移民的情绪和爱国狂热，而在此过程中，审判官纵容了检察官的做法——甚至可以说与他进行了配合”。他还说，“起诉文件纯粹是大杂烩，内容充满歪曲、误解、压制和操纵……观点带有明显的错误和与司法语言格格不入的态度”（Frankfurter，1970：122，134）。哈佛大学法学教授埃德蒙特·摩根在《萨柯和樊塞蒂的遗产》一书中的最后结论是：萨柯和樊塞蒂两人是“司法权被滥用的不幸受害者”（Joughin & Morgan，1948：511）。这是法律层面的断论，但要读解事件的潜台词，我们还须将它置入当时的社会、文化语境。

“萨柯事件”横跨20世纪20年代的大部分年份[2]。那是“现代社会”到来的年代，美国正处于一个巨变时期：农业社会被工业社会所取代，对宗教的笃信被理性主义所取代，一切既定规范都遭到怀疑主义的批判眼光重新审视。各类新思想、新哲学破门而入，在理智上重塑了青年一代。现代意识以一种不可阻挡的崛起之势，猛烈地冲击着传统观念。萨柯和樊塞蒂身上有许多时代赋予青年的共同特征：追随与消费主义同来的新文化，提倡个性解放和艺术创新，主

---

2 本书所指年代以20世纪为主，文中多处省略20世纪，简称20年代、30年代、50年代等。

张破旧立新的社会改革，蔑视传统的道德规范和宗教信仰。青年人跟随时代变化的大势，将自己的态度表现得十分张扬。

萨柯、樊塞蒂两人的身份具有多重解读意义。他们是移民，来自意大利南部贫困地区；他们是政治活跃分子，到美国后成了马萨诸塞州东部工业区意大利劳工领袖；他们是激进青年，信奉无政府主义，反对战争，反对资本主义；他们也是现代派诗人，致力于探索新文化的表达语言和表达模式。他们代表了一种颠覆传统的力量，在各方面与美国主流文化和主流意识形态背道而驰。像他们这样的移民青年不仅容易卷入政治较量、经济冲突和文化斗争，而且常常成为事态发展、矛盾激化的焦点。比如，20年代“左翼”文学的喉舌刊物《解放者》及其后继者《新群众》的两位主编，都是来自移民家庭的激进青年[3]。20世纪初，移民问题和激进思潮开始让美国既得利益集团深感不安。

到1920年“萨柯事件”发生时，第二次移民潮已经持续了近40年。与此同时，南方黑人也大批向北方城市迁移。大批新移民在经济、文化和人口结构上迅速改变着美国。比如，纽约600万人口中只有100万是相信新教的本土出生的白种人（Douglass，1995：304）。现状让有些人惊恐万分：“当时保守的种族主义追随者们，使用‘劣种掺杂’的字眼来描述即将到来的异族化时代”，担心盎格鲁-撒克逊文化传承被终止，担心种族“纯洁”受到威胁（Douglass，1995：5-6）。这种担忧导致了20年代的极端民族主义，人们首先对有色人种有敌对情绪，又推而广之，将所有非盎格鲁-撒克逊人划为“他者”。

组成第二次移民潮主体的新移民，大多是像萨柯和樊塞蒂那样的思想活跃的年轻人。他们在美国立足未稳，没有社会地位，缺少安全感，是随时可能遭到“强食”的“弱肉”，因此资本主义自由竞争对他们是一种威胁。开始于19世纪末的美国社会主义运动，在时间上与第二次移民潮基本同步。移民集体求存的自发倾向，与社会主义思潮一拍即合。他们拥护旨在颠覆现有经济模式和分配制度的革命，希望在参与建构一个合理社会的过程中确立自己的公民

3 《解放者》和《新群众》的两位主编是Joseph Freeman和Michael Gold，都来自东欧犹太移民家庭。

身份。美国共产党的构成中，新移民的比例很大，以至于有人说美国共产党是“移民的政党，而不是知识分子的组织”（Hoffman，1962：76）。这批“舶来”的革命者，成了美国变革的中坚力量。政府迫于利益集团的压力，在1924年通过了带有严重种族歧视的新移民法案，阻止“外族人”继续大规模登陆。

新移民和激进青年的“张狂”激怒了已确立地位而又抱有种族偏见的人们，助长了民族主义思潮，导致了极端主义分子的疯狂举动。在民间，成立于1915年的三K党发展迅速，活动猖獗，到20年代初已有数百万成员，成为主要政治力量之一，鼓吹白人至上，与有色人种、犹太人、移民、天主教徒和激进分子为敌。亚历山大·帕尔默在其担任司法部部长的两年（1919—1921）中，不遗余力地对加入政治左派和文化反叛队伍的移民进行打击和清算。他公开向使自己代表的既得利益者“成为少数”的“外来侵略军的士兵”宣战，说：“从他们（移民）阴险、狡诈的眼神里流露出贪婪、凶残、疯狂和罪恶；从他们歪斜的面孔、下垂的眉毛、畸形的外貌中可以确信无疑地看出他们是些犯罪的料子。”（Minter，1996：96）司法部部长口出此言，可见偏见之深。他不顾人权法规，对所谓的赤色分子进行搜查袭击，将移民中数以百计的激进分子驱逐出境或拘捕入狱。萨柯和樊塞蒂两人也是在被称为“帕尔默大清洗”的大背景下遭到逮捕的。

劳伦斯·莱文是这样描述当时美国的保守势力的：“成百万的美国人参加了，或至少同情三K党和宗教极端主义运动，并为实行禁酒而斗争。这说明，相当比例的人在面对新时代的冲击时，感到失落、受挫，产生反感。……他们试图扭转主宰现代美国的潮流，回到过去的道德规范之下。他们思念伴随自己长大的村社生活，相信这种生活与美国价值密不可分。他们构成了打破战前进步主义联盟、挫败新的政治经济改革运动的抬头、致使民主党几乎丧失力量的有影响的另一半力量。”（Levine，1971：45）由于这“另一半力量”的激烈对抗，20年代出现了一系列带偏执狂色彩的“非常事件”[4]。“萨柯事件”就是其中一个。

尽管保守势力强大，但平心而论，20年代不是保守、闭塞、反动的时代。

4　其他还包括禁酒令、民族来源法案、斯哥普斯审判等事件。

美国做出的开放姿态，远胜过以往任何时候，要不然各种科学的和人文的新思想也难以在这一时期迅速传播，文学青年也不可能如此大张旗鼓地与传统宣战。由于先前的社会主义和进步主义运动的铺垫，也由于经济繁荣提供的理想气候，传统与现代的冲突在20年代突然加剧，形成了尖锐的对峙。两股气流交汇，在一个象征事件上碰出了闪电霹雳。“萨柯事件”是20年代特殊文化语境中的夸张表态，其最终的裁断既带有为传统正名的性质，也是杀鸡儆猴的威慑。浓烈的意识形态色彩甚至盖过了案子的法律正义性。

3. 作家之路：从期待走向对抗

参与“营救行动”的大多不是移民，而是对美国的民主制度和未来充满期待的青年知识分子，包括自由派或激进派的作家、批评家和文化人。埃德蒙·威尔逊认为，“萨柯事件”是“一段时间以来，这个国家所发生的一次最重要、最耐人寻味的事件，是剖析美国生活，涉及各个阶层、各种职业和各种思想观点、并提出几乎所有关于我们的政治、社会制度的根本问题的大事件”（埃利奥特，1994：613）。事件对重塑作家的认识观、对美国文学走势的导向作用不可低估。

参与“营救行动”的过程是作家的再教育过程。从组织萨柯–樊塞蒂辩护委员会，到集资筹款，宣传鼓动，再到翻译出版樊塞蒂的自传《一个无产阶级的生平故事》（*The Story of a Proletarian Life*），文学界全力以赴。作家们参加了无数次美国各地的声援、抗议、罢工、集会、签名上诉和示威游行。就在行刑的当天晚上，从马萨诸塞州议会广场到纽约的联合广场，青年作家们仍怀着对自由民主的最后一丝希望，自发集会，做最后一次努力：讲演、祈祷、请愿，甚至参与骚乱，强烈地表达一种情感，一种声音。“他们的安全感消失了，被粉碎了；一直保护他们的法律如今却变成了用来对付他们的发泄的凶器。”对于有良知的作家来说，“保卫萨柯和樊塞蒂，于是成了一桩有关民族自尊和荣誉的事情”（法斯特，1995：152，143）。

弗雷德里克·霍夫曼对“萨柯事件”的意义做如下评述：“这件事将正义

的定义、左派政策的划定等一系列问题凸显在所有革命者、无政府主义者和自由派知识分子面前。除了反动派，除了对法律和正义漠不关心的人之外，这是人人关注的轰动社会的案件。它成了‘左派’和‘右派’之间的一场关键斗争……成了保守派和激进派的试金石。只有在这件事上，20年代的自由派、无政府主义者，以及哈佛的教授们在政治行动中携起手来。”（Hoffman，1962：359-360）事态的发展让人始料未及。刑事案件越来越政治化，其象征意义越来越凸显，而法院被逼入了绝境。如果承认判决是个错误，而这个错误在权力意志的支撑下被强硬地一再坚持，那么，人们与日俱增的对政治操纵的担心，对司法公正的怀疑，将有了一个最后的定论。一方是激进文化青年、工会领袖，希望通过“萨柯事件”争取权力；另一方是社会既得利益的代表，不愿轻易退让，以强硬掩饰虚弱。这是一场谁压倒谁的较量，事实已不是衡量是非的唯一尺度。

美国社会的一些基本问题被摆放到了桌面上，文化青年与权力阶层的较量将最终在这一轮博弈中摊牌。不同派别、不同政治倾向的知识分子拭目以待，都将从这一实例出发，对美国的民主政体和自由原则做出解释。从这个角度来看，漫长的七年“营救行动”，也是美国作家认识现实的过程。他们不断努力，为营救萨柯和樊塞蒂，也为拯救自己怀有的对美国自由正义的信念而奔走呼吁。希望不断产生，又不断破灭，知识分子对自己国家的认识不断修正，不知不觉间渐渐走到了一起，走到了官方政治的对立面，在萨柯和樊塞蒂被拯救的希望的彻底幻灭时，实现了态度上的根本转向。可以说，“萨柯事件”从整体上把美国作家推向了“左翼”，为30年代“左翼”文学大潮的形成，做好了思想上的铺垫。

刽子手最终推上了电椅的闸门，实施了“政府认可的谋杀”（Love，1993：42）。那天晚上站在波士顿查尔斯监狱外抗议的人群中，就有著名作家和诗人多斯·帕索斯、爱德娜·米莱、迈克尔·戈尔德、凯瑟琳·安·波特等。著名批评家马尔科姆·考利参加了纽约的抗议，记录了那天晚上经历的绝望：

能做的事全都做了，可是只要萨柯和樊塞蒂还

> 活着，他们就不能在大厅里空谈坐等；他们必须进行一次最后的联合抗议。接着，行刑了，这个悲惨的结局谁也不相信真会发生。他们突然哭泣或沉默不语，他们散开了，许多人在街上整夜独自徘徊。（考利，1986：194-195）

考利最后一句话描述的是集体信仰幻灭的外部表征。较量结束了，幻灭引向顿悟，将美国作家头脑中理想主义的、浪漫的、乌托邦的成分清扫了出去。很多作家开始认识到共和理想的虚伪本质：权力和财富仍然掌控着话语；阶级、种族、信仰的平等仍然是遥不可及的梦想。从认识角度来说，我们甚至可以把那一天看作20世纪美国文学的分水岭。

美国著名记者穆雷·坎普顿曾这样写道："'萨柯事件'既是荣耀，又是悲剧；既是胜利，又是灾难。没有任何事业比这场斗争更加纯洁，没有任何事件的主人公比这两人更加光芒四射。对于那些真心关注事态发展的人们来说，没有任何结果会如此彻头彻尾地让人绝望。"（Meis，2006：14）"荣耀"和"胜利"指的是这场"悲剧"和"灾难"中知识分子表现出来的团结的力量以及他们获得的认识上的跨越。很大程度上可以说，"萨柯事件"造就了新一代美国作家。

4. 文学表达：难了的心结

"萨柯事件"为美国文学留下了两方面的遗产：不仅在认识上重塑了一代作家，而且也直接激发了一批诗歌、小说和剧本的创作。考利在《民族》杂志上发表悼亡诗，称萨柯和樊塞蒂两人为"我们自由的象征"，并用耶稣蒙难的比喻，把他们比作革命圣徒（考利，1986：4）。《新共和》和《新群众》等杂志在萨柯、樊塞蒂被处死后，成版刊登悼念诗文，爱德娜·米莱、多斯·帕索斯、凯瑟琳·安·波特、亚瑟·戴维森·菲克、威勒·宾纳、康梯·卡伦和洛拉·里奇等纷纷写诗作文，或宣泄愤怒，或颂扬他们的文化英雄。萨柯和樊塞蒂两人的诗作被编辑成册，以《提审美国》(*America Arraigned!*)为书名出版。

萨柯、樊塞蒂两人遇难后的几年中，每到周年纪念日，各类文学刊物，尤其是“左翼”刊物上，必定有不少悼念的诗文，一时间成为传统。其他与“萨柯事件”相关的文学作品也很多，如詹姆斯·瑟伯和艾略特·纽金特的剧作《雄兽》(*The Male Animal*，1939年出版)、鲁思·麦肯尼的小说《杰克回家》(*Jake Home*，1943年出版)、詹姆斯·法雷尔的《伯纳德·克莱尔》(*Bernard Clare*，1946年出版)，都将事件写进了故事。马克·布利茨斯坦于1932年以“萨柯事件”为主题，写下叙事组歌《罪人》(*The Condemned*)。除此之外，还有一些完全以事件为题材的重要作品。“萨柯事件”余波未平，是一代代作家难了的心结。

在以“萨柯事件”为题材的主要作品中，厄普顿·辛克莱的《波士顿》(*Boston*，1928年出版)出版最早，容量最大。这部长约800页的两卷本长篇小说在两人遇难的第二年就被推出。小说从一个名叫科内里娅的虚构人物的视角，重述了萨柯–樊塞蒂的故事。她生活在波士顿富裕阶层，丈夫死后希望自食其力，到一家绳索厂当工人，结识了樊塞蒂，对工人的困苦深表同情。萨柯、樊塞蒂被捕后，警察威胁爱尔兰目击者，让他们提供不实见证。而法官抱有明显偏见，审判根本无公正可言。萨柯、樊塞蒂二人家境贫困，无力为其打点，而有罪判决激起了轩然大波，以至武装警察全体出动，准备应对随时可能在波士顿出现的暴动。

厄普顿·辛克莱用半小说、半纪实的手法，生动塑造了两个遭受政治迫害的无辜小人物，同时描述了美国司法被操纵的可怕图景，反复指出主导案件审判的是法官和陪审团的憎恨而不是证据。小说政治色彩浓烈，旗帜鲜明，字里行间弥漫着激烈的批判态度。一种宣泄积愤、表达绝望的内心冲动，驱使作家直冲控诉讲台，很少在意作品的“文学性”。小说出版后引起很大的反响和争议：一是就其抗议内涵而言，二是就其艺术质量而言。其实，辛克莱表达的就是参与“营救行动”的大多数激进青年知识分子的观点：反动势力出于对社会主义和无政府主义的仇视，践踏法律和正义；而只要这批人仍然掌握着权力，美国的民主和自由就只是空谈。

剧作家马克斯韦尔·安德森早在萨柯、樊塞蒂遇难的第二年，就同哈罗德·希克森合作创作了《闪电天神》（*Gods of Lightning*），将两人的悲壮故事搬上舞台。尽管艺术形式不同，《闪电天神》与辛克莱的《波士顿》仍有很多相似之处。风潮刚刚过去，作家们义愤难平，因此作品的抗诉成分多于艺术表现。剧作在事件发生地波士顿遭禁，但在纽约成功上演。但安德森的另一部剧作——诗剧《冬景》（*Winterset*）——影响更大。故事同样来自“萨柯事件”：巴托罗密欧·罗麦格纳（与巴托罗密欧·樊塞蒂同名）被无端指控抢劫杀人并处以死刑，几年后，儿子米奥为证明父亲的清白，四处奔走。他爱上了一个叫玛丽安的姑娘，而她的兄弟却与案情真相有关。米奥不得不面对困难的道德抉择。最后，法院明知老罗麦格纳无罪，却将他处以死刑。

《冬景》是一部政治剧，对信仰、真理、正义、爱情和责任等展开思考和探讨。这部以真实事件为素材的作品，创作时间上已与“萨柯事件”拉开了一段距离，因此表现出很多方面的不同：其一，剧作家对萨柯和樊塞蒂进行了诗化的歌颂，受害者成了人民英雄，符合“萨柯事件”后作家心目中真实人物向象征形象的转化；其二，萨柯、樊塞蒂成了故事的背景和出发点，而不是故事主体；其三，剧本涉及事件影响下美国生活的诸多方面；其四，悲愤的控诉被历史反思和道德探讨所取代；其五，作品相对淡化了中心事件的政治色彩，更强调文学的艺术性。《冬景》仍属于“抗议”文学，但超越了意识形态的局限，为安德森赢得了首个纽约剧评家协会奖，后又被拍成电影，成为美国戏剧史上的经典。

多斯·帕索斯以实验文学闻名，在“萨柯事件”中积极参与“营救行动”并转向“左翼”。他的《美国》三部曲（*U.S.A.*）是美国现代主义文学代表作，其中不少地方涉及了“萨柯事件”。作家将现代主义的表现手法用于严肃的社会问题的讨论，通过“新闻短片”“摄影机眼”和“人物速记”等手法，将众多片段并置，不再追踪线性的故事发展，而力图描绘美国社会的全景图，再现导致悲剧的整个文化政治气候，烘托出“萨柯事件”在美国文化史上重大的影响作用。虽然作品写于事件结束将近10年之后，但帕索斯曾代表文艺界奔走呼吁，也曾满怀激情写下127页的报告文学《面对电椅》(*Facing the Chair*)，感情上极其投入。他的小说观点与辛克莱同样激烈，但表现手法完全不同。在三卷本最后一部《大钱》(*The Big Money*)中，多斯·帕索斯这样写道：

> 我们美国的民族已经被陌生人打败他们亵渎我们的语言他们采用我们祖先用过的干净的字眼把它们变成卑鄙下流的字眼
>
> 他们雇用的人坐在法官席上在圆屋顶的州议会大楼里他们把背往后一靠脚跷在桌子上他们不理会我们的信念他们有美元有机关枪有武装的发电厂
>
> 他们已经造好电椅雇用刽子手拉电闸
>
> 好吧我们不属于一个国家（Dos Passos，1991：371）

作家不加标点，一口气表达了绝望的、语无伦次的愤怒。前一段模仿“他们”的“莫须有”的指责，中间两段描写“他们”的强权和为所欲为，最后一句是经常被批评界引用的经典词语：国家已经一分为二，锋芒相对。正如保罗·阿夫里奇教授所言，“萨柯事件”的确是一场“将民族分裂成两半的审判”(Avrich，1991：3)。多斯·帕索斯用结论性的、就此了断的口气宣布，美国社会中存在着无法沟通、势不两立的敌对阵营。30年代的“大萧条”激发了文学激进主义，而“萨柯事件”早已为多斯·帕索斯这样的作家在思想上和感情上做好了转向的铺垫。多斯·帕索斯的文学实践又说明，他正努力寻找一种能将现代派艺术与革命主题相结合的文学模式。

到了50年代初，麦卡锡主义甚嚣尘上，美国的保守派对进步人士进行带法西斯色彩的清算。犹太人罗森堡夫妇被指控为间谍，虽然证据不足，但仍被判处死刑。一切似曾相识，像“萨柯事件”的重演。由于“冷战”的国际环境，意识形态方面的斗争异常尖锐，保守势力乘势抬头，美国“左翼”文学跌入低谷。这时，霍华德·法斯特逆流而上，在“沉默的50年代”发出了孤独的吼声，在罗森堡夫妇遇难后一年，推出长篇纪实小说《萨柯和樊塞蒂的受难》（*The Passion of Sacco and Vanzetti*，1954年出版），重提旧事，让读者在历史的比较中认识美国社会。小说结尾的场景是波士顿一个保守的上流社会的俱乐部：

> 1927年8月23日，也就是行刑后的第二天的早晨，俱乐部的人发现阅览室里的每一本杂志里都夹着一张小纸条，纸条上写着：
>
> “在这一天，尼古拉·萨柯和巴托罗密欧·樊塞蒂——两个希望建立人类相互间的友爱关系并且希望能在美国建立起这种关系的人——被残酷地谋杀了，凶手则是多年前为追求希望和自由而跑到这片土地上的那些人的子孙。”（法斯特，1995：263）

小说具有强烈的现实意义。作家指桑骂槐，将当权者斥为有辱于美国精神的不肖子孙。法斯特的认识观是马克思主义的，在对“萨柯事件”的叙述中，他更强调阶级矛盾。萨柯、樊塞蒂两人一个是鞋匠，一个是鱼贩，都是社会下层的穷苦人。他们受到剥削，为生活所迫，必须为自己的生存权利斗争。阶级矛盾、民族矛盾的激化，将这两个无辜的小人物推上了风口浪尖。在整个事件过程中，他们表现出了英雄的气度，而当权阶级则充分暴露了他们反人民的本质。法斯特的政治态度一目了然，但小说并无明显的说教，故事写得细腻、真切、感人。

随着历史的演进，人们对事件的认识越来越清晰。1977年8月23日，也就是萨柯和樊塞蒂在马萨诸塞州遇难50周年的纪念日，当时的州长迈克尔·杜卡里斯宣布两人无罪，为他们的名誉平反，并希望每个主张宽容、正义和理解的人都能对这一事件做出反思。但“萨柯事件”并未因此画上句号，它的影响依然持续地存在。两年后，著名作家凯瑟琳·安·波特拖着病体写下生命中的最后作品：关于萨柯和樊塞蒂审判的长篇回忆录《永无了结之冤》（*The*

Never-Ending Wrong）。曾写下萨柯和樊塞蒂叙事组歌《罪人》的马克·布利茨斯坦，1964年在继续创作同一题材的歌剧时被人殴打致死，但他未完成的三幕剧《萨柯和樊塞蒂》（*Sacco and Vanzetti*）很多年后由伦纳德·莱尔曼续完，并于2001年在纽约市郊的白仓剧院隆重上演。

在法斯特之后半个世纪中最重要的作品，是2006年出版的长篇小说《萨柯和樊塞蒂死定了》（*Sacco and Vanzetti Must Die*）。作者马克·比奈利说："'萨柯事件'的阴影现已渐渐淡去，但对两名无助的无政府主义者处以死刑的事实，就像刻在'美国心理'上的一道伤疤。事情的方方面面错得如此离谱，每个人，包括假装事不关己的人，都知道这一点。"（Meis，2006：14）直到现在，受到创伤的"美国心理"仍然在舔着自己的伤口。但几代人之后，文学对"萨柯事件"的处理态度已经比较超然。比奈利的小说是一部典型的后现代作品，第一章为"生平信息"，提供真实的萨柯和樊塞蒂的生平概况，但作家在章节结尾处写道："下面不是他们的故事。"接着开始讲述两个同名人的故事。他们也是意大利裔美国人，一个胖、冲动，一个瘦、沉稳，是杂耍演出团和早期默片的喜剧演员。

小说把读者带回卓别林的默片时代，也就是"萨柯事件"的时代背景中。早期喜剧无视业已建立的戏剧规范，是一种"无政府"的艺术，艺术家必须为其生存地位而斗争。而在他们两人主演的电影《火星需要萨柯和樊塞蒂》中，他们在由女性压迫者统治的星球上被荒唐地判处死刑，苦苦等待执行。就这样，历史与小说两种文本形成呼应，小说中的萨柯和樊塞蒂与他们同名的历史人物逐渐融合到了一起。互相往脸上抹奶油的闹剧，变成了争取艺术自由的斗争。人物走出各自的角色，走进社会冲突之中。小说充满各种历史注释（"补充材料"），还有电影评论、日记、访谈、照片和对话片断等，凌乱而又丰富，创造了印象主义风格的整体画面。人物是速写式的，故事充满黑色幽默，历史变成了一部悲喜剧。比奈利故意用类似小丑的闹剧演员，与历史人物拉开距离，造成反差，一方面对文化偶像进行颠覆；另一方面反映小人物的斗争与无助这一共同的主题。比奈利不再怒气冲冲，而是在打闹笑骂中，表达了笼统的后现代式的无奈。

5. 结语

“萨柯事件”直接影响了美国文学的走向。如果没有当局与司法部门的当头棒喝，文学青年也许对美国政体仍然抱有希望，最后仍可能走上与进步主义相似的改良主义的道路。因此，“萨柯事件”的结果对年轻一代作家是一帖清醒剂，使他们认识到脱离政治的艺术理想是幼稚的。在七年的“营救行动”中，文学青年中的“左翼”实际上已经走到前台，担负起了领导角色。“萨柯事件”之前的激进思想，大多出于文化青年反叛传统的一种情绪化的表示，其后则发展成为更加理性化的对社会体制和阶级对抗的认识。青年作家们在事件中体验了复杂的社会关系，形成了社会意识。至少在一定程度上，由于“萨柯事件”在思想上的铺垫，激进思潮在20世纪30年代的美国文学界确立了主导地位。从此，一种坚定的批判态度，一种对权威的不信任，一种对乐观结果和浪漫情调的排斥，一种时而隐蔽时而强烈的悲观主义情绪，一直清晰地贯穿于美国主流文学之中。

直接产生于“萨柯事件”的文学作品，也从一个侧面反映出“后萨柯时代”美国文学经历的演变。厄普顿·辛克莱采用的是一种带自然主义色彩的“硬派”现实主义，强调社会语境，注重细节，突出小说社会抗议的主题，追求社会批判的功效。到了安德森笔下，“泄愤”情绪相对淡化，作家试图跳出就事论事的圈子，更艺术、更泛化、更深刻地表现这个悲剧故事。多斯·帕索斯用“摄影机眼”扫描纷乱庞杂的社会，力求捕捉事件的各个方面及相互关系，通过现代主义文体实验，以创新的艺术形式表现革命内涵。法斯特回到了现实主义，作品注重真实性和可信度，塑造了两个有性格、有骨气的小人物，用冷静而坚定的马克思主义观点回应麦卡锡主义的挑衅，重提权力滥用的历史教训。比奈利处于后现代主义文学盛行的年代，作家以一种貌似“玩世不恭”的态度对待严肃的历史，调侃之间对权力与艺术自由的主题提出再思考，然后又让这种思考消融在“不了了之”之中。不同的“萨柯文本”反映了美国文学发展的许多典型特征。对于很多美国作家来说，“萨柯事件”萦绕于心，耿耿于怀，是形成他们情感结构的促动力，也是他们不得不写的主题。

参考文献

- 埃利奥特.哥伦比亚美国文学史[M].朱通伯，李毅，肖安溥，等译.成都：四川辞书出版社，1994.
- 法斯特.萨柯和樊塞蒂的受难[M].冯亦代，译.北京：中国工人出版社，1995.
- 考利.流放者的归来[M].张承谟，译.上海：上海外语教育出版社，1986.
- AVRICH P. Sacco and Vanzetti: the anarchist background[M]. Princeton: Princeton University Press, 1991.
- DOS PASSOS J. The big money[M]. Boston: Houghton Mifflin, 1991.
- DOUGLASS A. Terrible honesty: mongrel Manhattan in the 1920s[M]. New York: Farrar, Straus and Giroux, 1995.
- FRANKFURTER F. The crime of radicalism[M]// BARITZ L. The culture of the twenties. Indianapolis: Bobbs-Merrill, 1970: 120-136.
- HOFFMAN F. The twentieth: American writing in the postwar decade[M]. New York: The Viking Press, 1962.
- JOUGHIN L, MORGAN E. The legacy of Sacco and Vanzetti[M]. New York: Harcourt, Brace & Co, 1948.
- LEVINE L W. Progress and nostalgia: the self image of the 1920s[M]// BRADBURY M, PALMER D. The American novel and the nineteen-twenties. London: Edward Arnold, 1971: 41-55.
- LOVE G. Babbitt, an American life[M]. New York: Twayne Publishers, 1993.
- MEIS M. Interview with Mark Binelli[J]. Believer, 2006(5): 12-15.
- MINTER D. A cultural history of the American novel[M]. Cambridge: Cambridge University Press, 1996.

二　禁酒令与《了不起的盖茨比》[5]

1. 禁酒令的历史语境与小说再现

禁酒令（the National Prohibition Act of 1919），也称弗尔斯泰德法令（the Volstead Act），于1919年1月16日在美国宪法第十八修正案中被批准，一年之后，即1920年1月17日午夜0点开始在美国全国实施，禁止在美国酿制、运输、储存和销售酒精类饮品。法令至1933年12月5日在宪法第二十一修正案中被废除，仅维持了约14年时间。

菲茨杰拉德正是在实施禁酒令的头几年中创作和出版了长篇小说《了不起的盖茨比》（*The Great Gatsby*），而故事讲述的也是同时期发生的事，具体是1922年。这一点确信无疑，因为小说中叙述者尼克的一张“计划表”上标有当时的日期：1922年7月5日（Fitzgerald，1953：77[6]）。笔者对小说中的饮酒场面做了统计，从叙述者出场来到黛西家开始，共有30次，其中醉酒场面7次，详细描述醉酒状态4次（47-48，65，60-70，196）。那么，在这个禁酒的短暂而特殊的历史时段，被称为“爵士时代的编年史家”的菲茨杰拉德在小说中大张旗鼓地描写饮酒作乐，塑造禁酒语境造就的微妙人物，试图向读者传递什么

5　原载《外国文学》2015年第6期，35—42，157—158页。

6　本书各篇文章中多次引用的文学作品，首次引用标记作者和出版年代，其后引用仅标出页码。

信息呢？

在历史的不同时段，很多国家有过与禁酒相关的法令，但美国的禁酒令具有特殊的解读意义。虽然禁酒令曾与美国历史上的女权运动有关：由于酗酒导致的暴力曾是妇女受到伤害的主要原因，美国女权组织从1895年开始号召禁酒（Ross，2000：305），但到了20世纪20年代，这一动议被一些保守分子接了过去，用以对抗社会转型期出现的一些新状况。禁酒是一项赌博性的抉择。首先，它打着道德的旗号干涉个人选择自由，与美国宪法宗旨不符；其次，它给推行者自己套上了枷锁，迫使他们改变生活方式。但禁酒令还是得以通过，保守势力取得了象征性的胜利，宣布“美德”战胜“颓废”。但令行而禁不止，法律成为空文。禁酒令从一开始就受到了或明或暗的抵制，私酒泛滥，让铤而走险的投机分子发了大财。禁酒令实施10余年后不得不废除，法律成为儿戏，荒诞色彩尽显无余。

《了不起的盖茨比》中从头至尾没有提到过“禁酒令”一词，也没有提到过盖茨比挣得万贯家产的营生。但菲茨杰拉德的小说故事是在禁酒令的语境中展开的，适时地触及了禁酒与对抗禁酒的话题。有学者考证，小说主人公盖茨比是以一个叫马克斯·格拉克（Max Gerlach）的私酒贩子为原型塑造的（Kruse，2002：45-83）；另有学者指出，盖茨比的黑社会搭档梅厄·沃尔夫夏姆的原型，很可能是当时最臭名昭著的私酒贩子拉里·费伊（Larry Fay），文章作者通过费伊的幸运符和小说中沃尔夫夏姆的护身符，建立了两人之间的关联（Gross & Gross，1994：377）。这样的关联性并非臆测，可以在小说中找到很多支撑的线索。盖茨比“可疑的背景”（63）在小说中不断被提及。这位暴发户“不知从何处悄悄漂来，在长岛海湾买下一座宫殿”（63）。他向邻居尼克炫耀说，“我只用了三年时间就挣下了买房子的钱”（114），尼克问他做何营生，盖茨比一改平时温文儒雅的风度，突然凶神恶煞般答道：“这不关你的事！”（114）钱从哪来？贩私酒显然是最符合逻辑的推断。

后来，为了感谢尼克帮他安排与黛西的幽会，盖茨比“一阵犹豫、迟疑”之后，答应给尼克一个“机会”：“这么说吧，你会感兴趣的。你不用花太多的时间，可能会挣到不少钱。那正巧是一种不太能让别人知道的营生。”（105）

尼克断然拒绝，意识到这场谈话“可能是我人生中的灾难”（105）。这样的对话，只有置入当时私酒泛滥的历史背景中，意义才变得明了。小说中的汤姆·布坎南比较直截了当：“我第一眼见到他就认定他是个私酒贩子。”（168）我们发现，不管是故事被省略的前半部分，还是故事的叙事部分，禁酒令都是在背后牵动人物行为的那根绳索。

盖茨比透露的那个“不太能让别人知道”且能“挣到不少钱”的营生，似乎印证了坊间的“流言”。叙述者、汤姆和黛西之间的谈话，透露出重要信息：

> “那个盖茨比是什么人物？”汤姆突然问道。“大私酒贩子？”
>
> “你哪儿听来的？”我问道。
>
> “我不是听来的。我是推测的。很多新暴发户就是些大私酒贩子，你知道的。”
>
> “盖茨比不是。”我回答得十分干脆。
>
> ……
>
> “他拥有一些药店，很多药店，他自己开的。”黛西说。（137-138）

黛西向汤姆做出解释的信息来自盖茨比本人。在黛西看来，盖茨比财富的来源有合理的解释。但她的丈夫更加老于世故，明白“药店”的特殊内含，并悄悄通过他地下社会的关系对盖茨比做了进一步的摸底，发现了后者的“小绝招”。他后来揭露说：“我知道你们的药店是干什么的。（他转身面对叙述者）他和那个沃尔夫夏姆在这里，还有芝加哥，买下了许多街边药店，在柜台下出售粮食酒。那就是他的小绝招。我第一眼看见他就认定他是个私酒贩子，我没看走眼。”（168）汤姆言词确凿地揭露了盖茨比的非法经营，但后者则满不在乎地反问道：“那又怎么样？”这段对话置入美国禁酒令语境中，能解读出很多关于禁酒时代的信息。第一，私酒营业十分普遍，“药店”是圈内人都知道的酒品门市部；第二，汤姆这类纽约大家族代表也与私酒关系密切，他是通过自己的“关系”去调查盖茨比财产来源的；第三，盖茨比遭揭底后的反诘“那又怎么样”，代表了很多人对待违反禁酒令的态度，包括酒贩子和民众。丹尼尔·奥克伦特在《最后的叫卖：禁酒令兴衰史》中解释道：“现代读者可能不理解汤姆·布坎南的逻辑，但是菲茨杰拉德知道他的同代人会理解。在1925年《了不起的盖茨比》出版时，‘药店’的意思就像杜松子酒一样明白无误。”（Okrent，2010：193）

值得注意的是，《了不起的盖茨比》的故事背景设在纽约。纽约是“禁酒令推动者和极端主义保守分子最痛恨的地方”，因为“在美国大部分城市，（禁酒令）是一个笑话，但在纽约则是一出十足的闹剧”（Schwarz，2001：188，181）。禁酒令生效期间，饮酒往往是反叛的宣言，也是结盟的仪式。比如，像格林尼治村这样反传统青年的聚居地，这一法令赋予饮酒以道德对抗的意义，致使饮酒成风。如果我们把禁酒令和《了不起的盖茨比》共同置入20世纪初期的特殊历史语境之中，禁酒和饮酒，以及小说中与此牵扯在一起的人物的行为与道德，就有了指涉更为广泛的文化意义。酒精超越了它自身的物质性，成为文化符号，成为道德宣言，成为能指，为社会转型期的道德风尚和价值变迁做了标注。

2. 文化对抗：凝视下的狂饮

禁酒令开始实施的1920年，是第一次世界大战结束后突然到来的开放的现代社会的开端。变迁的时代总是由青年一代唱主角，他们也意识到了自己的时代角色，很多人迅速更新了消费观念和生活模式，从教堂转身走向市场，追求金钱、性和酒精带来的新体验。这样的行为引起了传统派的反感和担忧，禁酒令作为一种反制措施应运而生。禁酒的英文“prohibition”原意为“禁忌”，首字母大写后专用为“禁酒令”，说明禁酒是道德禁忌的象征。《了不起的盖茨比》使用了许多当代史料，将20世纪20年代喧闹混乱且缺少道德约束的生活再现于读者面前。但小说呈现的不仅是一种新旧更替时期的生活风范，还表达了这种更替所蕴含的更为深广的文化意义。

盖茨比的宅院是“新时代”引人注目的表征场，具有象征意义。这座豪宅模仿欧洲现代建筑，“俨然诺曼底的豪华酒店”（8），与代表根基稳固的美国白人统治阶级的“华丽的白色宫殿”“遥遥相望”（148）。盖茨比在这里举行奢华的大型周末晚会，主要不是为了摆阔炫富，而是营造一个巴赫金意义上的狂欢场所，“在某个层面提供了不为门外禁酒令所拘束的反文化的狂欢空间”（McGowan，2006：146）。狂欢离不开酒精。在酒精欲望的驱策下，“川流不息的晚会参加者，清一色以一种临时的平等身份加入到纯粹是展示性质的狂欢之中，”此地“让来访者进入一个无所约束的世界，在那里，调情和私酒是人际交流的货币”（McGowan，2006：145）。在自己的领地上，盖茨比这位新兴的有产阶级分子，其实是在上演一出文化反叛的“活剧”。

在盖茨比的情敌汤姆眼中，暴发户盖茨比是个“不知从何处钻出来的鼠辈”（163）。的确，他出生于贫困落后的中西部，没有显赫的家庭背景，在等级社会体系中没有地位。成为新富之后，他极力通过颠覆过去的秩序来建构身份，确立地位。他知道金钱不等于社会地位，内心企望的是后者，即以汤姆为代表的美国上层阶级的权力圈子。对于盖茨比这个没有根基的“鼠辈”来说，花园晚会是他展示实力，宣示身份的场所。他仍然缺乏世故，表现得十分做作、张扬，但狂欢会打破了日常时间和空间的约束，假想性地毁坏一切并更新一切，暂时摆脱了秩序体系和律令话语的钳制，在假定场景中消弭贵贱上下的森然界限，毁弃一切来自财富、阶级和地位的等级划分（汪民安，2007：174）。

我们领略一下盖茨比宅院周末晚会的情景：“围着真正铜栏杆的酒吧台站立在大厅里，上面放满了杜松子酒、甘露酒和其他久已不见而被人忘却的烈酒。……酒吧周围十分繁忙，流动的鸡尾酒一巡又一巡，酒香飘散到外面的花园。……突然间一个吉卜赛女郎模样打扮的姑娘，浑身闪烁着蛋白石装饰，抓住一杯鸡尾酒举在空中一口灌下，显示自己的胆量，然后像名演员一样舞动双手，独自一人跳跃着进入帆布篷的舞池中……晚会开始了。”（51-52）这样的描述中有两个特别值得关注的地方：第一，在全国实施禁酒的时期，盖茨比的狂欢会能够提供数量充沛的各色美酒，这说明晚会带有蔑视法令和政治现实的色彩；第二，在酒精的刺激下，参会者通过自我展示确立临时身份，社会等级关系被打破，身份因此具有了“民主性”和“表演性”的维度。聚集在盖茨比花园晚会的各色人物，通过纵酒狂欢展示解放的自我，表达一种民主呼吁和权利诉求。

盖茨比的周末花园晚会不仅是一个自我身份表演性塑造的舞台，也是一个消费文化的演示场。罗德·霍顿和赫伯特·爱德华兹在谈到当时的纽约青年知识分子时说：“禁酒令为青年人闯入非法领域寻找刺激提供了额外的机会。知识分子涌入格林尼治村狂饮作乐，表达对权威的公开蔑视。这样的行为又被大肆渲染，为他们提供了一种逃避模式和哲学辩解。”（Horton & Edwards，1974：324-325）的确，及时行乐，醉酒人生，常常是生活形态的“逃避模式”，但饮酒又可以超越其本身而成为一种观念的言说，即一种“哲学辩解”。盖茨比的花园晚会是个类似格林尼治村的地方。这里的“表演者”同样期待关注，期待被“大肆渲染”，因为这正是表演性行为所期盼的效果。这里的张扬和喧闹，将一种文化信息传递给了现实的或想象中的表演对象，而观众的反应则强化了酒精符号的文化指涉。

饮酒只是“表演”的一个部分。参加盖茨比花园晚会的很多人都是被菲茨杰拉德称为“飞女郎”（flappers）的“新女性”，她们也是文化反叛的积极参与者，通过新潮的服装和反叛传统性别约束的行为进行自我推销，同样带有展示性。比如，小说中的乔登·贝克刻意显示自己是有别于传统的新一代，模仿男性，穿裤装，剪短发，抽烟喝酒，闯入男性的活动领域，大胆追求性权利和性需求。著名的菲茨杰拉德评论家露丝·普利格兹谈到作家笔下的“飞女郎”时说：“（菲茨杰拉德）注意到这个作为女性和社会解放的运动，已经变成了个性和风格的一种表象的展示。”（Prigozy，2004：136）这种展示是一种文化诉求的表达：长期被边缘化的女性宣告自己在场，呼吁关注，要求获得与男性同等的权利。

同样，狂饮作乐是“凝视下的表演”，只不过禁酒令的条文使这样的表演更加富有刺激性，更加夺人眼球。盖茨比的晚会参加者中也有记者，写下报道让狂欢场面见诸报端，使更多人“看”到了青年人打破规范和约束的大胆作为，增加了表演的效果。但是这种众目睽睽的“观望”或“凝视”，也可以存在于表演者的想象中——即使没有真实观众，这样的表演仍然可以充满激情。

菲茨杰拉德笔下不顾禁忌狂饮的青年，其实意识到了“现代社会”到来之际自己所承担的传统文化对抗者的角色。他们需要轰轰烈烈地表演这个角色，需要被凝视，需要“观众”的喝彩，哪怕喝倒彩也是一种对他们站上新时代文化舞台这一事实的认可。

3. 价值更替与道德真空

塞缪尔·施特劳斯认为，禁酒令是该时“带着最明显道德色彩的法令”（Strauss，1924：58）。用法律条文和政治运作来管束道德，具有权力越界的嫌疑。难怪有人挖苦说，政府何不造福于民，再通过一项法令，禁止吃变质牛肉（Levine，1971：47）。因此，我们可以把机构化权力实施的禁酒，看成20年代特殊语境中夸张的文化表态。禁酒令是以法律形式做出的警示性的裁断，为克勤克俭的传统道德正名，警示对象是新消费观念怂恿下试图以出格的行为颠覆既定规范的青年一代。被称为“传统派”的人感受到了转型期的道德阵痛，看不惯消费主义刺激下狂饮滥交、无度挥霍的年轻一代，怀念一种正在流失的乡村理想：人们遵从上帝的教导，勤勉自守，循规蹈矩。在传统规范对年轻一代不再有效的时期，他们仍然希望通过禁酒令这样的举措，为传统保驾，给是非划界。

禁酒令并非孤立的个案。当时突然强化的新闻查禁和取缔卖淫等，也是权力机制试图压制带颓废色彩的新文化的举措。被称为“电影道德警察局”的威尔·海斯查禁办公室，也几乎是同时成立的，对成为大众文化新宠的好莱坞电影进行严格管控。这种试图“保持道德清洁”（“keep it clean”）的努力，说明一部分人对价值体系的崩溃、对行为规范的失效、对“新派”的种种作为忧心忡忡。小说中代表既得利益阶级的汤姆，尽管自己是个偷情、恃强凌弱、无甚道德底线的人，也摆出一副传统卫道士的脸谱，对盖茨比表示谴责：“我似乎感到最新的时尚是袖手旁观，让不知从哪钻出来的鼠辈跟你的老婆上床做爱。……现在大家开始对家庭生活和家庭结构嗤之以鼻，再下一步就可以无所顾忌，黑人和白人之间也可以堂而皇之地通婚了。”（163）这样的谴责充斥着阶级和种族的偏见，是权力关系中“已确立”优势的一方居高临下地对“正谋求”挤入等级社会上层的一方的拒斥，角力的两方分别以汤姆和盖茨比为代表。道德问题不是真正的主题，也不是衡量的尺度，而是较量的筹码。

弗洛伊德的理论从欧洲传到美国后，受到青年人的追捧，致使道德战场出现“攻防转换”。新理论似乎让原先受谴责的出格行为获得了合理性和正义性：精神病态产生于对人性实施的“压制”，释放被“压制”的人性，心理和文化健康才能得以恢复。新派青年的行为中，遭受指责最多的正是曾经最受“压制”的两个方面：一是纵酒；二是性开放。酒精与性有相通之处：它们都曾被套上道德枷锁，而现在都成了离经叛道的武器。它们都能给人以活力和激情，都具有很强的狂欢色彩和“表演性”效果，都是吸人眼球的文化符号。酗酒和性开放两种行为与传统训导出入最大，因此也最具有颠覆力量。于是，“愉快的反叛”变成了一种新时尚：解禁道德约束，释放本能，追求物质和肉体的满足，奉行一种快乐至上的哲学。盖茨比的周末花园晚会，是传统“安全域”之外开辟的一个新世界，在那里，旧道德规范被弃之脑后，人们可以尽情地庆祝个性解放。

这种自行其是、不受传统规范约束的风尚，在当时被称为“新道德”，其定义因人而异。当时有句话嘲讽说：“所谓的‘新道德’，就是原来的不道德。”（Love，1993：5）但“对于这些新道德论者来说，遵从传统就如同在前几个十年中恣意挥霍一样可憎，大众文化追求——从游乐场到电影到汽车——就如酒吧一样，对社会机制构成了潜在威胁”（Horowitz，1985：xxxi）。新道德论者的代表，应该包括菲茨杰拉德和海明威这两位年轻一代作家。他们两人都在实施禁酒令的时期一度离开美国，到更开放自由的法国巴黎去生活，被唐纳德·希尔称为“禁酒令的逃亡者”（Schier，2009：10）。马尔科姆·考利在《花开二度》（*A Second Flowering*）中引述了菲茨杰拉德对当时生活的描述：他们“在餐前像美国人那样喝鸡尾酒，像法国人那样喝葡萄酒和白兰地，像德国人那样喝啤酒，像英国人那样喝威士忌加苏打……这种大杂烩似的混合，就像噩梦中的一杯巨大的鸡尾酒”（Cowley，1980：28）。通过媒体，也通过他们自己的书写，菲茨杰拉德和海明威践行的新生活范式得到广泛的传播与效仿，成为时尚，他们二人被追捧为新消费文化的偶像。豪饮成为海明威“硬汉子”风格的商标，而菲茨杰拉德更是无休止地卷进酒精和爱情的旋涡之中，直到44岁因酗酒过度英年早逝。

盖茨比庭院中周末花园晚会上的狂饮和醉酒，因此可以被看成是“解放了的”青年人的一种默契的集体反叛行为。杰弗里·施瓦茨点到了这种行为的文化意义：“许多不愿随波逐流的人认为，在任何可能的场合去触犯这一法令（禁酒令），是他们的道德义务。”（Schwarz，2001：181）在特定语境下，饮酒成了立场的宣言，对“违法”的正义性表达集体的认同。菲茨杰拉德在描述参加狂欢会的人群时，写到其中有两个“没喝醉的可怜男人”（66）——之所以可怜，是因为他们游离于一种临时的共同准则之外。这就像在出版于《了不起的盖茨比》后一年的海明威的《太阳照样升起》（*The Sun Also Rises*，1926年出版）中，杰克说“科恩从来不喝醉”（Hemingway，1926：152）一样，是一个语带不屑的负面评价。

小说中的两个重要人物，盖茨比和尼克·卡拉威对于酒精的态度非常值得我们注意：盖茨比基本不喝酒，尼克可以把自己灌得烂醉。在比喻的层面上，盖茨比一直处于醉酒状态，沉醉在不现实的追梦之中，但在故事层面，他“养成了远离酒精的习惯”（127）。小说中唯一写到他喝酒，是他在情人黛西家遇到她的丈夫时。汤姆“递上放着冰块的杜松子利克酒”，盖茨比显出手足无措的慌乱，拿起酒杯，“看上去相当紧张”（148）。他是禁酒令造就的另一类人物，贩酒而不饮酒，利用实施禁令的几年时间清醒地运作，从中非法获利，积聚财富。当来他的豪宅参加晚会的人们大胆对抗传统、豪饮狂欢时，盖茨比行为诡秘，小心翼翼，清醒地保持着一种对大局的暗中操控。他抱有不同的目的，追求的是挤进原来的等级社会的上层，而不是颠覆这个权力机制，但最终还是事不如愿，死于非命。在这个人物身上，菲茨杰拉德表达了同情的批判。

小说的高潮部分，发生在某个炎热的下午，在宾馆房间里做好充分准备的盖茨比向汤姆摊牌，宣布黛西将从此离开汤姆，跟他在一起。

“黛西要跟你分手了。”

> “胡说八道。”
>
> “我要分手，是的。”说此话黛西显然做了些努力。
>
> “她不会和我分手！”汤姆的话突然指向盖茨比。“至少不会和一个骗子去牵手，这种人连戴在新娘手上的婚戒都是偷来的。”
>
> “我受不了了！”黛西尖叫着说，“我们离开吧。”
>
> “你到底是什么人，呵？”汤姆咆哮着。“你就是迈耶·沃尔夫夏姆团伙中的一个——我碰巧知道你这一点底细。我对你的勾当做了些小小的调查——我明天还要朝深的地方刨刨。”（168）

接着，汤姆又把盖茨比发财的底细抖了出来，揭露他的系列“药店”是卖私酒的黑店（168）。黛西已经明确表态要与汤姆分手，此时，汤姆亮出杀手锏，揭露了盖茨比的非法活动而扭转局势，黛西犹豫了，动摇了，沉默中悄悄改变了立场。盖茨比明白他的梦想已经失败。

> 他情绪亢奋，开始不停地对黛西说话，否认所有这一切指控，包括汤姆没提到的方面，为自己的声誉辩护。但是他说的每句话，只让她越来越退缩回自己的内心，于是他只得放弃，随着下午天渐渐溜走，只有已死的梦想仍在挣扎，悲情地，不屈不挠地试图碰触屋子那端那个已无法触及的湮灭的声音。（169-170）

汤姆本人完全无视禁酒令，小说也暗示他与地下走私人员有所牵连。但在最后的关键较量中，手段老辣的他适时地抛出盖茨比贩卖私酒发家的底牌，让稚嫩的盖茨比败下阵来。盖茨比的身份也第一次被清楚地揭开。小说家在整个故事情节的编排中，让盖茨比在禁酒令提供的机会中构筑梦想，又让他随着非法敛财的途径被揭露而梦想破灭。可以说，禁酒时代的语境和“酒精”主题，是《了不起的盖茨比》作为一部成功的小说最重要的部分。

尼克更接近作家本人。他既是狂欢的参与者，又是局外人和批判者，既不顾忌禁令，也不拒绝酒精，同时又可以跳出圈子对饮酒狂欢的行为及其道德后果做出清醒的评判。这种矛盾态度是20年代文化悖论最典型的一个方面。《了不起的盖茨比》中纵饮寻欢的场面让读者印象深刻，似乎20年代是恣意放纵的年代。但这只是事情的一面，事情的另一面由尼克代表：沉醉中保持几分清醒，对美国社会上泛滥成灾的享乐主义有所警惕，甚至持批判态度。也就是说，一种及时行乐的生活态度，总是别扭地与20年代青年人批判传统的文化态度结伴而行。潜藏在《了不起的盖茨比》的文本中，我们可以察觉到一种弥漫在狂欢中的灾难意识。

4. 小说的历史文化解读

以犹太–基督教为文化本源的美国人肯定清楚，《圣经》中有不少关于饮酒的正面描述，而且美国一直宣称尊重个人自由和个人选择，视其为人权的基本理念。禁酒令本质上是一项违宪的法令，也是一把双刃剑，既指向“新派”文化中的颓废成分，也对支持禁酒运动的既得利益阶级造成“杀伤”。这样的道德禁令显然缺乏文化基础和理性支撑，令人费解。我们说过，禁酒并不是实际意义上的交锋，但我们可以把它看作业已建立的“秩序”对带有颠覆性质的现状的一种权力示威。禁酒与饮酒是表面上的冲突，需要在特定的历史语境中进行解码，而《了不起的盖茨比》内置了丰富的文化符码，为我们的解读提供了窗口。

小说的历史背景是实施禁酒令的时期，美国正处于第一次世界大战结束后的历史转折期。国家正快速从一个以农业为主的社会，转变成一个以城市为中心的社会；正从一个以生产为主体的社会，向以消费为主体的社会转型。这个时期因而被称为“喧嚣的20年代”。伴随着快速的工业化和城市化，美国人的现代意识突然增强，生活节奏突然加快，道德约束突然解开，传统价值体系突然动摇，两代人之间的代沟突然加宽。马尔科姆·布莱德伯里将这一个10年总结为“一个过去与现在急剧摩擦的时代，一个失去方向的时代”（Bradbury，1971：12）。消费主义伴着自由经济的迅猛发展乘势泛滥，逐渐成为主导生活模式，引向不断蔓延的物质追求和享乐主义。这种趋势导致了观念碰撞，传统瓦解，矛盾激化。

于是，我们看到了事情的两个方面。一方面，消费文化开始在美国形成，“到了20年代，美国企业已经有效地为‘欲望的民主化’（democracy of desire）做好了基础铺垫，自那以后，政府和商界致力于推销以繁荣、舒适、休闲为美国经验的理念”（Renouard，2007：55）。饮酒只是大众消费观念和行为出现整体转向的一个表征。20年代末的一份联邦政府报告声称：“生产商和销售商必须让广大的男女公民学会新的品位和新的生活方式。”（Sklar，1992：167）在“享受进步”理念的驱动下，在日渐普及的信用消费的推促下，在各色广告的诱劝下，人们对财富、消遣、生产和消费的态度发生了戏剧性的变化。另一方面，这种变化导致了一部分人对生产与销售商操纵人的欲望的担忧，尤其担心“经不住诱惑”的年轻一代，生怕在这一代身上，传统价值观念和业已建立的社会秩序崩解于一旦。乔伊·雷诺德认为，禁酒令表面上针对以狂饮和疯狂消费为特征的颓废的青年文化，而其真正矛头所向，是这类“富裕社会早期症状”背后的推手（Renouard，2007：54），即正在泛滥的消费主义。

冲突不断、矛盾重重的转型期社会，为青年人提供了展示的舞台。他们走进强光灯下，踢开原来的舞台规则，宣告新一代的登场。他们即兴演出自己的节目，高调而激进，煞是热闹，但含义不清，摆脱不了历史语境对角色的塑造，只能笼统地表达对前辈的不满和对个性解放的膜拜。弗雷德里克·霍夫曼认为，青年一代表现出一种单纯，导致他们“在这个10年中采取了两种主要形式：一是对当前的极度投入；二是与其他更重大深刻的经历的脱节”（Hoffman，1985：448）。在这个解放道德，张扬个性的年代，年轻人确实更关注自我，对“宏大事业”缺乏兴趣，但是，他们并没有与“重大深刻的经历”脱节。他们被深深卷入了消费社会的时代潮流中，被推涌到了消费文化的前沿，成为新消费观念的推销员。消费主义需要涉世不深、行为冲动的青年人打头阵。所以，不管他们多么标新立异，多么自以为是，他们行为中“自主性”选择的成分其实并不多。而在消费主义怂恿牵动下，他们不知不觉地走上了新消费品位的T型台，做了新生活时尚的模特，他们的“展示”同时又成了消费文化的广告。

在《了不起的盖茨比》中，我们可以读出现代性在当时历史背景中凸显的困境：现在与过去时间上的断裂，传统与革新的碰撞，认识观念与生活方式的新陈代谢，拥抱未来的激奋和失去传统的焦虑交织的进步话语的悖论。现代性物质化的过程，挟裹着所有欢呼者和抗议者，催生了禁酒令这样的“非常”法令，也促使菲茨杰拉德在小说中描写禁令下的饮酒作乐。人们在晚会中狂饮醉酒，一面对抗传统，矫枉过正，一面麻醉自己，掩饰对不确定的未来的担忧。但人人都知道，晚会是要散场的。盖茨比的周末花园晚会过后，“明月依旧，而欢声笑语已经从仍然光辉灿烂的花园里消失了。一股突然的空虚此刻好像从那些窗户和巨大的门里流出”（71-72）。“愉快的反叛”结果注定不会“愉快”。这种忧心及后来的反思，弥漫在《了不起的盖茨比》和菲茨杰拉德的其他所有作品之中。

参考文献

- 汪民安.文化研究关键词[M].南京：江苏人民出版社，2007.
- BRADBURY M. Style of life, style of art and the American novelist in the 1920s[M]// BRADBURY M, PALMER D. The American novel and the 1920s. London: Edward Arnold, 1971: 11-36.
- COWLEY M. A second flowering: works and days of the Lost Generation[M]. New York: Penguin Books, 1980.
- FITZGERALD F S. The great Gatsby[M]. New York: Charles Scribner's Sons, 1953.
- GROSS D, GROSS M. F. Scott Fitzgerald's American swastika: the Prohibition underworld and the great Gatsby[J]. Notes and queries, 1994(1).
- HENMINGWAY E. The sun also rises[M]. New York: Scribner, 1926.
- HOFFMAN F. The twenties: American writing in the postwar decade[M]. New York: The Free Press, 1985.
- HOROWITZ D. The morality of spending: attitudes toward the consumer society in America[M]. Baltimore: John Hopkins University Press, 1985.
- HORTON R, EDWARDS H. Backgrounds of American literary thought[M]. New Jersey: Prentice Hall, 1974.
- KRUSE H. The real Jay Gatsby: Max von Gerlach, F. Scott Fitzgerald, and the compositional history of the great Gatsby[J] The F. Scott Fitzgerald review, 2002, 1(1): 45-83.
- LEVINE L W. Progress and nostalgia: the self image of the 1920s[M]// BRADBURY M, PALMER D. The American novel and the 1920s. London: Edward Arnold, 1971: 41-55.
- LOVE G. Babbitt, an American life[M]. New York: Twayne Publishers, 1993.
- McGOWAN P. The American carnival of the great Gatsby[J]. Connotations: a journal for critical debate, 2005/2006, 15(1-3): 143-158.
- OKRENT D. Last call: the rise and fall of Prohibition[M]. New York: Scribner, 2010.
- PRIGOZY R. Fitzgerald's flappers and flapper films of the Jazz Age[M]// CURNUTT K. A historical guide to F. Scott Fitzgerald. Oxford: Oxford University Press, 2004: 127-141.
- RENOUARD J. The predicament of plenty: interwar intellectuals and American consumerism[J].The journal of American culture, 2007(1): 54-67.
- ROSS D. American history & culture: from the explorers to cable TV[M]. New York: Peter Lang Publishing, 2000.

- SCHIER D. Drinking and writing in Paris in the twenties and thirties[J]. Sewanee review, 2009(1): 10-12.
- SCHWARZ J A. “The saloon must go, and I will take it with me”: American Prohibition, nationalism, and expatriation in *The Sun Also Rises*[J]. Studies in the novel, 2001(2): 180-201.
- SKLAR M J. The United States as a developing country: studies in U. S. history in the Progressive Era and the 1920s[M]. Cambridge: Cambridge University Press, 1992.
- STRAUSS S. Things are in the saddle[J]. The Atlantic monthly, 1924(11): 57-58.

三 《五号屠场》：冯内古特的历史意识与政治担当[7]

1. 站在背后的言说者

常有批评文章曲解库尔特·冯内古特的《五号屠场》（*Slaughterhouse Five*）的历史观和政治意识，认为作品表达的是悲观主义、宿命论和政治无为（Tanner, 1990：128; Seiber, 2000：148, 152; Lundquist，1977：18）。造成误读的主要原因来自四个方面：一是小说塑造的任由命运宰割的受虐型的主人公；二是小说叙述者因不堪回忆之苦而退避三舍的处世态度；三是故事层面提供的“答案”——来自“和平星球”带宿命论色彩的“福音”；四是对后现代小说“去政治化”的一般理解。这些方面，加上作家玩世不恭的调侃语气和黑色幽默，帮助造成了小说“游离政治”的假象。另一方面，作家为小说精心设计了复杂的叙事结构，虚实相间，多股交错，使小说成为后现代叙事艺术的展台，吸引了批评界的主要关注，弱化了小说的主题讨论。

这样的误读根本上产生于将故事层面/叙事层面与作家的认识层面混为一谈。在故事层面上，《五号屠场》主要围绕美国大兵比利展开。沃尔特·霍尔布林将此人描述为“也许是美国小说中最被动、最惰性的人物”，并暗示作家借助这个人物表达了一种消极的态度（Holbling，2009：212）。战争中的比利

7 原载《外国文学研究》2015年第4期，72—80页。

无拳无勇，“既没有打击敌人的实力，也没有帮助朋友的能量”“对大多数士兵不屑一顾的仁爱的耶稣抱着驯顺的信仰”（冯内古特，2008：26），总是逆来顺受，确实是个消极被动的人物。但显然，作家设计的本来就是一个反英雄角色，对他极尽嘲弄之能事：他“高挑羸弱，身材像可口可乐的瓶子”（20），“肩和胸就像厨房用的火柴盒”（27），“看上去像一只脏兮兮的火烈鸟”（28），“是一只散了架的风筝”（82）。

我们必须强调，小说人物的麻木不等于作家意识的麻木，人物的无为不等于作家无动于衷。一方面，冯内古特通过比利反应迟钝的眼睛，让读者直面战争灾难；另一方面，他又对被命运玩弄、无助无能的小人物表示同情。比利很像鲁迅笔下的阿Q，可怜可悲，让读者产生“哀其不幸，怒其不争”的矛盾心态。尽管作家确实亲历过比利所经历的创伤事件，但比利不是作家本人的投影。事实上冯内古特曾谈到过，比利的原型来自一个以自杀结束战争经历的名叫乔·克罗尼的士兵（Morse，2009：94）。正是通过对这类无助、被动的小人物命运的警示性再现，冯内古特表达了积极的政治介入的态度。

在叙事层面，故事的讲述者也不是作家的“另一个自我”。叙述者面对灾难和死亡，不愿深究悲剧的根源，整部小说中用了100多次“事情就这样”，肩膀一耸，把话题打住。《哥伦比亚美国小说史》对《五号屠场》做了这样的评定，认为小说“避免了任何令人满意的或引向洞见的结论。（叙述者）带无为态度的箴言‘事情就这样’成了冯内古特修正历史的范本”（Elliot，2005：722）。这样的定论值得商榷。叙述者的“无为态度”正是作家的批判矛头所向，而真正的言说者，即作者，站在叙事者的背后，通过批判性地“展示”人物和叙事者的负面特性和态度，来表达自己的立场。人物的沉默为作家打破沉默的呼吁营造了气氛，让读者“于无声处听惊雷”。冯内古特在小说中“侵入式”地对作品进行了讲解：“故事中几乎没有真正的人物”，都是些“被难以抗拒的势力抛上抛下的玩物”（137）。塑造这些“玩物”的用意，显然是“希望这部小说能够唤起读者的注意，促进他们的意识，使他们警觉起来”（Bergenholtz & Clark，1998：91）。冯内古特在一次访谈中说，“艺术家的价值在于成为警报系统”（Bergenholtz & Clark，1998：77）。这个“警示”意图是通过拉开作者与人物（包括叙述者）的隐含距离来实现的。

《五号屠场》中作家的历史意识和政治介入，值得我们专门讨论。冯内古特研究专家克林诺维兹强调："《五号屠场》为其作者建立了当代焦点问题明星级发言人的地位。"（Klinkowitz，2009：62）他认为，作家不仅关注当下，评说时事，而且具有影响力，尽管"评说"是通过后现代小说特有的美学再现模式进行的，而不是观点的明确表述。斯图亚特·沙伊格尔在《政治小说：20世纪想象再现》中，也将《五号屠场》归入"政治小说"类（Scheingold，2010：7）进行讨论。这样的评定和归类，是有道理的。

2. 见证者的陈述与小说家的再现

《五号屠场》的中心事件是德累斯顿轰炸。虽然小说中直接描述轰炸和灾难救援的篇幅并不大，但难以抹除的创伤记忆穿插在小说主人公战后生活的零碎片段中，包括由于精神受刺激和脑部受伤之后出现的幻觉：遭飞碟绑架，被送到一个叫特拉法玛多的星球的动物园中展出，回来后传播福音。小说中占大部分篇幅的战后生活部分，其实都可以看成是回溯性、反思性的铺垫，最终的箭头都导向德累斯顿轰炸这一聚焦点。

冯内古特本人亲历了第二次世界大战，在1944年12月的巴尔奇战役中被德军俘虏，送到德累斯顿当劳工。1945年2月13至14日，美英空军对这座不设防的城市进行了狂轰滥炸，投下以燃烧弹为主的3 000吨炸药，杀死了13.5万平民[8]，使德累斯顿看上去"像月球表面……周围街区找不到活人"（150）。22岁的冯内古特身处德累斯顿的地下库房，幸免于难，成了灾难的见证者。事后，美国报纸上出现的是一条普通的新闻："昨天晚上我们的空军袭击了德累斯顿，所有飞机安全返回。"（冯内古特，2013：38）长期以来，美国官方封锁德累斯顿轰炸的信息，让曾经身临其境的冯内古特耿耿于怀："在当时的美

---

8 13.5万这一数字，或者比较笼统的"十多万"，是冯内古特在不同小说和纪实作品中提供的。这个数字有争议，目前一般认为德累斯顿轰炸中的死亡人数可能在5万左右。

国知道那场空袭的人并不多。比如说，没有多少美国人知道它要比广岛更惨。”（8）冯内古特有话要说。

作家在纪实的第一章中这么写道：

> 那时我曾写信给空军，索要空袭德累斯顿的详细资料：谁下的命令，出动了多少架飞机，为何要轰炸，取得了哪些预期的效果，诸如此类。一个同我一样从事公共关系的男性给了我回复。他说很抱歉，此类仍属于绝密信息。我把信大声读给妻子听，然后我说：“绝密？我的天哪——向谁保密？”

（9）这段生活中的轶事，解释了作家的创作目的：以小说为手段，承担见证者的责任，揭露美国军队对平民的屠杀。约翰·利蒙提出了一个引起争议的看法：第二次世界大战“带有浓重的恐怖主义色彩（deeply terroristic）”（Limon，1994：128）。他不仅强调“敌方”（纳粹）对非军事人群的残酷杀戮，也毫不客气地指向“己方”实施的包括德累斯顿轰炸在内的针对平民目标的军事行动。《五号屠场》是约翰·利蒙著作中主要讨论的文本之一。

具有讽刺意味的是，德累斯顿轰炸的细节，最早是由英国文献学家大卫·欧文向英、美两国读者披露的。欧文是个臭名昭著的亲希特勒分子，他的《德累斯顿毁灭记》自然有“诋毁”二战中同盟军的嫌疑，因此轻而易举地遭到了抵制。很多美国人是通过冯内古特的小说了解到这场悲剧的。由于“实施残暴罪行的技术能力与我们面对此类灾难的想象能力之间越来越大的距离”（Lifton，1971：23），作家用了23年的时间进行消化、思考和再现，终于找到了表达语言，推出了《五号屠场》这部引起美国文坛震动的小说。但《五号屠场》仍然是“被查禁次数最多的10部美国小说之一”（Morse，2009：92）。被视为“危险”的成分，正是小说的颠覆力量所在。

冯内古特强调了被摧毁的德累斯顿两方面的特征：一是这座“欧洲最美丽的古城”具有作为人类文化遗产的特殊价值；二是它的非军事性。《五号屠场》

中充当劳工的美国战俘比利，看到这座城市的第一眼是这样的："闷罐子车门被打开，门框中展现出很多美国人从来没有看到过的美丽城市。城市勾画出令人愉悦、让人着迷的轮廓，复杂而荒诞。在比利看来，像主日学校的天堂图景。"（125）作家在后来的《回首大决战：及关于战争与和平的其他新作》（以下简称《回首大决战》）中做了进一步描述，"城市里有美轮美奂的老教堂、图书馆、博物馆、剧场、艺术画廊……曾经是旅游者的天堂……聚集着几百年的文化珍宝，充分展示着我们深深植根于其中的欧洲文明的精华所在。"作家表示，战争灾难是临时的，但艺术是永恒的，德累斯顿的艺术瑰宝仍等待着战后重拾尊严（冯内古特，2013：37）。小说中一名已在该市多时的英国战俘告诉比利，"你们不必担心轰炸"，因为"德累斯顿是一个开放城市，不设防，没有战争工业，没有值得一提的驻军部队"（123）——也就是说，轰炸没有军事意义。但这个"像天堂图景"般"美轮美奂"的城市，还是被炸成了"月球的表面"。冯内古特详细地描述了轰炸前后的两张对比图，让它们印刻在读者的头脑中，引出一个关于同盟军行为动机的大大的问号。

《五号屠场》凸显战争亲历者的个人陈述，在人物的"见证"和叙述者的沉默之间留出的空白中，让读者投入想象和思考。如果仔细梳理，我们能发现小说中有四个不同层面的平行话语：一是故事外作家充满愤怒的谴责之声，常像不速之客"侵入"故事；二是不想让战争记忆继续困扰自己的叙述者的声音；三是对周围事情的真意浑然不觉的小说主人公比利的声音；四是小说中与虚构故事形成比照的大量的历史记载，如歌德对德累斯顿的赞美和美国军事史学家对大轰炸的辩护。小说是多声道的，多层话语构成一个立体的表述空间，纵横交错，互相碰撞与渗透，大大拓宽了小说的参照域。但所有技术手段都是为引导读者通过想象解构历史、重构历史服务的。

3. 历史意识与当代指涉

"一切历史都是当代史，一切历史意识'切片'都是当代阐释的结果。"（朱立元，1997：399）冯内古特强烈的历史意识和当代指涉，首先表现在小说副标题——“儿童的圣战”上。这个副标题指向三个方面，一是将德累斯顿轰炸事件与13世纪的童子军东征这一“欧洲历史上最让人啼笑皆非的事件”（Morse，2009：94）联系在一起；二是让人联想到代表官方历史的艾森豪威尔将军流传广泛的二战著作《欧洲的圣战》；三是指向当时美国政府的越南战争动员：媒体的战争宣传不断给美国青年——那些“处于童年末端”、涉世未深的孩子们洗脑，将战争崇高化。就这样，从中世纪的“童子十字军”开始，到德累斯顿轰炸，再到越南战争，作家将人类不断重复的愚行排列出来，把历史的惨痛记录和当时的美国大事件联系到一起。

《五号屠场》第一章提到一本关于童子军圣战的书，是查尔斯·麦凯博士出版于1841年的《特殊流行幻觉与集体疯狂》。该书告诉我们，童子军圣战始于1213年，两个僧侣突发奇想，在德国和法国招募童子军，以基督的名义前往巴勒斯坦参加圣战，三万儿童志愿报名。小说中有这样的一段：“历史庄严的书页告诉我们，鼓动十字军圣战者只不过是些无知野蛮的人，其动机来源于绝对的偏执，其历程浸透着血泪。而另一方面，浪漫作品放大了他们的虔诚和英雄主义，用热情洋溢慷慨激昂的语气描述他们的善德和气度，赞颂他们为自己赢得的永久的荣耀和为基督教做出的巨大贡献。”（13）《五号屠场》对童子军圣战的详细描述，包含着对德累斯顿轰炸，尤其是对越南战争动机的明显指涉。

在纪实的第一章中，得知冯内古特的造访是为写一本关于战争的书，他战时的伙伴奥黑尔的妻子怒不可遏，爆发出一连串的谴责：“你会假装你们不是些娃娃，而是男子汉，让法兰克·辛纳屈、约翰·韦恩[9]或者其他一些魅力十足、好战的、有一把年纪的无耻之徒在电影中表现你们的故事。战争看上去无比美好，我们还需要更多的战争。送去当炮灰的是些娃娃，就像楼上的孩子们。”（12）很显然，她相信以书和电影为代表的媒体在为战争推波助澜，而受骗上当、充当炮灰的是些不谙世事的“娃娃们”，或“童子”。小说中一名英国上校看到比利他们这批年轻的美国兵时惊呼：“我的天哪，我的天哪——这是

9　法兰克·辛纳屈和约翰·韦恩是两名以演硬派战争英雄著名的美国电影明星。

一支童子十字军。”（89）

《五号屠场》成稿于全美抗议越南战争的浪潮中，“我的政府每天向我提供军事科学在越南创造的尸体数字”（176）。小说主人公比利在回叙二战往事的时候，他的儿子罗伯特正在越南打仗。小说展示了历史重蹈覆辙的三步：中世纪讨伐异教的十字军东征；二战中的德累斯顿轰炸；越南战争。彼得·弗里兹谈到德累斯顿轰炸时，也将历史事件穿成一串，指出“从索多玛和蛾摩拉到中世纪十字军东征再到越南丛林战”，德累斯顿只不过是“无休无止的人类残暴系列中的又一个实例”（Freese，2009：30）。弗里兹提到了《圣经·旧约》中描述的因其居民罪恶深重而被上帝焚毁的两个古城索多玛和蛾摩拉。冯内古特在小说中也提到了这两个古城：“我在旅馆房间里翻阅基甸国际赠送的圣经，在其中寻找大毁灭的故事。当罗德进入琐珥时，太阳已在地球上升起，我读着。然后，主从天外之主那里引来硫黄与火，降落在索多玛和蛾摩拉；他摧毁这两座城市，所有的平原，所有城中的居民，以及一切地面的生物。”冯内古特接着评说，“两座城里住的都是坏人，这是众所周知的事。没有他们世界会变得更美好”（18）。作家追溯到西方文明的源头，辛辣地嘲讽了将残杀当作正义的文化传统。

这种传统延续到当时正在进行的越南战争。作家将德累斯顿轰炸与越南战争放在一个平台上，用以颠覆媒体向美国民众灌输的意在战胜“邪恶势力”的“好战争”的宣传。德累斯顿轰炸的描写之后，小说马上跳跃到比利的战后生活，聆听一位海军少校的演讲，“他说美国人别无选择，必须继续在越南打下去，直到取得胜利……他赞成加大轰炸力度，如果他们冥顽不化，就把北越炸回石器时代”（49）。这个态度强硬的“海军少校”显然是美国空军长官科迪斯·勒梅（Curtis LeMay）的化身，此人最早提出以轰炸制服北越的计划，扬言不惜将其“炸回到石器时代”（Jarvis，2009：65）。在对德累斯顿轰炸的揭示中，作家对20世纪60年代末美国在越南实施的狂轰滥炸进行了谴责。这种“暴力制服”的态度，建立在德累斯顿的先例之上，但后果令人震惊，如克里斯蒂娜·贾维斯所指出：“勒梅的观点代表了将战争扩大至包括平民目标的一种倾向。通过像勒梅那样的战争规划，战争中平民伤亡从第一次世界大战的5%，提

高到第二次世界大战中的40%，再增加到越南战争中的91%。”（Jarvis，2009：66）

最值得注意的是小说临近结束的场面。因飞机失事受重伤的比利在医院与一个名叫伯特伦·朗福德的人同住一个病室。此人的身份被作家多次强调：“哈佛大学历史教授，官方历史学家”（101）。他正在撰写“关于第二次世界大战中美国陆军空战团的简缩本历史”（155）。病床上的朗福德教授向其女友朗读了美国空军准将伊克尔和英国空军中将桑德比爵士各自为美国版的大卫·欧文的《德累斯顿毁灭记》写的前言，其中，伊克尔强调了必须轰炸这座德国城市的理由：战争是由德国人发起的，为此五百万同盟国人民死于战争灾难。桑德比的态度则完全不同：“无人可以否认，轰炸德累斯顿是一场大悲剧。说它确是军事需要，读了这本书之后很少会有人相信。”（158）作家在小说中并置了相互冲突的看法，交给读者进行评定。

两位真实军事人物的不同观点，让虚构人物朗福德对这个“悬而未决的问题”（161）有点不知所措。27卷的《第二次世界大战中陆军空战队正史》中几乎没有提及德累斯顿轰炸：“这场胜利的规模在战争以后很多年一直是保密的——对美国人民保密。”当朗福德的女友问及为何保密时，这位“官方历史学家”也不得不说，因为“这样的事情算不上什么壮举”（161）。但他仍然笼统地为轰炸辩护，称这是“不得已而为之”（161）。

此时，惊天动地的事情发生了。重伤躺在病床上，包扎得像个木乃伊似的比利，“用一种几乎听不到的微弱颤抖的声音”说，“当时我就在那儿”（161）。这个来自见证者的陈述振聋发聩，让朗福德目瞪口呆。作家十分清楚这种个人小叙事颠覆官方历史的力量，后来在《回首大决战》中又写道：“使我过去和现在从心底里感到厌恶的缘由，是一个在美国报刊上只做过轻描淡写报道的事件。在1945年2月，德国的德累斯顿被摧毁，10万多人口与城市一同遭到毁灭。当时我就在那儿。”（冯内古特，2013：36）冯内古特再次强调了“见证”的不可替代性，通过宣誓“在场”，确立小叙事的权威，对宏大叙事的真确性提出质疑。“官方史学家”在突然出现的亲历者面前哑口无言，只能讪讪地说，“有必要现在谈这些吗？”“这就是战争”（167）。

朗福德同比利“交锋”的场景被放置在《五号屠场》的最后部分，是有其特殊意义的，因为它是小说的真正高潮。讽刺性攻击的目标出现了，那是一种对时代的灾难事件不以为然的反应态度。德累斯顿的恐怖之处并不在于它会在文明的20世纪在该地发生。真正令人恐惧的是，像德累斯顿这样的事件还会继续发生，人们似乎不再感到震惊（Merrill & Scholl，1978）。弗里兹同样指出了《五号屠场》的当下意义，认为小说“通过特殊视角对历史事件进行重构，消解了官方叙事的绝对化；通过个人的主观意识凸显人们面临的当代问题；通过今天的现实推演将来可能出现的情景”（Freese，2009：23）。作家不是杞人忧天，他的“推演”被一再证实。一种意识形态方面的自我优越感，加之崇尚武力的战争传统和对生命的漠视，致使历史的错误不断重复，于是就有了越南战争，就有了来自伊拉克、阿富汗、科索沃、利比亚、叙利亚的反复印证。难怪经历德累斯顿创伤、战后从事配镜行业的比利，也恍惚感觉到了自己所承担的是为“地球仔的灵魂配制矫正镜片”（24）的见证者的使命。

4. 人道主义呼声：作家的政治介入

德累斯顿轰炸事件也出现在冯内古特的其他著作中，包括文集《棕榈树星期天》和他2007年逝世前后出版的两本著作中：《没有国家的人》和《回首大决战》。似乎随着时间的推移，作家的关注越来越超越事件本身，而转向对其行为动机、伦理原则和文化根源的追问。他不允许政治强势裹挟大众的思想，动摇人的普世价值。《五号屠场》这种对二战中美国“国家立场”的对抗性书写，确实承担着一定的“政治不正确”的风险。比如，菲利普·沃茨的批评文章就认为，小说有间接为纳粹辩护的嫌疑，因为对德累斯顿轰炸的描述，把读者引向纳粹死亡集中营的联想。文章虽未直接对冯内古特的“德裔”身份进行拷问，但暗示强烈，并且试图论证法国反犹太主义小说家塞利纳对他的影响（Watts，2009：33-44）。

这样的指责带有恶意中伤的性质。冯内古特的批判态度是基于人道主义之上的，是以理性和良知为基础的，并不认同非此即彼、非白即黑的绝对主义。他不是民族主义者，也不是政治“左翼”或激进分子，而是以人性和人道为最高理想，强调生命和博爱的价值，尤其反对将“好人的战争”和“坏人的战争”一刀切开。而在美国，这种“‘站边’思维延续到二战后，在朝鲜战争和越南战争中又进一步得到强化”（Jarvis，2009：79）。正是站在人道主义的立场而不是“美国的立场”上，冯内古特才选择不回避正义战争中的罪恶。他说，“对儿童的杀戮——不管是‘德寇’的孩子还是‘小日本’的孩子，或者将来任何敌人的孩子——永远不会有正当的理由”（冯内古特，2008：44）。《五号屠场》出版前一年，美军在越南美莱村实施了屠杀[10]，屠杀对象包括许多“越共”的孩子，复制了过去的罪恶。越南战争被美国国家层面与媒体宣传为“正义战争”，对平民实施大屠杀的丑闻，不得不再次“向美国民众保密”。冯内古特对美军在二战和越南战争中将战争屠刀挥向平民的行为提出了强烈的道德谴责，将战争谋划者们推上了道德审判台。

彼得·琼斯指出，“战争小说几乎都是伦理论坛，或表达愤怒，或描写战争困境中对意义的探问”（Jones，1976：9）。《五号屠场》中的这种探问，在与德累斯顿轰炸形成对位的另一事件中，表现得尤其鞭辟入里。德累斯顿被摧毁后，小说中美军士兵老德比因在废墟中捡了一把茶壶，违反了战时军令而被逮捕，当场审判，实施枪决。这件事就如同德累斯顿轰炸一样令叙述者难以释怀，让读者啼笑皆非。两个事件规模迥异，但性质上同样荒谬，同样令人震惊。“老德比事件”在小说的各个部分总共被提到九次，与德累斯顿轰炸形成强烈的比照和讽刺。老德比原是个中学教师，超龄的他45岁通过“走后门”入伍，“为美国而战”。冯内古特在小说中特地为他提供了表现英雄主义的舞台。当投靠纳粹的美国人坎贝尔前来游说，动员美国战俘报名去前线跟俄国人作战时，平时温和寡言的老德比站了起来：

10 越南美莱村屠杀发生在1968年10月23日，一队美军对主要是老人、妇女和孩子的美莱村百余村民实施屠杀。之后，美国陆军部的官方报纸《星条旗报》以头条新闻登出：“美军包围赤色分子，消灭128人。”美国作家蒂姆·奥布莱恩与前辈作家冯内古特一样，以长篇小说《林中之湖》（*In the Lake of Woods*，1994）将这一“保密”事件揭示于天下。

> 他的姿态像一个被打晕的拳击师，垂着头，双拳伸在胸前，等待着指示和战术安排。德比抬起头来，骂坎贝尔是条毒蛇……情绪激动地谈到以自由、正义、机会均等和公平竞争为主旨的美国式的政府。他说没有人不愿意为这样的理想奋斗牺牲。……他谈到美国和俄罗斯人民之间的兄弟情谊，谈到这两个民族将彻底铲除试图扩散到全世界的纳粹主义瘟疫。（138）

一个正义之士和表达美国式理想的英雄，稀里糊涂地被剥夺了生命。这种“反高潮”（anti-climatic）式的结尾，将战争的荒诞性表现得淋漓尽致。如果说德累斯顿代表了作家“对美国文化宏大叙事的彻底幻灭”（Davis，2006：76），那么“老德比事件”更带情感色彩，将聚焦点对准无数战争冤魂中活生生的一个，更凸显了战争对生命价值的藐视，更具有黑色幽默的色彩。在这一大一小两个事件遥相呼应的组合中，小说凸显了一个尖锐的问题：与摧毁一座历史古城、屠杀数万平民的罪恶相比，老德比几乎是无辜的，但他受到了被当场枪决的惩罚。那么，对那些用燃烧弹摧毁德累斯顿的决策人，历史应施以何种惩罚呢？小说文本中潜藏着一个人道主义者的无声责问，虽不是直接表达的，却犀利无比。

历史书写是历史编撰者从自身的历史、文化和政治立场出发按照当下的需求对历史的再创作，与文学书写具有同样的虚构性，都利用了某些支配性原则，都隐含着权力关系和权力本质。《五号屠场》对德累斯顿轰炸的虚构再现，本质上是一种对历史的尊重。当机构化的官方叙事掩饰和删改此类作为，作家们站出来将历史叙事转化为小说叙事，通过个人化、艺术化的小叙事重新呈现事件，提供不同的视角，对宏大叙事进行修正或戏仿。虽然小说叙事也是文字建构，不可能还原真相，但文学作品重述的历史，提供了另一种解读的途径，动摇了“既定”认识，打破了官方叙事的“一言堂”。冯内古特在对事件的重新呈现中，参与了历史重构，这种介入写作是作家争夺意义阐释权的斗争，具有平衡和扶正历史叙述的政治意义。

不少文学理论家，如弗雷德里克·詹姆逊和特里·伊格尔顿，都发表过后现代文学游离于政治或与政治相关甚微的论述。尽管被贴上后现代小说家的标签，冯内古特的小说并不是“消解一切”的“文字游戏”，而是始终面对现实题材。除了二战和越南战争，他的小说还涉及诸如“萨柯事件”、生态危机、权力滥用等重要社会主题。他的后现代小说的政治性，正如琳达·哈钦所认为的，表现在作家故意模糊历史叙事与小说叙事之间的边界，以凸显官方历史中缺失的那些部分，而这种融合了历史与虚构的艺术，具有历史和社会批判的力量（Hutcheon，1989：47-92）。《五号屠场》是将历史事件小说化的杰出例子。作家擅长运用看似散漫随意，实则结构复杂的叙事策略，对历史进行陌生化的想象再现，用去政治化的手法达到政治介入的目的，具有不容忽视的历史维度和政治担当。

参考文献

- 冯内古特. 五号屠场[M]. 虞建华，译. 南京：译林出版社，2008.
- 冯内古特. 回首大决战：及关于战争与和平的其他新作[M]. 虞建华，译. 北京：人民文学出版社，2013.
- 朱立元. 当代西方文艺理论[M]. 上海：华东师范大学出版社，1997.
- BERGENHOLTZ R, CLARK J R. Food for thought in *Slaughterhouse-Five*[J].Thalia, 1998, 18(1): 74-93.
- DAVIS T. Kurt Vonnegut's crusade: or, how a postmodern harlequin preached a new kind of humanism[M]. New York: State University of New York Press, 2006.
- ELLIOT E. The Columbia history of the American novel[M]. Beijing: Foreign Language Teaching and Research Press, 2005.
- FREESE, P. Kurt Vonnegut's *Slaughterhouse-Five* or, how to storify an atrocity[M]// BLOOM H. Kurt Vonnegut's *Slaughterhouse-Five*. New York: Infobase Publishing, 2009: 17-32.
- HOLBLING W. The second world war: American writing[M]// McLOUGHLIN K. The Cambridge companion to war writing. New York: Cambridge University Press, 2009: 212-225.
- HUTCHEON L. The politics of postmodernism[M]. London: Routledge, 1989.
- JARVIS C. The Vietnamization of World War II in *Slaughterhouse-Five* and *Gravity's Rainbow*[M]// BLOOM H. Kurt Vonnegut's *Slaughterhouse-Five*. New York: Infobase Publishing, 2009: 61-83.
- JONES P G. War and the novelists: appraising the American war novel[M]. Columbia: University of Missouri Press, 1976.
- KLINKOWITZ J. Kurt Vonnegut's America[M]. Columbia: University of South Carolina Press, 2009.
- LIFTON R J. Beyond Atrocity[J]. Saturday review, 1971(27): 21-26.
- LIMON J. Writing after war: American war fiction from realism to postmodernism[M]. New York: Oxford University Press, 1994.
- LUNDQUIST J. Kurt Vonnegut[M]. New York: Frederick Ungar Publishing Company, 1977.
- MERRILL R, SCHOLL P A. Vonnegut's *Slaughterhouse-Five*: the requirement of chaos[J]. Studies in American fiction, 1978(6): 65-76.
- MORSE D E. Breaking the silence[M]// BLOOM H. Kurt Vonnegut's *Slaughterhouse-Five*. New York: Infobase Publishing: 2009: 85-102.
- SCHEINGOLD S. The political novel: re-imagining the twentieth century. London: Continuum, 2010.
- SEIBER S. Unstuck in time: simultaneity as a foundation for Vonnegut's chrono-synclastic infundibula and other nonlinear time structure[M]//

LEEDS M, REED P J. Kurt Vonnegut: images and representations. Westport: Greenwood: 2000: 147-153.

- TANNER, T. The uncertain messenger: a reading of *Slaughterhouse-Five*[M]// MERRILL R. Critical essays on Kurt Vonnegut. Boston: Hall, 1990 :125-130.
- WATTS, P. Rewriting history: Céline and Kurt Vonnegut[M]// BLOOM H. Kurt Vonnegut's *Slaughterhouse-Five*. New York: Infobase Publishing, 2009: 33-44.

四 “女巫”赞歌：关于塞勒姆审巫案的两部当代历史小说评述[11]

1. 引言

美国文坛近期出版的两部历史小说引人注目：一部是凯思琳·肯特（Kathleen Kent）的《叛道者的女儿》（*The Heretic's Daughter*，以下简称《叛道者》）；另一部是凯瑟琳·豪（Katherine Howe）的《迪丽芬斯·戴恩的医书》（*The Physicle Book of Deliverance Dane*，以下简称《医书》）。两部小说出版相隔仅一年时间，都以17世纪末塞勒姆审巫案为中心内容，都受到了读者和批评界的热切关注。更令人惊愕的是，这两位女作家都是“女巫”的后代。凯思琳·肯特是玛瑟·凯利（Martha Carrier，也是她小说的女主人公）的10代外孙女；凯瑟琳·豪的祖辈伊丽莎白·豪（Elizabeth Howe）也在被送上绞刑架的受害者名单之列，历史记载有案可稽。凯瑟琳·豪的另一个更直系的祖辈伊丽莎白·普罗克托（Elizabeth Proctor）也受到关押和审讯，但幸免于难。面对这一陈案，历史已多有评说，包括社会学的讨论、史学的探究和文学的再现。但300多年后的今天，受害者的后代们仍有话要说。《叛道者》的作者凯思琳·肯特对历史上的塞勒姆审巫案做过多年深入的调查和考证，而《医书》

11 原载《外语研究》2017年第1期，91—96页，原文题为《“女巫”赞歌：关于塞勒姆审巫事件的两部当代历史小说评述》。

的作者凯瑟琳·豪更是历史学博士，专修殖民地时期的新英格兰史。两位作者都兼具历史学家和作家的身份，对史料和相关研究十分熟悉，作品具有历史的重量和思想的深度。她们通过小说的想象性重构参与历史言说，把现代读者带入昔日语境去寻踪觅源，提供历史警示，同时注入当下的思考。

2. 历史的再现：文学中的审巫主题

1692年，塞勒姆镇帕里斯牧师的女儿突然痉挛发作，精神恍惚，举动怪异。接着周围一些女孩出现了同样症状。在成年人的询问和暗示下，女孩们指向镇上一些女性，说是她们施行巫术所致。宗教法庭对被指控者严刑逼供，迫使她们揭发其他“巫婆”和“巫师”。“一旦指控开始，任何质疑审判正义性的人，等于申请自愿加入被指控者的队伍。”（Margulies & Rosaler，2008：5）最终，200多人被逮捕监禁，其中被处绞刑的19名，审判中酷刑致死1名，狱中死亡4名。24名遭迫害致死者中，女性占19名。没有任何严肃的历史学家，不管是保守的还是激进的，会为审巫的正义性进行辩护，但历史的理性反思仍难以解释事件的多面性和复杂性，更难以揭示事件对当事人和后代造成的心理创伤。这是小说家更擅长的领域。

现代医学认为，女孩的怪异举动可能与误食霉变小麦有关，其中的“麦角菌”可以引起幻觉，导致类似病态。历史学家也常将先前一场瘟疫（天花）带来的恐慌，视为导致和加剧这一恶性事件背后的动因。对于这样的解释，人们仍然心存疑惑。“近些年，不同学者强调了（事件的）不同成因：社团间的冲突、宗教压迫、地区竞争、地方领导失职、性别问题、心理因素、印第安人的骚扰威胁等，但追问仍在继续”（Latner，2008：137）。凯思琳·肯特和凯瑟琳·豪也是事件根源的“追问”者，试图以自己的方式解开“谜团”。她们通过结合史实和虚构的个人小叙事，再现当时清教社会的文化氛围，塑造鲜活的历史人物，探讨宗教权威、社会结构、平民生活之间形成的复杂的人际关系，力图填补历史叙事留下的空白。

《医书》的作者凯瑟琳·豪在为纳撒尼尔·霍桑长篇小说《七个尖角顶的

房屋》(*The House of the Seven Gables*)重印本写的序言中说:"论其实质,塞勒姆审巫是国家权力对19名女性生命的剥夺。对这样一个不可理喻的反常事件,对这类至少在现代人看来毫无理智、几近疯狂的行为,历史的解读绵软无力,难以为这样的景况提供一个合乎情理的阐释。这种历史的无为至少是令人无法满意的,甚至是不可接受的。而霍桑的小说则为这种疯狂给出了合理的剖析。"(Howe,2010)凯瑟琳·豪提到了值得注意的三个方面:第一,她强调审巫案的主要受害者是女性;第二,她指出事件背后的推手与"国家权力"有关;第三,她认为历史对此类"反常""疯狂"的行为词穷语塞,无力说明事件的根由,而小说则可以提供更为合理的阐释。

霍桑的《七个尖角顶的房屋》是第一部与塞勒姆审巫案相关的重要经典。塞勒姆是霍桑的出生地,他的祖辈曾染指审巫案,参与迫害行为。不光彩的家族背景,让他对历史的过去郁结于心,常常思考导致人心疯狂、行为极端和权力失控背后的根源。《七个尖角顶的房屋》不是严格意义上的历史小说,审巫案是故事人物家族历史的背景,而故事主体是历史阴影下后辈的生活。虽然小说主题也涉及个人对压迫性的社会势力的反抗,但霍桑无意再现历史,而是力图表现历史记载中无法显现的一个重要方面,即人心深处的黑暗:私利驱策下的诬陷,导致了绞刑架上的悲剧。霍桑在作品中将个人置于道德选择的困境,在人性与社会规范和宗教律令的碰撞之中,探赜索隐,透析幽邃的人心。

1953年,剧作家阿瑟·米勒推出力作《严峻的考验》(*The Crucible*,又译《塞勒姆女巫》),直接取材于塞勒姆审巫案,采用真名真姓,将过去的悲剧搬上"冷战"时期的美国舞台。米勒的作品矛头犀利,始终指向事件背后进行操纵和威逼利诱的黑手。剧作中,几个居心不良的人煽起"捉巫"运动,以达到打击报复的目的,导致人人自危。剧作中,伊丽莎白·普罗克托(凯瑟琳·豪的祖辈)被诬陷为女巫,丈夫约翰·普罗克托为救妻子跟权势斗争,遭受"协助魔鬼"的指控,逮捕后他拒绝忏悔,勇敢面对绞刑。米勒本人因对美国现实持批判态度而遭到"非美活动调查委员会"的非难。当时的保守派清扫异己,"国家的瞭望塔日夜对颠覆分子的网络保持警觉,不计后果的残暴在1954年麦卡锡听证中回到了美国"(Schiff,2015:413)。这是一出美国人似曾相识的现代“审巫”闹剧。米勒适时地将历史片段进行艺术化再现，让真实历史人物在舞台上“复活”，寄托了抵抗政治暴力的决心，锁定了“猎巫”（witch-hunt）作为政治迫害代名词的定义。

霍桑和米勒的作品都已经成为美国文学史上的经典。霍桑在《七个尖角顶的房屋》的前言中称自己的作品为“传奇”，强调其象征意义，凸显“上代的罪恶会殃及后人”的寓意。阿瑟·米勒更是直接把历史写成寓言，剧作也普遍被当作当代政治寓言解读。作家借古讽今，文本背后书写者的意图十分明显。寓言“有一个潜藏于文字或表层意义之下的清晰的第二层意义。……在叙事文本中，寓言故事呈现两个（或以上）层面平行的连续的类比，以至于其中的人物与事件、与故事之外的意识系统或事件系列形成呼应”（波尔蒂克，2000：5）。定义中的三个修饰词值得注意：寓言的表层意义之下应该有一个清晰的、平行的、连续的呼应、指涉和比较。在米勒的剧作中，古代悲剧发生的过程和意识形态，在20世纪50年代可一一对号入座。

与霍桑和米勒的作品不同，肯特和豪的小说更强调作品的历史性而不是寓言性，可被归入“历史小说”的范畴。虽然作家对历史题材的呈现必定是站在当下立场上对历史的再思考，但两位女作家并不强调故事文外的“平行”指涉，而聚焦于事件本身，在更宽泛的层面让这份历史负面资产成为思考和认识今日社会权力机制、人际关系、伦理道德的参照。另一个非常值得注意的方面是，塞勒姆审巫案只有少数男性受害者，但霍桑和米勒的作品都以男性受害者为主要人物。两位当代女作家对这一现象进行了再平衡，小说都以“女巫”为中心人物，创造性地再现了清教社会的女性生活，塑造女性英雄人物，填补被历史忽略的部分。19世纪第一波女权主义运动中最有影响的领袖玛蒂尔达·盖奇很早就指出了塞勒姆审巫案中的性别因素：“如果我们把‘女巫’读成‘女性’的话，我们就对宗教施予人类这一半的残暴压迫有了更加充分的认识。”（Gage，1980：129）这两部当代历史小说从女作家的视角反映主要针对女性的历史事件，为我们带来了新见解和新思考。

3. 历史的补正：黑暗时代女性的光辉

《叛道者》的两个主要人物玛瑟·凯利和她的女儿萨拉都是真实历史人物，但由于历史记载十分有限，小说的很多细节是虚构的。开篇是审巫案60年之后的1752年，年近七旬的萨拉·凯利将一叠关于她母亲的故事的书稿连同一封书信一起交给孙女，将家族故事流传给后代。书稿中的故事就是小说的主体，从一个逆境中早熟的九岁女孩的视角，讲述她母亲和家人在歇斯底里的捉巫运动中遭受的迫害：母亲被指控为“女巫”并最终被施以绞刑，女儿被监禁，兄弟遭受酷刑。叙述带有个人叙事的强烈情感色彩，再现了新英格兰清教社会阴暗恐怖的历史片段，歌颂了女性面对迫害时表现出的英雄气概和一家人深厚持久的爱。小说对这一恶性历史事件做了全新的呈现。

作家对史料进行了长时间的悉心研究，发现大多数记载“从人类书写的文卷中消失了，就像投入井里的石块”（Kent，2008：298），“有些被当时的审判人自己，有些被他们的家人和后人销毁，生怕改变的舆论风向给他们带来麻烦”（180）。由于历史记载的缺失，肯特必须在现存史料的基础上对事件进行想象性的重塑和补正。“小说与历史的分界线并不总是容易确定的，而事实上在这一语境（指塞勒姆审巫案）中，小说和历史注定要互相依赖。”（Jalalzai，2009：415）肯特重塑了17世纪末新英格兰殖民地的宗教文化语境，将留存于世的零星史料嵌入其中，进行再创作，以鲜活感人的细节重现了300多年前的情景。审巫案在她的笔下不再是概念化的历史和遥远的过去，而变得有血有肉：

> 一觉醒来，人们发现安多佛家舍和田野的每一个角落里都居住着女巫和巫师。某家女儿在料槽上晒草药是个嫌疑，某家侄女在面团上按了指印可能是施巫术，铺婚床的新娘可能是吸食丈夫生命之血的淫妖。一句恶言，一场伤和气的争辩，10多年前的诅咒发誓都会被重新想起，重新诉说，重新解

释。（Kent，2008：290-291）

玛瑟面对的正是此类莫须有的罪名。在小说第六章的纪实部分，作者插入文献中简单的审判记录，指控共五项，如被告发出了类似咒语的声音致使邻家两只猪走失之类，都是些捕风捉影的无稽之谈（180）。即使当时的人们无知愚昧，这类指控记录仍然为审判背后可怕的宗教政治暴力提供了实证。肯特在小说中用了一个同样荒诞但更富有戏剧性的指控：有见证人看见她“跳了奇怪的舞蹈”，致使野火改变方向，烧了别家的庄稼。玛瑟在庭审中辩解道，“我做奇怪的动作是因为发现裙子着火了”（99）。解释不被理会，但指控的随意性和审判的荒诞色彩被凸显。作家强调了被清教男权社会视为“祸水”的女性在非常时期的险恶处境。

小说的名字清楚地显示，所谓的“女巫”其实是偏离宗教男权社会“正统”的女性。小说中其他受害者，尤其是最终被送上绞刑架的，几乎都是不盲从宗教权威的人们。玛瑟的儿子理查德说，“敢站出来反对他们的人都被看成是巫婆或巫师……教堂里就好像全都疯了，我看到每个人的眼中充满凶狠”（202）。故事中的“母亲”是当时宗教社会的边缘人，不屑于神权，只因外婆再三请求才走进教堂。“外婆一向和蔼温柔，但她坚持自己的主见，就像水流冲刷岩石一样，她喋喋不休，直到母亲同意第二天去参加礼拜。母亲轻声嘟哝了一句：‘我宁可去死’。”（12）站在她对立面的，是教士巴纳德，也即审巫案的主要黑手。小说凸显了清教主义宗教权威与追求自由的人们之间的冲突和斗争。

> 巴纳德教士对母亲说：“凯利太太，《圣经·罗马篇》说，‘对抗权威即是对抗施以该权威的上帝，对抗者将受到惩罚。’”母亲反唇相讥：“《圣经》不也说：‘要摆脱虚伪、嫉妒和攻讦，不然犯者自毁。’”自那以后，巴纳德教士一直希望将我们拔除。（73-74）

“拔除”的意愿很快在审巫案中变成了行动。“整个上午母亲对我们十分粗暴，脾气不好，因为她像我们其他人一样害怕去教堂。前两个礼拜天，教堂里气氛凝重，杀气腾腾，巴纳德教士在讲道中插入了那些在塞勒姆被指控施行巫术的人的名字。对他而言，这是一场更大战役的前奏。”（168）邻居罗伯特带来消息，说他们要逮捕母亲，让她赶紧逃走。“母亲看着罗伯特，就好像他说的是咱家的母牛在屋顶孵蛋”（173），她摇摇头，拒绝离开，决定“与那些审判官们针锋相对，因为她相信她的无辜最终将压倒所有谎言和欺骗”（210）。母亲的英雄主义在与女儿萨拉的对话中得到了充分的显现：

> “如果他们来找你，想要你说什么你就说什么，一定要这样才能保全自己。你必须告诉理查德和安德鲁也这么做。”
>
> “但是你自己为什么不能这样……”我提高了声音哭诉道，但她用力晃动我的身子，不让我说下去。
>
> “因为必须有人站出来说真话。”（177-178）

无独有偶，小说《医书》同样塑造了一个视死如归的女英雄迪丽芬斯。她在法庭上与审判者针锋相对，毫无惧色。法庭宣判迪丽芬斯绞刑后，女儿莫茜获得了一个可以帮助母亲逃走的机会，但她平静地说：“这世上没有巫术，也没有背后的魔鬼——这么说已经有触犯神灵的嫌疑了——但不管怎样就让我当女巫吧。我怎能一逃了之，让其他无辜的人顶替我的位置？”她抚摸着莫茜的面颊，将女儿的脸抬起直到两人目光相对。“这样的行为不就玷污了我自己不朽的灵魂？”（Howe，2009：412-413）在两位女作家的笔下，昂首走向绞刑架的“女巫”们是不屈于权势、牺牲自己保护家人和他人的英雄，而道貌岸然的清教牧师们，才真正是魔鬼的仆人。

《医书》详细描写了六个受刑女性各不相同的表现。与迪丽芬斯一同上绞刑架的还有小说作者真实的祖先伊丽莎白·豪：“人们看到伊丽莎白·豪朝着大声咆哮的女监守的脸实实在在地吐了一口唾沫。”（418）萨拉·古德在绞刑架前对牧师说：“如果我是巫婆，你就是巫师。你要了我的命，上帝会让你变成吸血恶鬼。”（420）有的再次表白自己的无辜，有的则像走向十字架的耶稣，表达的不是对施害者的仇恨，而是宽容：“愿上帝宽恕他们。”这些女性人物临刑前的表现，都有简单的历史记载（Howe，2009：460），要么表现了不屈的性格，要么显现了慈悲的情怀，让人肃然起敬。迪丽芬斯一句话也没说，作者着墨渲染了站在远处观看的女儿的内心，让过去的生活一幕幕在她脑海里快速闪过：一个普通、自强且与人为善、助人为乐的女性和她的家庭生活就此结束了，而遗恨将代代相传。

与《叛道者》中的玛瑟相比，迪丽芬斯·戴恩的历史记载更少：她遭受“行巫”指控，在塞勒姆审巫案后期被收监，关押13周，但未被处死。小说中她被送上绞刑架的情节是虚构的。玛瑟于1692年8月19日被执行绞刑，被处死的人中包括给总督写信告发萨勒姆宗教法庭对孩子实施酷刑的约翰·普罗克特，即阿瑟·米勒剧本的主人公。《叛道者》和《医书》都着力描述了另一位有历史记载的铁骨铮铮的英雄：80岁的贾尔斯·柯瑞。审判庭对他施以酷刑，身体被压上石块，不断加重，但面对每次要他坦白和揭发同伙的呵斥，柯瑞都给予同样的回答：“再加点重量”，直到肋骨被压碎窒息而死（Kent，2008：300-301；Howe，2009：104）。

现存文献中对少数几名男性受害者留有较多的文字记载，而女性受害者的记录都只有片言只语。这与当时社会的性别地位有关。历史的缺失更需要作家在历史的想象重构中进行“填空”。尽管玛瑟和迪丽芬斯的英雄主义主要是作家想象塑造的，但留存的历史记载中确实傲立着像贾尔斯·柯瑞和约翰·普罗克托那样的不屈的灵魂，将这样的英雄气概“移植”到小说女性主人公身上，完全合乎情理。这两部当代审巫小说，都赋予了边缘女性人物堂堂正正的主体性地位，在历史小说阴暗恐怖的背景衬托下，她们身上显现了耀眼的英雄主义的光辉。

4. 历史的追问：时代潮变中女性的角色

如果说《叛道者》聚焦于重现历史情境，那么《医书》则更多关注历史与当下的关联。《医书》作者凯瑟琳·豪本人是美国早期历史研究学者，对塞勒姆审巫案具有深刻的历史思考。《医书》的故事在1692年和1991年两个时间交替展开，将审巫时代的塞勒姆与当代对事件的反思和探讨结合在一起，紧凑而精彩。小说女主人公是哈佛大学历史学博士研究生康妮，她在外祖母那位于塞勒姆的破败老宅中，找到一本17世纪的《圣经》，其中夹有写着“迪丽芬斯·戴恩”字样的纸条。康妮沿着那个名字去追踪她留下的那本神秘的手抄本，试图解开美国早期历史的一些谜团。关于迪丽芬斯的零碎信息逐渐凑成了一个揪心的故事，将康妮拖入审判女巫的那个时代。小说引领读者跟着康妮走进蛛网尘封的档案馆，在女主人公的历史考证过程中，一方面，将当时的事件再现于当代读者；另一方面，又在当代知识分子的交谈和学术讨论中重返1692年的审巫案，以一个年轻学者的视角审视历史。

《医书》是一部可被称为历史悬疑小说的作品。但重要的是，作家对故事性、可读性的关注并没有冲淡小说对塞勒姆审巫案的深刻历史反思。康妮对史料的追查使故事变得扑朔迷离，但是情节发展结合了严肃的学术考证和学术话语。凯瑟琳·豪在小说中间插入过渡性短章，提供关于迪丽芬斯及其后代的一些信息，将剥夺迪丽芬斯生命的社会势力和历史情景再现在读者的眼前。康妮随着故事的进展发现了自我，也发现了自己与一直在追踪调查的女性之间血脉相承的关联（Howe，2009：366）。《医书》最成功的要素是人物，而不是情节。

读者最后发现，那本神秘的手抄本并不是什么巫术经典，而是一本有关草药知识的殖民时代的医书，是迪丽芬斯给人配草药看病的手抄处方。由于处在前科学时期，有的“医方”带迷信色彩，但都是试图医治疾患、解除病痛的摸索和尝试，是摆脱宗教、走近科学的努力，而当时的践行者大多是女性。在宗教极端主义者眼里，生死病痛都是上帝的旨意，人为的救治就是对上帝的不屑，因此医、巫不分，都是异端。“病痛和不幸常被视作上帝不悦的后果，在这种思维体系中，不向上帝直接祈求而采用人为手段，用带神秘色彩的原始科学方式介入病灾，则全然违背了清教主义权力结构希望维持的所有一切。”（Howe，2009：380-381）小说强烈暗示，猎巫其实是宗教对抗科学进步和女性权力的一项反制措施。

凯瑟琳·豪在后记中说，“任何有能力驱邪除病的人，都被认为有施行魔法的能力”（458）。因此当时的民间医师、接生婆都被视为宗教怀疑论者。无独有偶，小说《叛道者》中被指控为“女巫”的玛瑟，也有让女儿藏起家传书典的重要情节。虽未言明是何种性质的书，但根据“母亲”兼职行医接生的描述，可以推断应该也是“医书”之类可以作为施行巫术“直接证据”的东西。这种“求助外部力量，而非依靠上帝的神秘机制”的作为（427-428），是当时的神权社会所不能容忍的，因为这种行为，如小说中历史学博士研究生康妮所说，“代表了人民，尤其是女性，试图把清教主义神学家们认为只属于上帝的权力掌握在自己的手中”（105）。也就是说，“女巫们”是走在时代前列的觉悟者和思想的领头人。

玛丽·科里特别指出，“有成就的女性尤其会成为（迫害的）目标，特别是知识女性和女医师，尽管年迈、疯癫、病瘫、痴呆者也容易成为指控的对象”（Corey，2003：53）。这样的女性以《叛道者》中的玛瑟和《医书》中的迪丽芬斯为代表，年龄“从40岁到60岁——这是殖民地女性社会权利最集中的年龄”（Howe，2009：116）。小说最后，康妮的博士文章将于剑桥大学出版社出版，书名是《北美殖民时期能妇的重新评价：以迪丽芬斯·戴恩为个案》（448）。作家用了“能妇”（“cunning women”）一词，英文中有“智慧”“知识”女性之意，古时也指握有一技之长，并不盲从宗教的女性。19世纪的德国学者雅克布·格林在著名的《日耳曼神话》一书中，早就提出了同样的看法，所谓的“女巫”，其主体是受教会迫害的独立的智慧女性，是反封建的叛逆者（Grimm，1999：34）。凯思琳·肯特的小说书名中也将被指控为“女巫”的玛瑟认定为“叛道者”。

史学家艾尔佩丝·惠特尼说：“在大部分‘审巫’历史学家的分析中，性别问题作为一个类型的缺位让人十分惊讶。”（Whitney，1995：82）《医书》的作者正是从女性主义的视角对审巫案进行考量的。她的专业历史学素养和学者的思辨力，为小说提供了一种具有历史穿透力的当代解读。宗教传统对女性的偏见根深蒂固：她们是“夏娃的女儿”,《圣经》描述了她们与撒旦的关联，认定她们是更易受魔鬼诱惑和欲望支配的一族。社会传统也期待女性扮演驯顺服从的社会角色。因此，女性展示智慧、争取权利和谋求自治，便是一种摆脱男权和宗法的叛逆行为。很多善良的人们也加入了猎巫运动，希望维持传统，将社区从危险的女性化“污染”过程中拯救出来，承担了格蕾琴·亚当斯所称的“误置的责任感”（Adams，2003：26）。

《叛道者》和《医书》两部小说都将故事置入清教神权社会走向没落、迷信时代向启蒙时代转变的历史背景中：商业带来的财富使生活的期盼发生变化，以土地为依托、以宗教为中心的传统塞勒姆社会构架的基础开始动摇。在经济模式和价值体系重构的过程中，不确定性带来的焦虑弥漫在政治、法律、宗教、社会领域。历史学家马尔科姆·加斯基尔对事件总结道：“归根结底，猎巫事件标志着一个时代开始走向终结。指控和坦白被轻信的程度，以及随之而来的司法的野蛮性，与事件后的怀疑态度一样，都达到了空前的强度。”（Gaskill，2008：1075）作家凯瑟琳·豪把当今史学界对审巫案的学术讨论带进了小说，把学术界的认识推向更广大的读者群，通过小说中的学者人物，表达了深透的历史观。

5. 历史的淡出：记忆缺位与消费“女巫”

特里·伊格尔顿尖锐地指出：“一个民族既由她传承的记忆，也由她抹除的记忆进行定义。”（Eagleton，2005：65）审巫案的历史记忆对大多数当代美国民众意味着什么？史学家弗莱德·佩尔卡做了如下描述：

> 当塞勒姆历史学会300周年纪念会筹备委员会“认识到审巫案所传递的普遍意义”，并“严肃、认真地”组织一系列活动时，塞勒姆警察局则将骑着

> 扫帚的老女人的侧影用作其官方标志。受害者纪念碑的设计去年11月份刚刚公布，而塞勒姆仍然为自己打出“女巫城”的宣传品牌。当地的酒吧出售一种名为“女巫魔法汤”的混合饮料。今日的盖洛山上覆盖着篮球场的黑色屋顶，这个无辜者的受难地唯一可以与当时审巫产生联想的，是一个来自当地某高中篮球队支持者的喷漆口号：“女巫们，加油！”（Pelka，1992：5）

佩尔卡描述的当代塞勒姆的情景，在《医书》结尾处得到了呼应：正值万圣节的塞勒姆，一群学生装扮各异，打打闹闹着从康妮面前走过，其中一个姑娘“身着宽大的长黑袍，头戴宽边尖顶高帽，拖着一把扫帚”从她面前飘然而过（Howe，2009：455）。那是传说中女巫的典型装束。在审巫案过去300年后的当今，历史的悲剧成为娱乐的素材：当地女篮球队被命名为“女巫队”，吸引着众多球迷；女孩扮成女巫的模样，欢欢喜喜地走上街头，“用她们的痛苦狂欢，不再有负罪感”（178），而来自各地的游客们“带着病态的好奇心，被300年前的受害者们所吸引”（178），“下一个万圣节的旅馆很早就开始了预定”（Schiff，2015：416）。康妮说：“这说明我们与历史的脱节有多么严重。”（Howe，2009：177）

罗伯特·韦尔在《着魔与疯狂：塞勒姆女巫，空厂房和旅游业的金票》一文中不无讽刺地说：“审巫曾经将塞勒姆撕裂，但在第二次世界大战后的时代，女巫对旅游者们施展魔法，帮助拯救了塞勒姆。”（Weir，2012：179）塞勒姆审巫案之后，船运业、制鞋、纺织、电器业相继兴起和衰落，直到20世纪70年代，关于塞勒姆女巫的电视剧《着魔》（*Bewitched*）走红，旅游业成为该地的主要产业。塞勒姆地方政府刻意开发本土特有的历史资源，使之成为具有吸引力的当代旅游胜地，小小的地区现在已有十几个“女巫博物馆”“恐怖巷”“女巫村”“审巫之路”等人造景点，大张旗鼓地“消费”女巫（Weir，2012：178-201）。当悲剧的历史遗产被转化为吸金资源，激活记忆就成了作家的历史责任。

安德烈娅·海森认为，那个时代受到了“有时吞噬记忆本身的遗忘病毒的威胁”，但庆幸的是，当代西方文化文学界“对记忆问题情有独钟”，使之成为对抗历史意识衰退的“一种健康的反制信号”（Huyssen，1995：9）。这种“反制”措施也包括艺术化重构事件的历史小说。海登·怀特认为，“我们必须明确，研究过去的价值并不是‘为了过去本身’，而是为今天提供一种认识的视角，为解决我们所处时代特有的问题提供借鉴”（White，1966：125）。特别是作为审巫案的后代，作家凯思琳·肯特和凯瑟琳·豪显然感到责无旁贷，必须让美国人重新认识历史。她们也定然明白，文学作为一种特殊的文化模式，具有强大的意识形态批判功能，能够通过自己独特的属性，如虚构特权、多义性、话语间性等评说历史。

虽然《叛道者》和《医书》的主要内容是想象的，但是两位女作家对事件带虚构色彩的美学再现，比历史描述更鲜活、更生动地将昔日的情境呈现在读者面前。通过小说的虚构叙事与历史叙事之间的互文性解读，读者可以看到历史阐释的不同视角和历史真相的多义性和复杂性。小说对历史的再现，是作家争夺意义阐释权、参与历史言说和建构的举措，意在揭示历史沿袭过程中美国文化生态的构成要素和发展变化，引导读者对事件所反映的权力滥用、司法扭曲、性别压迫、道德失范等多方面进行追根溯源的思考，以便更深刻地认识今天的美国政治和美国文化。

6. 结语

我们可以总结一下这两部风格迥异的小说的共同点：《叛道者》和《医书》都以纪实文体无法替代的虚构叙事，再现了历史语境和人的情感经历，使历史在真实和虚构交织呈现中被具象化，让冷冰冰的历史记载变成有血有肉的感人故事；两部小说的主人公都是女性，都是与宗教权威保持距离的清教社会的“反叛者”，都被塑造成善良、勇敢、利他的女英雄；两部小说都强调事件对后代的影响，都凸显了女儿被迫告发母亲后的困境，又随着叙述的进展让记忆以幻觉、噩梦的形式闪回，表现了先前未被理解和感知的痛苦；两部小说都不同程度地通过后代的回看与反思，解读历史符码，探讨其当代指涉。

凯思琳·肯特和凯瑟琳·豪都对史料进行了严肃的考证并充分利用仅存的文献资料，在尊重史实的基础上通过填充、移植和想象性的补写，对这一非常历史事件进行虚构性的重现，让遭受审判和绞刑，但在历史文献中仅存片言只语的“女巫”玛瑟·凯利和迪丽芬斯·戴恩复活，在再现过去语境的同时，重塑历史人物的形象，为“女巫”们树碑立传，让历史的遗产与当代人进行“对话”。两部小说都凸显了历史叙事中缺失的成分，在历史记载与文学文本、文学文本与文化语境的叠合之中产生意义。这种历史书写，体现了小说家政治介入的意图，希望激活历史记忆，在深刻认识历史的过程中，深刻认识历史传承中的当今美国。

参考文献

- 波尔蒂克. 牛津文学术语词典[M].上海：上海外语教育出版社，2000.
- ADAMS G. The specter of Salem in American culture[J]. OAH Magazine of history, 2003, 17(4): 24-27.
- COREY M E. Matilda Joslyn Gage: a nineteenth-century women's rights historian looks at witchcraft[J]. OAH magazine of history, 2003, 17(4): 51-59.
- EAGLETON T. Holy terror[M]. New York: Oxford University Press, 2005.
- GAGE M. Women, church & state: the original exposé of male collaboration against the female sex[M]. Watertown: Persephone Press, 1980.
- GASKILL M. The pursuit of reality: recent research into the history of witchcraft[J]. The historical journal, 2008, 51(4): 1069-1088.
- GRIMM J. Teutonic mythology[M]. STALLYBRASS J S(trans). New York: Routledge, 1999.
- HOWE K. The physick book of Deliverance Dane[M]. New York: Hyperion Books, 2009.
- HOWE K. Introduction[Z]// HAWTHORNE N. The house of the seven gables. New York: Penguin, 2010.
- HUYSSEN A. Twilight memories: making time in a culture of amnesia[M]. New York: Routledge, 1995.
- JALALZAI Z. Historical fiction and Maryse Condé's *I, Tituba, black witch of Salem*[J]. African American review, 2009, 43(2/3): 413-425.
- KENT K. The heretic's daughter[M]. New York: Little, Brown and Company, 2008.
- LATNER R. The long and short of Salem witchcraft: chronology and collective violence in 1692[J]. Journal of social history, 2008, 42(1): 137-156.
- MARGULIES P, ROSALER M. The devil on trial: witches, anarchists, atheists, communists, and terrorists in America's courtrooms[M]. Boston: Houghton Mifflin, 2008.
- PELKA F. The "women's holocaust"[J]. The humanist, 1992, 52(5): 5-9, 32.
- SCHIFF S. The witches: Salem, 1692[M]. New York: Little, Brown and Company, 2015.
- WEIR R E. Bewitched and bewildered: Salem witches, empty factories and tourist dollars[J]. Historical journal of Massachusetts, 2012, 40(1/2): 178-211.
- WHITE H. The burden of history[J]. History and theory, 1966, 5(2):

111-134.

- WHITNEY E. International trends: the witch "she" / the historian "he: gender and the historiography of the European witch-hunts"[J]. Journal of women's history, 1995, 7(3): 77-101.

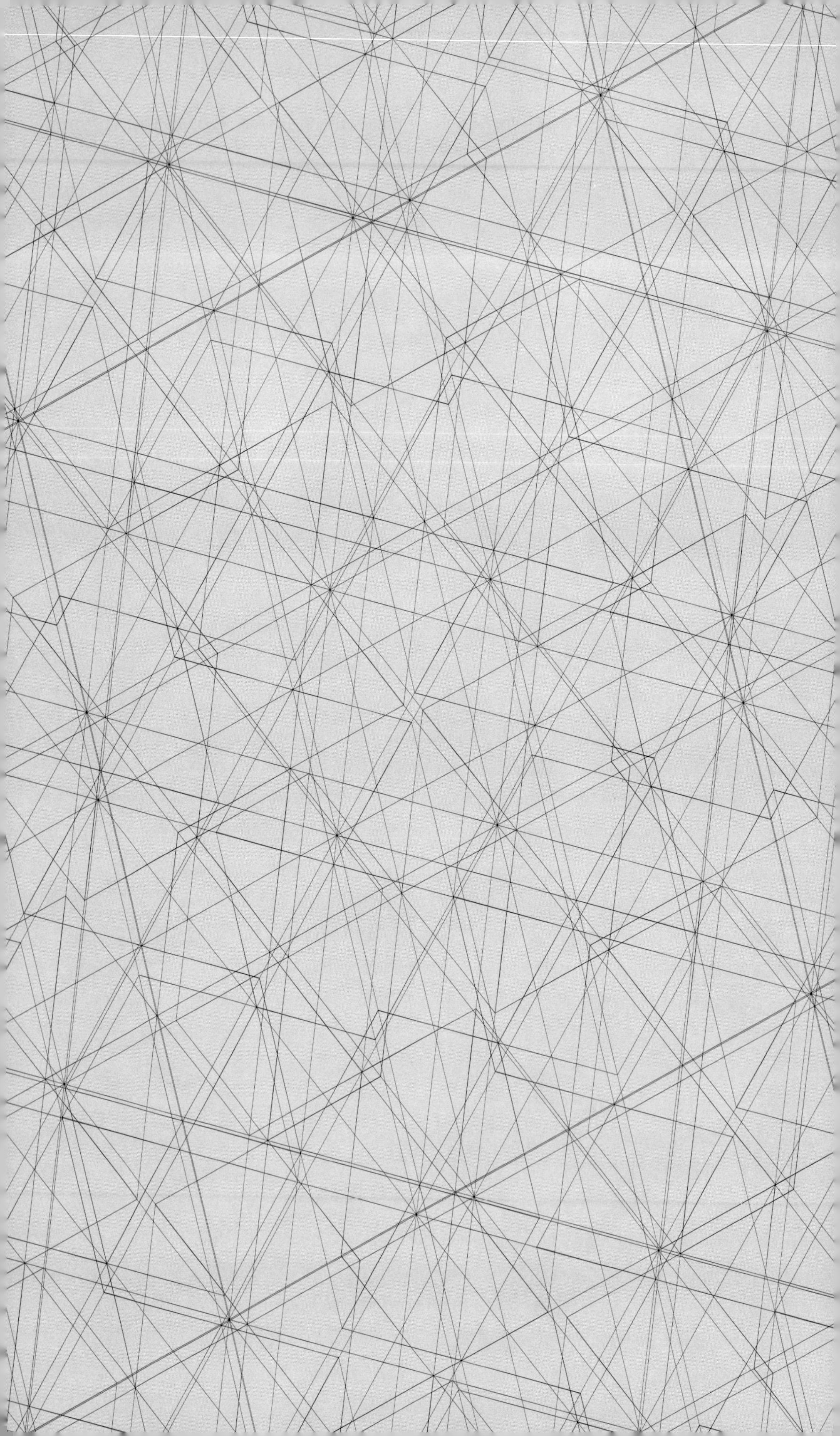

第二部分

历史语境与小说解读

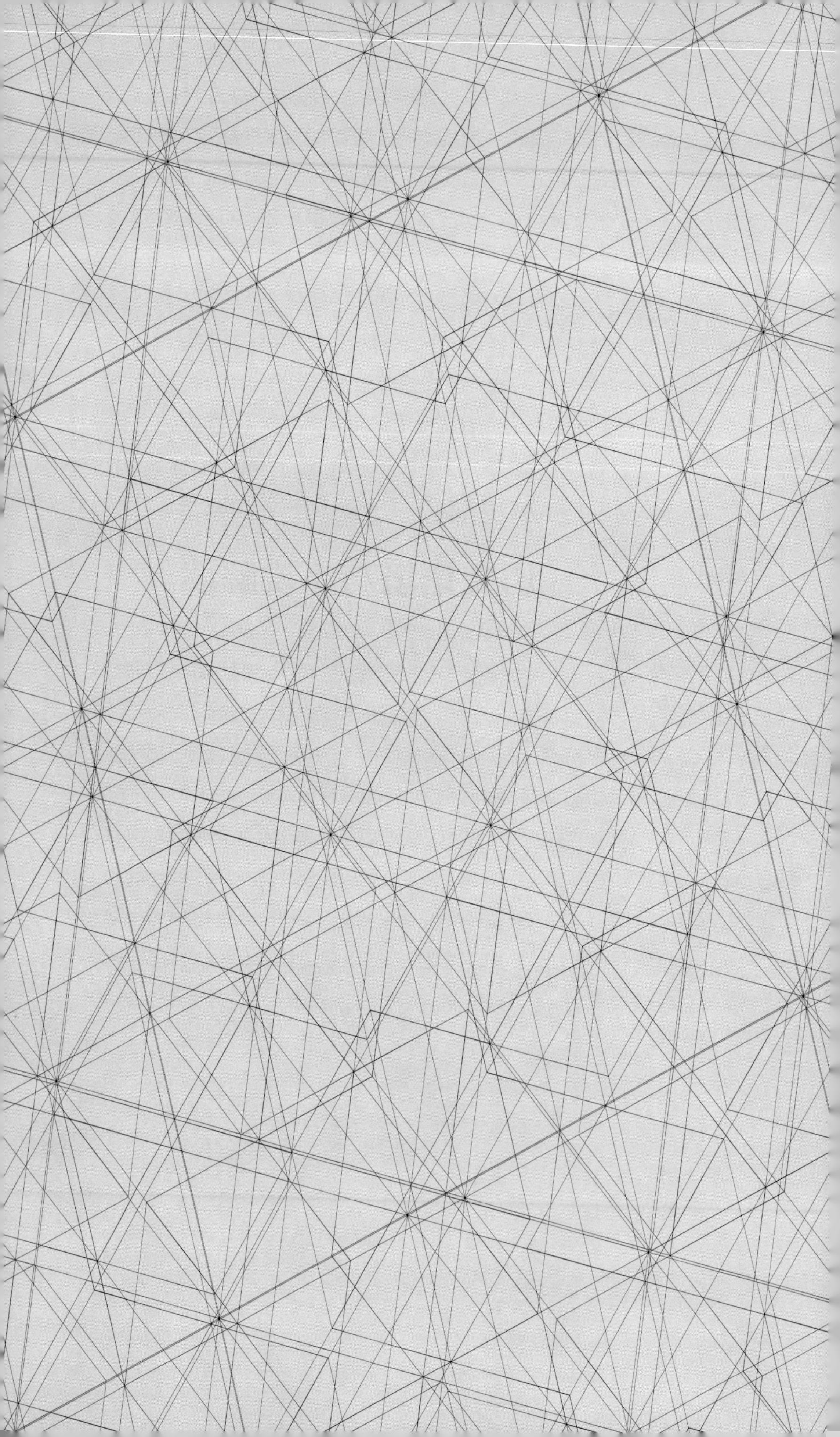

导　言

新批评和结构主义在20世纪风风火火好几十年，精致化的文本细读一度主宰了文学研究：专注于作品的谋篇布局、题旨情境、语言修辞、人物塑造等，将文学文本当作自足世界，而文学文本与外部世界的关联则遭到忽视。但小说毕竟是再现人生经验的文化产品，即使写的是鬼神、动物、梦境的故事，即使情节离奇、内容荒诞，也总是寄寓着作者的喜怒哀乐和爱恨情仇，总有意识形态动机潜藏于文本之下。文学的真正价值超越单纯的审美，来自它与社会的关联之中。历史书写将现实文本化，小说又将历史重新语境化，文本化与语境化两者之间产生的张力，可以引向新的洞见。如果我们将新批评式的关注称为“文内”（textual）研究，那么“文外”（contextual）研究则是一种“走出文本”的努力，在文本世界与现实世界形成的呼应或冲突之中寻找意义。这条路径可以通向文学研究的广阔天地。

本部分的第一篇文章《文学市场化与作为“精

神自传”的〈马丁·伊登〉》将杰克·伦敦的小说《马丁·伊登》置入文学市场化起步阶段的历史语境中，对这部被普遍看作“自传体小说”的作品提出一种新的解读，把小说看成是真实作家杰克·伦敦与作为小说人物的作家马丁·伊登的“对话”，探讨作家如何通过塑造一个似是而非的自我形象，让虚构的作家坚守文学精神，来填补文学市场化过程中真实作家的心理缺失。文章将讨论置入国际版税法刚刚出台的特殊语境之中，解析小说创作与作家的商业动机之间的牵连。与其说马丁·伊登是杰克·伦敦的自画像，不如说是他以想象中的自己为原型，塑造的更具悲剧英雄色彩的自我。我们可以把《马丁·伊登》看作自传体小说的一个变种分类，即作家的“心理自传”。

第二篇文章讨论的《诺斯托罗莫》是康拉德创作后期的重要作品，与西班牙的南美殖民历史遥相呼应。文章《读解〈诺斯托罗莫〉——康拉德表现历史观、英雄观的艺术手法》结合主题讨论和叙事策略分析，通过对小说创作艺术的解析，分析作家的批评意图和书写立场，提出小说解读的一得之见。这部小说采用多视角、非线性的叙事，配以印象主义色彩的描述，以“难读”著称。文章分析了作家的呈现如何有效揭示了特定语境中人物的行为与动机，又如何多层面地提供了对历史经验的反思。康拉德一边塑造“英雄”，一边又颠覆传统“英雄”的概念。文章对这一特殊的叙事策略进行了较为深入的讨论，以凸显小说背后作家的观点：殖民历史中没有西方英雄。

第三篇文章《〈海狼〉的女性人物与杰克·伦敦的性别政治》分析了杰克·伦敦长篇小说《海狼》中唯一的女性人物，揭示作家的人物设计意图在故事发展过程（也是作家的写作过程）中逐渐被修改，最终将一个希望歌颂的“新女性”，放进了传统社会角色的老套中。文章将小说置入女权主义运动第一次浪潮的历史语境中，讨论这种意图与结果的不一致性所反映的男性知识分子在支持女权和维护男权两者之间的摇摆态度。

上述三篇文章都把小说放在历史的大框架中进行解读，解码故事中的社会和文化信息。文化批评的一个基本命题是：文本的产生和意义的生成，取决于历史文化语境。因此，文学研究不应将自身局限于作品之中，而必须与生成文学文本并得到文学文本反映的“文外”大环境互为参照，因为语境是文学文本获得意义和创造性活力的源泉。要想理解一部小说作品，精细解读作家的语言修辞和叙事艺术固然重要，但重建作品的历史、文化语境的重要性，怎么强调也不过分。近来在我国的外国文学研究界，结合历史、社会、文化的探讨，在整体文学批评实践中已渐成主流，这是文学研究的健康发展之路。

五　文学市场化与作为“精神自传”的《马丁·伊登》[12]

1. 引言

杰克·伦敦的《马丁·伊登》（1909）被普遍认作“自传体小说”。小说的前半部故事与作家本人的生平经历比较接近：一个陷于贫困的青年凭借毅力自学成才，圆了作家梦。杰克·伦敦生怕读者不能在小说人物与小说作者之间产生联想，在四年后出版的回忆录《约翰·巴雷康》（1913）中刻意宣布：“我（在小说中）让一个受教育程度不高的水手，在三年时间里变成一名成功的作家。一些批评家说这不可能。然而，我就是马丁·伊登！”（London, 1913: 242）

此外，笔者还发现了小说中一些有趣的暗示。比如，马丁·伊登（Martin Eden）名字的英文首字母是ME，即“我”的意思，可能是作家有意为之；而小说人物马丁·伊登最初发表作品的三本杂志《跨大陆》（*Transcontinental*）、《白鼠》（*White Mouse*）和《青年与时代》（*Youth and Age*）（London，1992: 263，271，283，后文出自同一作品的引文，将随文在括号内标出页码），与作家本人最早叩开文学大门的刊物——《大陆》（*Overland*）、《黑猫》（*Black Cat*）和《青年伴侣》（*The Youth Companion*）也都一一形成对应。显然杰克·伦敦试

12 原载《外国文学评论》2011年第3期，149—158页。

图将小说作者与小说人物混为一谈，希望读者在小说主人公中看到他自己。这一动机值得解读。本文将杰克·伦敦的这种自我塑造置入美国文学市场化刚刚起步的历史语境，将文内、文外两个作家对待文学市场化的不同态度看作一种"对话"，寻找作家想象中的自我与真实自我之间的落差，以及文学市场化过程中作家的心理缺失和矛盾心态。

2. 国际版税法和文学的市场化

杰克·伦敦的文学生涯只有20世纪初的10余年。那是美国文学走向市场化的初始阶段。国际版税法于1891年通过，保护产品（作品）专利，使生产者（作者）能从书籍销售中获得某一百分比的版税，作家有利可图，成为一种职业。其时，纸张价格大幅度下降，大大降低了出版的成本，同时新的印刷技术使得快速、批量生产成为可能，推动了美国出版业迅猛发展。在文化接受层面，由于基础教育的普及，文学走向大众，读者群日益扩大，文化消费市场迅速形成，成为大众读物的"黄金时代"，仅19世纪的最后10年，美国就涌现出了约5 100种杂志，刊载短篇小说的杂志"热销"，单行本长篇小说走进千家万户（Stasz，1988：77）。到了19世纪最后几年，小说作为商品已经成为一项被认可的"产业"，并有了掌管这一产业的辛迪加（Pattee，1966：337）。就像任何其他消费品市场一样，文学市场也需要形象和品牌。越来越普及的新闻业和新兴的报刊照相技术，比以往任何时候都更紧密地将作者与作品联系在一起。报刊在报道新出版小说的同时，常常附有作者的照片和简介，在文字与视觉形象之间建立起联系。也就是说，一直"躲"在作品背后的作家，随着文学的商业化走到了前台，使读者容易产生"文即其人"的错觉。

此时起步的杰克·伦敦，劣势和优势同样明显。乔纳森·奥尔巴克指出："杰克·伦敦比当时任何进入文学职业的美国作家更缺乏文化资本——教育、社会关系，以及接近出版中心的途径；但他同时比任何同代人更懂得20世纪杂志与书本生产的成功如何依赖于象征资本——大众营销、自我推销和让人心动的品牌效应。"（Auerbach，1996：2）杰克·伦敦敏锐地意识到新兴的文学市场可能提供的机会，精明地学会了如何在文学市场化的过程中巧妙运作，在“生意场”上大获成功，成为当时稿酬最高、收入最丰的作家。这个“自我造就”的故事，在当时的美国妇孺皆知，但故事的背后——他如何与出版商“携手合作”，对作家形象、生平故事和作品进行三位一体的包装，创造品牌效应——则是另外一个故事。

《马丁·伊登》对于普通读者具有的特殊吸引力，首先来自小说前半部分的“励志”故事。这是文坛“灰姑娘”的传奇，在当时的美国大众文化中极具煽动力：主人公出身贫寒，长相英俊，自学成才，卓然成家。乔纳森·奥尔巴克还特别指出，《马丁·伊登》的主人公是作家自己的形象设计：“这是杰克·伦敦在想象中确定读者群时看到的自己，即在其他人眼中出现的商标性的自我。他写自己，奉献给读者，书写者杰克·伦敦变成了他书写的角色。”（Auerbach，1996：41）奥尔巴克说得很明白，这个角色是杰克·伦敦想象中希望读者接受为他本人化身的文学形象。“商标性的”一词，暗示了这种模糊作家与人物边界的做法具有商业运作的嫌疑。

商业化的文学需要销售量，需要满足大众的口味，而大众的阅读倾向不是凭空产生的，往往受到主流意识形态无形之手的牵引和主导。20世纪开始的第一个10年又被称为“发奋的年代”（the Strenuous Age），两种类型的故事尤其受到读者的青睐，而杰克·伦敦写的基本就是这两类故事。一类是硬汉英雄的故事——不畏艰险，挑战逆境，具有超强的适应性和忍耐力，如《野性的呼唤》《海狼》等；另一类是从一无所有到腰缠万贯的成功故事，白手起家，实现“美国梦”，如《马丁·伊登》。值得注意的是，《马丁·伊登》在讲述了实现“美国梦”的故事之后，下半部分开始让马丁产生顿悟，否定自己的文学成就，让他成为文学商品化的“受害者”，让喜剧变成悲剧。

杰克·伦敦明白，他的受众习惯性地无视作者与小说人物的界限。他巧妙利用了读者的这个弱点，把自己的生平经历小说化，塑造出一个大众文化英雄，让文内与文外两个作家的形象遥相呼应，在读者的头脑中难分彼此。伦敦将马丁设计成为与他本人形象相似、经历相仿的人物，但在认识层面上偷梁换柱。成名后，马丁抗拒文学的商业化，在幻灭中投海自杀。英雄的造就引向英雄的跌落，这样的故事符合当时美国十分流行的“奋斗—成功—幻灭”三部曲模式。马丁成名的故事代表了“美国梦”本身，小说满足了一部分读者的期待；作者又将小说导入以豪威尔斯（William Dean Howells）的《塞拉斯·拉法姆的发迹》（*The Rise of Silas Lapham*）和德莱塞（Theodore Dreiser）的《嘉莉妹妹》（*Sister Carrie*）等作品为代表的业已建立的批判现实的轨道。小说后半部分对文学商业化的批判，则又满足了另一部分人的期待。《马丁·伊登》出版后成为畅销书，为杰克·伦敦带来了巨大的市场效益。小说的整体建构，从一个侧面反映了大众文化市场的机制和规则对小说创作的操控和影响。

3. 艺术家的操守与市场的诱惑

传统市场和新市场催生的两种对待文学的态度，在杰克·伦敦的年代形成了尖锐的对峙。一种认为文学超越功利，创作源于心灵呼唤，是高尚的精神活动，不受市场的支配。这种态度敦促作家坚守自我，保卫文学净土，因为真正的艺术往往曲高和寡，而面向市场就意味着文学走下高台，迎合世俗。但是时代的发展又改变着人们对文学的传统认识：真正的艺术家无须对金钱表示不屑，真正的艺术也不一定非得是“非卖品”，大众趣味和文学质量、文学的精神价值与商业利益应该可以兼顾。文学的市场化，迫使作家们进行策略调整，对自己重新定位。

毋庸讳言，杰克·伦敦是个有明显市场动机的作家。他在许多场合自嘲为“脑力商人”，为自己能够赢得读者、左右编辑，把作品卖出高价，成为一个成功的文学“生意人”而沾沾自喜（Foner，1947：110）。1909年《马丁·伊登》出版的时候，杰克·伦敦就已经声名远播。他曾根据自己打进文学圈子的经验，写信忠告一个文学青年说，“一个作家的成功”基于“对当今商业化生产的文学的研究和了解”（McClintock，1976：2）。他曾用爱伦·坡的例子，说明商业成功与文学价值两者并非势不两立的死敌（Walker & Reesman，1999：58）。当时，美国文学泰斗豪威尔斯也持类似观点，认为要保持创作力长盛不衰，“文学家也应当是商人”[13]。在作家职业化、作品市场化逐渐形成大势的时候，杰克·伦敦的商业动机无可厚非。如果他获得一大笔遗产，或者有一个阔佬作资助人，他也许可以写曲高和寡的“纯文学”。但现实是，如果他无视“文学工业”的运作法则，他就无法生存，文坛上也不会有这位我们今天熟知的作家。

但我们也应该注意到，伦敦不是个金钱至上主义者。他也时常攻击那些迎合大众口味、漠视艺术性的作品。他希望艺术性和市场两者可以兼顾，并且一直在寻找这样的结合点。但比较起来，马丁比他的塑造者要旗帜鲜明得多，对文学市场化的批判也犀利得多，全无顾此失彼的犹豫。在《马丁·伊登》中，杰克·伦敦将市场标准与艺术标准设定为一组排他性的二元对立，水火不容，令马丁横刀策马，上前叫阵，在感情上捍卫艺术的清白与艺术家的清高。

杰克·伦敦花费不少笔墨探讨马丁的艺术动机：艺术品质与生存需要之间的冲突如何解决？在商业化的社会中，文学理想是否有不受玷污的可能？代表永恒价值的真实的文学能否同时满足普通读者的阅读期待？小说中的马丁面对着成为职业作家的两种选择：一条道路是遵照良知的引导，蔑视市场价值，为纯艺术献身；另一条道路是遵照通行的游戏规则，当个文学工匠，迎合市场需要，靠笔墨创造商业价值。小说将答案引向悲剧的结果：马丁无法解决面对的问题，越来越意识到商业成功和艺术理想之间的巨大鸿沟，在别人的喝彩声中渐渐失去真实的自我，进而陷入彻底幻灭。杰克·伦敦本人曾面对同样的问题、困惑和选择，但他走的是现实路线，把浪漫想象中“应该”出现的大彻大悟留给了马丁·伊登。

马丁也曾希望稿酬能改善他的贫困生活。他研究杂志上畅行无阻的通俗小说，找出了其中的诀窍：故事无须涉及真实生活和真知灼见，但需多多渲染男女之间的风流韵事，如果甜甜蜜蜜的感情还不够味，可再加点火辣辣的历险。杰克·伦敦在《马丁·伊登》中辛辣地讽刺了这种按处方配制的平庸无聊的小说：

---

13 这是豪威尔斯一篇文章的标题“The Man of Letters as a Man of Business,”收录在William Dean Howells的*Literature and Life: Studies* (New York: Scribner's, 1902.) 一书中。

> 这一程式由三部分组成：（1）情人被拆散；（2）由于某种行为或某个事件，破镜重圆；（3）婚礼的钟声。第三部分是恒久不变的，但前两部分可以衍生出无数次的变化。就这样，这对情人可能因误解对方的动机，或因命运中的变故，或因情敌的妒忌、父母的怨怒、监护人的狡诈、亲戚的蓄意阻挠等而被拆散；但由于男方或者女方的勇敢行为，或由于一方的回心转意，或由于狡诈的监护人、蓄谋的亲戚、妒忌的情敌被迫或者自愿坦白真相，或由于发现不曾想到的秘密，或由于青年征服了姑娘的芳心，或由于爱侣长期做出的崇高牺牲等各种原因，两人重归于好……但最后部分是婚礼的钟声，这一点是不可更改的：就算天空像纸片一样卷起，星星落地，婚礼的钟还得照敲不误（300-301）。

这是杰克·伦敦提供的“机器制造的成功作品”的样本介绍。马丁觉得如法炮制易如反掌，但他“讨厌它们，对它们不屑一顾”（305），说，“天底下没有理由让我去模仿这类东西”（256）。次日，马丁“难抑激愤的心绪”，写下了一篇题为《幻觉的哲学》的檄文，声讨文学市场化（257）。

这种“胡椒面拌糖”式的浪漫主义通俗文学，在美国和其他国家长期存在，但盛行于更早的时期，在杰克·伦敦从事文学创作的时候，虽仍有读者，但已不再流行。也就是说，作家为马丁虚构了对立面，悄悄转移了批判目标，让更早时期的流行文学来代表商业化的恶果。杰克·伦敦和马丁·伊登写作的年代，正是现实主义和自然主义小说流行的年代。殖民扩张刺激了人们对遥远陌生地域的兴趣，煽起了猎奇、历险小说的狂热；城市化又引发了对昔日粗犷浪漫的边疆生活的恋旧情结，边疆和异域题材受到偏爱。正因如此，英国作家史蒂文森和吉卜林的历险小说在当时的美国大行其道，成为卖点。杰克·伦敦赖以成名的众多北疆传奇，也使他成为受人追捧的“美国的吉卜林”。

小说中的作家马丁认为，真正的艺术应该将“对现实基本的爱”与“奇异的，有时甚至是狂野的”想象力结合起来（79）。他本人正在酝酿构思的长篇小说《逾期》将是这种“合二而一”概念的体现：它顺从心灵的呼唤，是一则“轰轰烈烈”的“历险与浪漫”故事，但又能反映“真实世界和真实环境中的真实人物”（378），同时“在赫伯特·斯宾塞（理论）的指引下”，表现“海枯石烂亘古不变的真理”（379）。这种理想艺术的范本不难找到。马丁·伊登与其说在表达一种在美国难以付诸实现的理想艺术的概念，不如说在对杰克·伦敦自己的早期作品，如《野性的呼唤》和《海狼》进行理想化的赞美。但事实是，这类小说与市场并不形成冲突，《野性的呼唤》和《海狼》的销售量就是证明[14]。

马丁再三批判文学的市场化和世俗化，认为市场扼杀了像他这样不甘屈就的真正的艺术家。但是，他还是从贫民变成了知名作家，他的作品受到广泛欢迎。那么他的作品为何畅销？是否有媚俗之嫌？商业化的美国文化环境在扼杀真正艺术的同时为何偏偏成就了他的事业？作者在小说中告诉我们：“成千上万对他进行赞美、买他书籍的人，对（作品中）内在的美和力量视而不见”（442）。于是，小说中建构的文学市场与马丁的艺术良心的对立依然成立，只是读者不分优劣，把精品当作烂货抢购了。这种自圆其说的“合理化”解释显得十分苍白。

《马丁·伊登》中有一个理想化的作家形象——勃列森登。此人向马丁提出忠告：要“为美而爱美”“别管杂志社如何评价”“别为了讨好杂志而糟蹋美”（344）。他结合了革命激情和诗歌天赋，创作了轰动整个美国的长诗《蜉蝣》，让马丁看到了“十全十美的艺术品”，让他“热泪盈眶”（364）。杰克·伦敦用了相当的篇幅让马丁赞叹超然于商业之上的真正艺术之伟大：

这是一首六七百行的长诗，是篇奇妙的、惊

14《野性的呼唤》出版当年排入全美畅销书榜第三位，接下来的几年中不断再版，销售数百万册；《海狼》出版后排全美畅销书榜第四位，三周后跃居首位。

> 人的、无与伦比的杰作。真是难以言表，难以想象……这首诗以最恰当的词语表述人和人的心灵探索，在深邃的空间探索最遥远的星系霓光。它是想象力的疯狂发泄，拿一个垂死者的脑壳当酒杯痛饮，这人低声抽泣，渐渐衰竭的心跳也引发触及神经的狂烈悸动。这首诗以庄严的韵律，随着星际碰击的混战，星辰的初始，恒星的撞击，以及黑暗的太空中星云的焚烧而抑扬起伏；而透过所有这一切，涓涓如流，隐隐约约，能听到微弱哀婉的人的声音，细若银梭的嗖嗖声，在行星的呼啸声和星系崩解的喧闹声中，好像牢骚满腹的一声抱怨。
>
> “文学中还从未见过如此的绝品”，很长一阵子后马丁终于开口了。“真是难能可贵——难能可贵！我陶醉了。”（364）

很显然，这种止于至善的真正的艺术完全超越市场，让业已成名的作家马丁自惭形秽。但这种想象中的作品具体该是何种模样，也许在杰克·伦敦的头脑中并不清楚，因为小说中马丁的赞美**完全流于抽象，是笼统、模糊的美丽辞藻与空洞概念的大汇总**。这是杰克·伦敦设定的商品与艺术二元对立的另一端，这种艺术理想是画在天空上的标杆，常人无法企及。这里的虚拟性承担了两种功能：逻辑上，作家让理想中的崇高远离现实世界，遥不可及；结构上，作家为马丁出现的精神“幻灭”做出铺垫，让个人的小叙事向宏大叙事悄悄靠拢，以批判文学市场化的主题，巧妙地利用文学市场。

勃列森登的社会主义信念和艺术才能却无法支撑他继续活下去，在完成了《蜉蝣》这篇传世之作后，他自杀了。勃列森登为何自杀？小说中没有提供任何直接的原因，但暗示十分清楚：他无法容忍商业化世界的势利、伪善，感到幻灭。杂志社很快帮助提供了证据：天才艺术家用生命凝成的诗章被配上了艳俗的封面和浪漫华丽的插图（409）。随后，马丁同样陷入幻灭的痛苦，决定不再写作，而此时，他那篇曾被勃列森登高度称赞的《太阳的羞耻》发表，“像彗星那样明亮，划过世界文坛”（437），马丁在绝望的抑郁中听到了人们的欢呼，但还是不愿屈节辱命，最后效法而行，保持了不蒙浊尘的艺术家的清高。在对文学商品化的激烈批判背后，杰克·伦敦通过一种虚构的相似性，建构了一个坚守文学贞操的自我形象。

4. 自传体小说和小说家的叙事意图

谈及小说的自传性，首先必然涉及自传和自传体小说的本体论问题，即曾经长期争论不休的“诗与真”的命题。但自20世纪70年代以来，自传体文本，包括自传和自传体小说，主要是被看作虚构文本进行解构的，强调其叙事意图。也就是说，对其真实性的命题几乎已被舍弃。即使作者严守勒热讷提出的“自传契约”（勒热讷，2001），抱定忠于事实的诚信态度，杜绝虚构情节，书写过程中仍不可避免地要对素材进行淘选、综合、编排，而这个过程是个“创作”和“文字建构”的过程。作为语言符号制品，《马丁·伊登》这样的传记体文本无法脱离话语系统的意义生产机制。当文外作家的个人经历（所指）被文本叙事符号（能指）所替代，意识形态内涵必然经由选择而卷入其中，致使文本成为某种权力话语再生产的产品。理论上，作家与作品人物之间无法画等号。但杰克·伦敦却刻意模糊真实作者与小说人物之间的界限，造成小说文本内外两个作家的“印象重叠”，最后让虚构的作家部分地取代书写者。这样的叙事意图说明了什么？

如杰克·伦敦所说，写作是填饱肚子的商业活动。平民杰克·伦敦通过写作变成了腰缠万贯的作家。其实，对于任何职业作家来说，写作都是主要的谋生手段，因此“杰克·伦敦对于钱的态度，与其他攀登中产阶级梯子的人并无二致”（Hicks，1935：135）。挣钱的能力在当时的美国被看作生存的能力，是值得自豪的个人价值的证明。所不同的是，在讲述一个经历与自己相仿的作家的故事时，杰克·伦敦选择让马丁表达对文学市场化的幻灭感。研究杰克·伦敦的著名学者雷伯和里斯曼有一段精彩的评述：“要对杰克·伦敦艺术的完整性做出公正评价，必须首先认识到，他对待写作的态度完全是职业的——也就是说，他有意选择写作作为谋生手段；他经过了严格的（自我）训练以获得这一选定领域的专长；他期待写作的投资能得到回报；他长期约束自己，将时间和精力投入其中；一旦技艺娴熟，地位稳固，他又信心满满地对这项职业表现出几乎不屑的态度。”（Labor & Reesman，1994：50）

这样的过程，这样的态度，也鲜活地表现在《马丁·伊登》中。杰克·伦敦通过马丁表示的这种“不屑”，将小说引入了当时流行的现实主义文学的批判模式。比较文本内外的两个作家，我们看到了他们对待文学市场化截然不同的态度。杰克·伦敦对文学市场是敏锐的，他学习市场策略，迎合市场需求；但他希望马丁是单纯的，与市场无涉的。初入文坛，出版商向杰克·伦敦索取个人信息时，形象建造工程就开始了。他提供了如下背景资料：

> 我父亲出生于宾夕法尼亚州，曾是个士兵，侦察员，丛林人，陷阱捕兽的猎人，四海为家的游荡者。我母亲出生于俄亥俄州，两人分别来到西部……我什么书都读，主要因为当时读物稀缺，能得到什么都值得庆幸。（Walker，1994：11）

在这段看似简单的生平资料中，“创作”色彩十分浓厚。杰克·伦敦强调了一部分事实，省略了一部分事实，夸大了一部分事实，同时还虚构了一部分事实。选择有清楚的目的，都是为了“建构”一个文学新星的形象，迎合大众市场的期待。如果他写“自己的”故事，那么，这个形象就必须符合，至少接近某种小说范式。我们注意到，他没有提占星算卦的生父，没有提再婚的家庭，没有提养父种土豆、当门卫等主要职业；但养父曾短期当兵的事实被凸显，被贫困逼迫不断更换居所的现实被美化为四海为家的一种生活方式。养父也许曾用铁夹子套过野兔之类，但被夸大为丛林猎人。他暗示与想象中西部生活特征的姻缘，强调一种已经不复存在但被理想化的边疆传统和美国精神。另一方面，他又暗示个人的文化铺垫：虽然出生寒微，但从小勤于读书。他通过迎合、肯定某些程式话语，将自己“纳入”文学传统，而当这样的动机化为创作驱动力时，产出的文学话语往往又重复和加强了原有的话语。

马丁·伊登同样出身贫寒，努力写作叩开了杂志社的门户。但有趣的是，当报社索要马丁生平资料的时候，这位新星却高傲地“拒绝向他的出版商提供任何生平信息”，而且一再拒绝（435）。他对媒体的商业动机十分警觉，但无奈报纸没有善罢甘休，“记者们找到了很多能够提供信息的人”，于是“伴随着一张张的照片”，他本人的故事很快流传开来（435）。“马丁与媒体进行抗争，但最后力不从心，放弃了。”（435）作家努力通过马丁的行为为自己做出辩解：炒作是媒体的行为，是外力将马丁/伦敦推入了商业化的旋涡。于是，一种迎合的行为变成了不得已的“屈就”，小说表达了传统意识形态中文人对商人的傲视。

《马丁·伊登》文内文外两个作家的相似处是显性的，不同处则是隐性的，但真正的内涵存在于两者的不同之中。杰克·伦敦努力寻求一种艺术与大众口味可以兼顾的出路；马丁则遵从一种抽象的美的原则，不放弃艺术标准，不向市场缴械。杰克·伦敦获得了成功，成为美国自我造就的大众英雄；马丁也获得了成功，但陷入精神孤独，最后彻底幻灭。作家把精神层面的相异性，隐藏在经验层面的相似性背后，让马丁穿上杰克·伦敦的衣裳，成为杰克·伦敦，既讲述了个人的美国传奇故事，又加入批判文学市场化的队伍；既找到了市场，又获得了心理安抚。

布斯在《小说修辞学》中说：“虽然作者可以在一定程度上选择他的伪装，但他永远不能选择消失不见。”（布斯，1987：23）小说的中心人物马丁是站在前台的演员，按剧本台词表演自己的角色。与其说剧本设计者伦敦把自己写进了小说，不如说他在小说中投射了想象中期待读者看到的那个“自我”形象。于是，在作家的虚构意图和受众的真实期待之间，故事的戏剧性得以展现。与其他自传或自传体小说一样，《马丁·伊登》中的主人公不可能是作者的自我写照，而如传记理论家埃金所言，它是“一种自我创造和自我发明的心理行为进化过程”（Eakin，1988：226）。

笔者认为，“自传”和“自传体小说”两种文类的界定具有弹性，而且两者只是虚构形式（不一定是程度）不同，并无本质差别。作家的主体性，作品的文本性都决定了此类文本不可能是个人经历和感受的真实写照。伦敦的文学文本是他个人独特体验和应对现实策略的结合体，但并不妨碍我们通过解构看到其中折射的现实。也就是说，“自传文本的真实性，必然是一种自传叙述人用满足当下自我意识的方式来‘认同’自我的建构性”（王成军，2003：75）。因此也可以说，杰克·伦敦“配合”主流意识形态，在一个价值观念重建的时期，“塑造”了一个典型的、矛盾的当代美国人形象。小说不完全是“自传体”的，但却符合“心理传记”的类型特点。而这一则精神传记在表达对文学市场化的批判的同时，又迎合了文学市场的期待。

5. 结语

杰克·伦敦属于新兴出版业中的第一批职业化作家。对于这批人，写作是工作，是受供求关系主导与牵制的产业。他们需要了解消费者的心理，需要研究制作和营销过程，需要包装，需要对作为商标的作家进行形象设计，需要以作品的主题特征和风格特点建立品牌。他适时地把握了消费者的心理和大众文学市场的基本运作规则，一度在文化市场上左右逢源。他非常敏锐地意识到了迅速扩展的出版业带来的新机会，摸清了潜在读者的阅读期盼，掌握了一个新类型作家成功的要素，发现了在市场因素主导下不违背良知而又能够获利的途径，与他常常批判的大众市场资本主义建立起了一种互利的合作关系。在他本人及其作品中，我们能看到美国一个重要历史转折时期的生动的剖面和当时以他为代表的诸多作家面临的困惑。不是《马丁·伊登》这部小说本身，而是故事背后的“潜台词”，才是我们了解杰克·伦敦和他的时代的基本文本。

参考文献

- 布斯. 小说修辞学[M]. 华明，胡晓苏，周宪，译. 北京：北京大学出版社，1987.
- 勒热讷. 自传契约[M]. 杨国政，译. 北京：生活·读书·新知三联书店，2001.
- 王成军. 纪实与纪虚：中西叙事文学研究[M]. 南昌：百花洲文艺出版社，2003.
- AUERBACH J. Male call: becoming Jack London[M]. Durham: Duke University Press, 1996.
- EAKIN P J. Fictions in autobiography: studies in the art of self-invention[M]. Princeton: Princeton University Press, 1988.
- FONER P S. Jack London: American rebel[M]. New York: Citadel, 1947.
- HICKS G. The great tradition: an interpretation of American literature since the civil war[M]. New York: Macmillan, 1935.
- HOWELLS W D. Literature and life: studies[M]. New York: Scribner's, 1893.
- LABOR E, REESMAN J C. Jack London[M]. New York: Twayne Publishers, 1994.
- LONDON J. Martin Eden[M]. Beijing: Foreign Language Teaching and Research Press, 1992.
- LONDON J. John Barleycorn[M]. New York: The century co., 1913.
- McCLINTOCK J I. White logic: Jack London's short story[M]. Cedar Springs, Michigan: Wolf House Books, 1976.
- PATTEE F L. The development of the American short story: an historical survey[M]. New York: Biblio and Tannen, 1966.
- WALKER D J, REESMAN. No mentor but myself: Jack London on writing & writers[M]. Stanford: Stanford University Press, 1999.
- STASZ C. American dreamers: Charmian and Jack London[M]. New York: St. Martin's Press, 1988.
- WALKER F. Jack London and the Klondike: the genesis of an American writer[M]. San Marino: The Huntington Library Press, 1994.

六　读解《诺斯托罗莫》

——康拉德表现历史观、英雄观的艺术手法[15]

我国读者比较熟悉康拉德的名作《黑暗的心》(*Heart of Darkness*, 1899),而对《诺斯托罗莫》(*Nostromo*, 1904)相对陌生。同《黑暗的心》一样,《诺斯托罗莫》十分耐读,但故事规模更为宏大,结构更为复杂。很多批评家都认为,《诺斯托罗莫》是康拉德最杰出的作品,也是最伟大的英语小说之一。也有学者将它与小说中最博大的名著《战争与和平》相提并论(Goonetilleke, 1990: 130)。的确,《诺斯托罗莫》具有一种史诗的品质:事件重大,场面恢宏,人物众多。但康拉德的小说本质上不是史诗。作家在其后出版的另一部政治小说《特务》(*The Secret Agent*, 1907)的补记中说:《诺斯托罗莫》是他"最大的一张画布"。为了这幅浩大的画卷,他殚精竭虑。他曾写道:"那本要命的《诺斯托罗莫》快把我折磨死了。"(Page, 1986: 94)可见,这是一部浸透作者心血的作品。

1.《诺斯托罗莫》的叙事艺术

康拉德曾写信给他的文学经纪人说,"现在人们都在思考着战争、和平和劳工问题",因此他计划"从一个现代的视角……来处理这些问题"(Hay,

15 原载《外国文学评论》2001年第3期,50—56页。

2000：81）。写此信时，他其实已经这么做了。《诺斯托罗莫》已经出版，康拉德还在考虑另外两部政治小说的创作。他的“现代视角”主要是通过两个方面得以表现的：一是文学中再现历史的手法，二是对折射历史的“英雄”重新定义。康拉德小说的“现代”风格，令很多读者望文兴叹。人们都说《诺斯托罗莫》难读，其实难处也正是妙处所在。

常有人抱怨康拉德的这部小说“残头少尾”“缺乏衔接与连贯性”“结构颠三倒四”等（Page，1986：95-96）。这样的抱怨不难理解。小说的前半部分尤其给读者的理解带来了很大困难。作者采用的是印象主义创作技法，表现的场景、人物、时间和叙述角度不断切换，各叙述者的观点互相冲撞，事实真相不断地被颠覆。面对现实主义的题材，人们却难以“现实主义”地进行解读。这样的叙述难以迎合传统的“阅读期盼”，但却正是康拉德表现他的“现代视角”所必不可少的方式。

其实，小说故事并不复杂，它发生在一个虚构的叫柯斯塔瓜纳的南美小国的萨拉科省。萨拉科港城三面是高高耸立的雪山，一面向着海湾，“恰如栖身于一座巨大的半圆形、无屋脊、向大洋敞开胸怀的庙宇”（康拉德，2001：3）。气势磅礴的大背景中，蜷缩着一个小小的世界，人在其中，更显得渺小而微不足道。这是外部大世界的缩影，在这里演绎着人类历史剧的一个典型片段，读者将在这个“虚构小国凌乱碎散的历史事件中，去寻找超越时空的具有普遍意义的东西”（McAlindon，1987：60）。

小说中的柯斯塔瓜纳政治动荡，六年中更替了四届政府，是一个以“压迫、无能、愚蠢、背信弃义以及野蛮暴力而著称于世的国家”（83）。在这样的国家中，军队不断地造就、维持和推翻政府。小说故事中，古斯曼·本托的暴政正被各个贪婪的政治集团之间的权力之争所取代。在这个天下扰攘、群雄纷争的年代，英国人查尔斯·高尔德在美国大财阀的支持下，来到萨拉科开发银矿，靠大量贿赂周旋于各派之间。

康拉德对这种“经济殖民地”的历史再现，具有典型性和可信度。接下来出版的两部政治小说，1907年的《特务》和1911年的《在西方的注视下》，写的也都是与动乱和革命纠缠在一起的虚幻的理想主义、无处不在的贪欲和暴力。康拉德显然希望通过艺术重建历史，提出对人类社会的再认识。当然，这三部政治小说中，写得最好、手法最新的是《诺斯托罗莫》。

萨拉科的历史片段在小说中不是循序渐进、合乎逻辑地进行交代的，而是更接近于人头脑中实际获取零散的知识与体验的真实过程：不是线性的、按时序的叙述，而是大块拼贴式的、不均衡的、错综复杂但又随意的描写。采取这种叙述方法，是因为对康拉德来说，人类历史的现实本身是个难以穿透的黑幕，认识的光点偶然散落在某些地方，看到的只能是一些不连贯的片段。有人撰文对《诺斯托罗莫》提出批评："人物除了零碎的色块外，根本没有得到描述。"（Wilding，1966：444）该文作者虽然表达的是不满，但无意中却点及关键之处："零碎的色块"正是印象主义作家希望达到的效果。"色块"的拼叠正是他们最常用的手法。康拉德献给读者的就是这样一幅斑斓、凌杂模糊并且难以阐释的巨大的现代构图。

康拉德曾公开承认自己是个"印象派"作家，尽管他对"印象主义"的理解也许不完全与辞典定义相同。印象主义是一种反传统的艺术手法，很多作家认为它也是本质上更接近现实生活的手法。在文学作品中，这种新的表现形式主要通过多个人物不完整的记忆、一知半解的认识，以及被个人感情倾向所左右的表白等内容交代故事，而不再由全知叙述者整体上主宰小说。"印象派"作家让读者"面对语言叙述的不完整性、意义的不确定性，面对似乎无意识的随意的意象组合，其文本不提供逻辑的解答，却要求（读者在头脑中）产生逻辑的诠释"（Watt，1986：90）。作者希望强调和突出不同人物内在的观点，希望提供意义不确定的象征和暗示，让读者在叙述时间、立场、视角的转换中去发现小说所隐含的意义，在一系列流动的"印象"中去体验和感悟，也让读者在理智、感情、道德上面对小说的挑战。

这样的表达要求作者和读者双方想象力的结合，共同对小说的内容进行创造和解读。在小说开始部分，康拉德只交代了一个模糊的概念，读者朦胧感觉到置身在一个黑暗势力笼罩下、处于无政府主义状态的环境。没有任何事件"引发"故事，小说中也没有贯穿始终的中心，而只有构成画面的许许多多的片段：高尔德子承父业，在租借地开发桑·托梅银矿，里比厄拉政府的失败，护银冒险，国内武装反叛，大庆典等。这些事件在小说中各占差不多的分量，不按时间顺序穿插出现；而叙述人物和视角不断变换。小说开头部分由佚名的叙述者讲了两个英国人探宝的故事，按传统模式将现实诗化；接下来是船上午宴，主要由头脑单纯的米歇尔船长回忆以往的事件，读者可以察觉到他夸夸其谈背后的浅薄；再后是一个记者德考得的笔记，从内部对发生动乱的当天作了细节性的描述。这样的叙述，把事件维持在个人认识的表面水平，读者被迫不断地对叙述的权威提出疑问，对事件交代的准确性进行理性的过滤，不得不自己从字里行间去发现，去评判。而作者则避免直接表态，这样他就可以从多角度多层次更加有力、客观地反映事件，再现历史。叙述上的跳跃和断裂，也迫使读者与小说中的人物共同感受历史的突兀与残破。

阅读《诺斯托罗莫》的最大困难在于康拉德故意使用的“时间错位”。如果我们把事件从小说中一一抽出，重新按时间排列，其实它的构成并不复杂。包括各种延伸在内，小说覆盖了这样一个阶段：从查尔斯·高尔德开发银矿开始，到萨拉科独立成为分治的共和国为止。其中，主要戏剧性的变化发生在24小时内：诺斯托罗莫和德考得为了不让叛军得手，晚上装船将银子运出海湾，他俩星夜出航，第二天日落时分诺斯托罗莫从海岛游回萨拉科；而与此同时，叛军从海上到达，逮捕和审讯莫尼汉姆医生，医生诱骗军队去搜寻所谓埋藏的财宝，诺斯托罗莫此时骑马进山去搬救兵。故事虽然发生在不长的时间内，但与过去的铺垫和未来的暗示互相交织，使小说变得错综复杂。

康拉德并不因循传统的叙事套路。他在小说中常常前后大幅度地来回跳跃，而“时间错位”的叙述又没有提供可供参照的准确标记。这样的错位不仅在章与章之间，也在同一章之内出现。读者在开始阅读时确实很难“进入”故事。小说整个第一部分和第二部分的大半在时间上是倒置的，直到德考得在暴乱当天写信记叙正在发生的枪战，主要事件才刚刚开始，并从背景中凸显到中心位置。有鉴于此，多萝茜·范·简特提议可以从第二部分后半部读起，读到诺斯托罗莫和德考得驾船到大伊莎贝尔岛为止，然后回到小说的开始部分，这样时间顺序就比较清楚了。当然这样的阅读与作者的意图相违，范·简特事实上也不主张这样的阅读。她认为“这类小说具有无处不在的生命力，即使倒过来也没有关系”（Van Ghent，1987：34）。

一个原本可以清楚交代的故事，何必转弯抹角？把故事的主要线索颠倒过来，康拉德显然有他的用意。我们首先在故事的开始部分看到了里比厄拉政府战败的镜头，后来才看到那场权力之争的战斗，到后面才是为建立里比厄拉政权所做的努力及人们对它寄予的厚望。读者是知道了结果后才知道开始的——先是理想的失败，然后再读到理想的追求。小说一开始，一切都已发生，已固定，预设的发展导致已知的结果。而所谓的事件和行为只是一根线条，把不变的人物和分隔的画面串联起来。这样的叙述创造了强烈的讽刺效果：人的努力徒劳无功。而且，“时间错位可以将过去、现在和将来的事件交织在一起，组成一幅综合图案。如果读者集中关注的是思想内涵而不是人物，——阅读应该如此——那么他发现的几乎是一幅现代派的拼贴画”（Hay，2000：88）。通过这样的手法，作者避免了线性地看待和描述历史发展的弊端。

康拉德主要关注的不是事件本身，而是小说人物的精神活动：每个人心怀各自的目的，在事件激发下尽情表演。作者选择了一批代表各种个人倾向和各种社会行为模式的人物，把他们放在一起，让不同的人物以不同的方式表达他们对同一事件的不同认识，读者在他们的纠缠和碰撞中，体察剧烈变动的社会和这种社会环境煽起的个人欲望。这样，作家就可以避免由一个全知叙述者对已发生的事件进行有条不紊的罗列而造成的虚假和无趣。《诺斯托罗莫》创造的叙事印象很像电影中的蒙太奇手法。“导演”康拉德大胆而娴熟地切换聚焦点，通过某方面的联系，自然地从一个内容牵扯出另一个内容。显然，传统的现实主义叙事手法很难容纳康拉德希望表达的极其丰富的故事内涵。

2. 康拉德的英雄观

而要真正理解《诺斯托罗莫》，另一个重要方面是了解康拉德的英雄观，了解他塑造“英雄”的意图。我们可以用一个股市术语来归纳他塑造英雄的模式——高开低走。他总是先轰轰烈烈地推出一个英雄形象，然后渐渐让英雄失去光辉，露出凡夫俗子的真面孔。最后人们发现，在康拉德的历史剧中没有英雄，充其量只有假英雄，或者说英雄面具遮掩下的小人。如果读者想当然地认为，作为书名的诺斯托罗莫应该就是小说的中心人物，那么，他就被康拉德的“小计谋”误导了，落入了理解的陷阱。小说没有中心人物。好几次锣鼓敲得热热闹闹，诺斯托罗莫好像马上就要登上舞台中心，一场英雄剧就要开演，但观众的热望一次次落空，作者一次次让他扮演的都是跑龙套的角色，让他充当利益集团的跑腿工具。这是康拉德在人物塑造上对传统“英雄”概念进行的玩弄。

在小说的前半部，诺斯托罗莫是个背景中的人物，只出现在口头传颂中，像人们熟悉的传奇英雄：魁梧高大，豪放不羁，骑着大灰马，在关键时刻出现，力挽狂澜。我们首先从米歇尔船长的吹嘘中认识了诺斯托罗莫：

> “这个诺斯托罗莫……他的名字让城里所有歹徒闻风丧胆。……
>
> 这些嗜血成性的暴徒中有百分之五十是从草原上来的职业草寇，先生，但他们当中没有一个不曾听说过诺斯托罗莫。至于城里的那帮乞丐，先生，只要见到他的黑唇髭和白牙齿就足够了，立刻瘫倒在他面前，先生，这就是人格的威力。”（10）

雷声虽大但不见雨点。康拉德让读者在心理上等待一位永远不会出现的英雄。这位威名远扬的骑士其实就是米歇尔船长的雇工——码头工长兼栈桥看守员。他虽然受工人的拥戴，工作效率高，但对时势事态漠不关心，没有清楚的动机，没有长期打算，没有头脑，也没有自己的信仰，是个糊里糊涂的人物，被萨拉科的寡头政治所利用。欧洲人通过他控制了工人，他成了他们“完美的帮手”（245）。读者在接触了这个人物之后，发现他十分单薄，身上没有任何英雄气质，除了一个响当当的名字外，其他什么也不是。

他的主要品质是忠诚，但他效忠于柯斯塔瓜纳的殖民主义者——投资银矿的北美资本家和欧洲的船运铁路集团。在小说后半部的突发事件中，虽然他也表现出了勇气和无畏精神，但促使他冒死出航的是一文不值的虚荣，为此他差点儿送了命。他自以为超脱于政治派别之外，生活在“好名声”的光环之下。一个把诺斯托罗莫当干儿子的老妇人临死前骂他是傻瓜：“从那些丝毫也不关心你的人嘴里讨上几句漂亮话当作报酬。”（196）诺斯托罗莫确实是个傻瓜。他在当地有“自然之子”（natural man）的美名，但“自然之子”在英语中也是“蒙昧人”“白痴”的婉转说法。这个“自然之子”完全无法理解萨拉科复杂的经济政治纠葛，“面对模棱两可的历史没有其他武器，只有生存和做人的自尊支撑着他”（Van Ghent，1987：37）。

兵临城下，萨拉科面临又一场政治灾难时，诺斯托罗莫和德考得驾船将银锭运走，以免其落入叛军之手。漆黑中驳船与叛军运兵船相撞，两人设法将破船驶到大伊莎贝尔岛，埋藏了银子。诺斯托罗莫游泳回萨拉科，德考得跳海自杀。萨拉科所有人都相信运银船被撞沉，德考得淹死。机会来临，诺斯托罗莫终于挡不住诱惑，将埋藏的银锭归为己有，成了窃银贼。“桑·托梅的银子终于有了一个忠实的终身奴隶。”（383）诺斯托罗莫背叛了自己，走到了正直、勇敢、民众景仰的无所不能的英雄形象的反面，蜕变成了一个可怜虫。“他渴望以毫无疑义的手段攫取、拥抱、吞噬、驾驭这笔财富，这笔财富犹如专制暴君无时无刻不在蹂躏着他的思想、行动和睡眠。”（404）

更具有讽刺意味的是，事态的发展最终证明，诺斯托罗莫出生入死的护银冒险，其实是无用劳动，于事情的结局而言无关紧要，而他本人反被银锭捆住了手脚。此时他的自我评价与先前的感觉截然相反：“这么多年后，我突然发现自己变成了城墙外嗷嗷叫唤的一条杂种狗——没有窝，连一根磨牙的骨头都没有。”（346）最后，他在偷挖银锭时被误杀，临死时终于认识到自己卷入了萨拉科的黑色旋涡，被人利用，被人出卖。“是银子杀了我。它抓住我不放。它现在还抓住我不放。”（428）这是他最后说的话。

诺斯托罗莫显然不是个英雄，他是虚幻概念的受害者。他的英雄形象只耸现于朦胧之中，是民间虚构的，他是被虚幻地放上神龛的。小说中其他主要人物的英雄主义形象中，也都有虚假、堕落的成分。在这里我们可以看到康拉德关于历史和英雄的基本观点：殖民史上不存在真正的伟大，也没有真正的英雄。他只想揭示虚构的外表与本质之间的巨大反差。

查尔斯·高尔德是小说的另一个主要人物。他本人是个采矿工程师，叔叔曾被选为萨拉科省省长，政治变动中被拖到大墙前枪杀。他的父亲也间接被迫害致死，临终前教诲儿子：远离柯斯塔瓜纳贪婪堕落的官僚政治和军人土匪。但高尔德从美国大财阀那里集得资金，偏偏来到此地开发银矿，凭借自信、勇气和胆略，在复杂的社会和人际关系中与政客和投机分子巧妙周旋，最后大获成功，桑·托梅银矿拥有“国中国”之称，而高尔德被誉为“萨拉科王”。

但是这个英雄形象又被证明是虚假的。他是个“死心塌地的理想主义者”（165），希望通过资本主义的发展给当地带来安定和繁荣，带来欧式文明。开发银矿是他实现理想的途径。“毫无疑问，大山边咆哮，边将它的宝藏在捣矿机下源源不断地倾吐出来；它的特殊力量撞击着他的心扉，使他感到这是春雷般震撼大地的宣言。”（80）他的理想其实是经过包装的经济殖民主义和物质至上的信仰。首先，“源源不断倾吐出来”的银子大多被运到旧金山，也使不少欧洲殖民者和少数当地官僚和军阀受益；其次，银矿激发了急剧膨胀的贪欲，导致了暴力和权力争斗。高尔德的理想并不因为银矿的成功而得以实现。

在高尔德的故事中，我们必须看到康拉德两方面非常强烈的暗示。一方面，为了实现崇高的理想，高尔德必须采用卑鄙的手段，通过贿赂铺平道路。理想主义中掺进了堕落的成分，导致道德沦丧；另一方面，高尔德原本以银子为实现理想的手段，但他逐渐演变成了银子本身的狂热追求者。物质化的理想追求，蜕变为理想化的物质追求，银矿的主人变成了银矿的奴隶，这些最终让他疏离了妻子，导致了他婚姻生活的不幸。高尔德的形象也是“高开低走”，故事开始时出现的了不起的成功者，最后落得矮小而可怜。

小说中的其他人物，一个个也都是某一种虚幻概念的追求者，最终又都成为虚幻概念的受害者。新闻记者德考得，因热恋安东尼娅而接受她父亲的政治取向，为自己认为“全然错误”的目标出谋划策，摇旗呐喊，扭曲了自己的个性和信仰，最后落得跳海自杀。德考得不是直接因银子而堕落的，而是让自己无原则地卷入银矿所引发的事件而葬送了自己。另一个相对重要的人物是莫尼汉姆医生。他因在古斯曼·本托暴政期间经受不住酷刑而出卖了别人，生活在负罪感的阴影之中。过去政治迫害的经历，使他成为一个愤世嫉俗的人，但他最后又克服恐惧，巧施计谋，成为打败蒙特罗叛军的关键人物。他是在看到别人受刑致死的冲动之下做出决定的。他为萨拉科的欧洲社会做出的自我牺牲，主要是在为自己的精神赎罪，也是出于对高尔德太太的忠诚和友情，但不是对她丈夫政治信仰的赞同。

3. 帝国殖民史的再现与批判

《诺斯托罗莫》的社会和历史框架，把康拉德所处时代的大事件都圈拢到了一起：资本主义、帝国主义、殖民主义、暴乱与革命、物质利益争斗，而小说又把众多代表各种虚幻的理想主义或赤裸裸的权欲与实利主义的人物纠集在一起：高尔德的实业救国论、阿维兰诺的自由主义政治主张、诺斯托罗莫“民族英雄”的虚荣、德考得献身爱情的冲动、霍尔罗伊德的帝国主义权力论、蒙特罗强者为王的信仰，等等。康拉德显然不赞同流行于19世纪欧洲的“开发异域，拯救外族”的信条，因此刻意讽刺以发展殖民经济促进民主这种政治理想的虚伪性。

小说中的每个人都以不同的方式与银矿和银子发生纠葛。银子构成了每个人心中“秘密的目标”，所有人的内心欲望都在银子的力量面前受到考验，为它所代表的具体利益或抽象概念去奋斗，去经历考验与磨难。银子使读者想起康拉德的另一部小说《黑暗的心》中的象牙，它的象征意义是不言而喻的。“萨拉科大多数欧洲人都聚集在那里，围绕着查尔斯·高尔德，似乎银矿的银子是一个共同事业的标志，象征着物质利益至高无上的重要性。”（20）小说揭示，在物质利益左右下谋求所谓的“进步”，只能产生非人道的结果。银子成了道德沦丧的媒介，银矿带来的不是进步，而是堕落。

《诺斯托罗莫》的设计显而易见地与15—16世纪西班牙殖民史相呼应。小说中反复提及西班牙征服者。萨拉科被称为“世界的宝库”，这一说法正是早先欧洲人用来称呼南美殖民地的。作品中一些事件和人物好像是过去的再现，小说故事则是历史灾难的重演。我们在字里行间也可以看出康拉德对帝国主义与殖民主义的批判和对历史的反思。在欧洲人的努力下，萨拉科最终独立了。国际（其实是欧美）海军在萨拉科海湾通过武力胁迫，结束了战争。但分治就是成功，就是进步吗？其本质变化何在？可以预见的是，帝国主义列强将更加肆无忌惮地控制和操纵萨拉科的政治、经济和社会生活。

在这部小说中，康拉德力图创造一个巨大的、多层面的、内涵广泛的象征，以表达他对历史和个人命运的认识。一个国家的政治与一批人的个人动机互相交织，道德理想与物质利益互相渗透，个人历史、区域历史又与抽象的人类历史共同呈现，小说显得十分复杂。一切都在一个特定的环境中发生："高耸的黑魆魆的西厄拉山和云缭雾绕的大草原作为沉默的目击者，关注着源自不论善恶一律短视的人的激情引发的诸多事件。"（3）在这些"短视"的人物中，产生不出真正的英雄。像康拉德其他小说人物一样，他们大多在身体上或者感情上被彻底摧毁，以失败告终。康拉德的小说总是蒙着一层很浓的悲剧色彩，很多方面几乎表现出一种宿命论的历史哲学观。人处在残酷的不可知的现实中，既无能力实现理想，又无能力抵挡诱惑，一切努力在人无法控制的神秘力量的操纵下被逼入绝望的境地，导致道德堕落，人性丧失。但康拉德的目的不是让人们被动地去接受小说中悲剧式的人生观，而是唤醒读者去发现历史所提供的经验。

《诺斯托罗莫》不应该，也不可能有一个最终的、确切的、权威的阐释。任何一部具有持久价值的小说，都具有不断被重新阐释的广阔空间。在谈到康拉德的另一部名著《黑暗的心》时，批评家罗伯特·佩恩·沃伦认为，在其中寻找确切释义，就如同企图在莫扎特的交响乐中找出确切释义一样徒劳无功，因为康拉德是个哲理性很强的作家。"哲理小说家在对世界的再现中，总是力图超越对价值的一般推论，总是把意象上升为象征……经验总是有它的释义。但这不等于说，哲理作家是推导式、概念式的。恰恰相反，他愿意剥去经验的表层，直面赤裸裸的内涵，与之角力。"（Warren，1987：21）这是对康拉德整体创作的评述，也是对《诺斯托罗莫》的一个简洁而到位的总括。

参考文献

- 康拉德．诺斯托罗莫[M]．刘珠还，译．南京：译林出版社，2001.
- GOONETILLEKE D C R A. Joseph Conrad: beyond culture and background[M]. New York: Macmillan, 1990.
- HAY E K. *Nostromo*[M]// STAPE J H. The Cambridge companion to Joseph Conrad. Shanghai: Shanhai Foreign Language Education Press, 2000：81-99。
- McALINDON T. *Nostromo*: Conrad's organicist philosophy of history[M]// BLOOM H. Modern critical interpretations: Joseph Conrad's *Nostromo*. New York: Chelsea House Publishers, 1987: 57-68.
- PAGE N. A Conrad companion[M]. New York: St. Martin's Press, 1986.
- VAN GHENT D. Guardianship of the treasure: *Nostromo*[M]// BLOOM H. Modern critical interpretations: Joseph Conrad's *Nostromo*. New York: Chelsea House Publishers, 1987: 23-38.
- WARREN R P. The great mirage: Conrad and *Nostromo*[M]// BLOOM H. Modern critical interpretations: Joseph Conrad's *Nostromo*. New York: Chelsea House Publishers, 1987:7-22.
- WATT I. Impressionism and symbolism in *Heart of Darkness*[M]// BLOOM H. Modern critical views: Joseph Conrad. New York: Chelsea House Publishers, 1986: 83-100.
- WILDING M. The politics of *Nostromo*[J]. Essays in criticism, 1966, 16(4): 441–456.

七 《海狼》的女性人物与杰克·伦敦的性别政治[16]

1. 引言

19世纪末，西方女权运动中心从欧洲转向北美，开始在美国掀起女权运动的“第一次浪潮”。新旧世纪之交是宣传男女平权思想的重要时期，也是杰克·伦敦开始文学创作的时候。他不可避免地受到时代思潮的影响，同时作为进步知识分子，他也有意识地希望自己的作品表现出与时俱进的认识。作家的这个意图显而易见，但尽享男性特权的传统社会模式又让他恋恋难舍，而这种眷恋在暗中对新思想进行着颠覆。作家内心相互冲突的认识倾向和情感倾向流入了长篇小说《海狼》(*The Sea Wolf*)的结构和故事中。批评界一般从城市青年范·韦顿与船长拉森之间的自然主义道德观的冲突，或从男主人公经历和成长的过程，对《海狼》的主题进行讨论，而将其中唯一女性——小说的第三号人物莫德——当作陪衬，对其鲜有关注。本文以小说的女性人物为主线，通过分析这个人物的设定和演变，解读其中丰富的社会编码，揭示作家在性别观念上的矛盾心态。

16 原载《学术论坛》2009年第5期，130—135页。

2. 时代语境与性别观念

在小说《海狼》的时代语境中，两个与性别政治相关的话题值得注意：一是时代变迁带来的性别角色的变化；二是随之而来的观念的变化。美国历史上，拓居先民征服荒原、抵御异族需要强悍和勇武，奠定了社会上男性的绝对主导地位。随着开发西部的终结和20世纪的到来，美国告别农业社会，迈入了以城市化为特征的现代社会。伴随而来的机器生产更需要技术和智慧，而不是蛮力。妇女可以掌握技术，也不缺乏智慧。同时，成衣和食品的工厂化规模生产，部分解除了家务的捆索，使女性有可能走出家庭，走进工厂和公司。城市化和工业化，即生活方式和生产方式的改变，弱化了男女社会分工的差别，推动了性别观念的改变。正是在这样的背景下，女权思想有了产生和发展的基础。

伴随着城市化的到来，阶级结构开始发生变化，中产阶级占据权力关系的主宰地位。为了区别于劳动阶级，巩固自己新获得的地位，他们延续甚至强化了原来上流社会人为的时尚准则，强调审慎和秩序，遵循一系列礼仪、衣着、举止以及言谈和文字中遣词造句的规范，以优雅、文化这类显性特征作为中产阶级身份的“标签”。这种中产阶级文明完全不同于拓居先民的粗犷作风，带有明显的“女性化”的特征，引发了一种“男性焦虑”，担心社会发展的走向可能具有“去势”的副作用，甚至可能“阉割”美国的民族个性。当然，这种焦虑带有“厌女症”的心理特征，其深层根源仍然是男权思想。

不少男性知识分子在理论上拥护、支持女权思想，欢迎女性平等地参与社会生活，承担社会责任。毕竟女权运动的理论基点与美国理想并行不悖：《独立宣言》中“人生而平等”的理念，当然应该包括性别之间的平等。虽然当时妇女尚未获得选举权，但在女权运动的第一次浪潮中，为获得各种平等权利的斗争已经开始。女权运动被看作时代进步的产物，得到了包括杰克·伦敦在内的很多知识分子的支持。这也的确是早期女权运动之所以能够取得成功的原因之一。

但另一方面，社会生活中性别角色的调整，实质上就是权力结构的重组，必然牵涉日复一日必须面对的社会关系，冲击男权社会的既得利益者。包括作家杰克·伦敦在内的很多进步的男性知识分子，支持和拥护女权主义，表达对社会变革的期待；但根深蒂固的传统思想又在意识深层进行抵触，最终常常把他们拖回对传统权力关系的渴望之中。在《海狼》中我们能够看到这种不和谐：一方来自作家有意识表达的理念，另一方来自深藏于作家无意识的渴望；一种表现为性别政治的原则观念，另一种是社会生活的实用主义。两种倾向交织在一起，使小说成为一个矛盾的文本。特里·伊格尔顿认为，“正是在女权主义政治的性质里，符号和形象写出并且戏剧化了的经验才具有特殊的意义”（伊格尔顿，2006：209-210）。被杰克·伦敦符号化、形象化和戏剧化的认识经验，的确有其特殊的阐释意义。《海狼》就是一个说明问题的个案。

《海狼》首先是作为杂志故事连载发表的，作家将不到全书一半的已写就书稿，连同总体构思一起寄给《世纪》杂志进行连载，然后按杂志的发行日期要求，不断提供新写的后续部分。正是在这后一半中，在交稿时限的“催逼”下，杰克·伦敦更少顾及设定人物的前后一致性，让自己的真实意愿不自觉地流露到了笔尖。就这样，在对待女性社会角色的问题上，小说前、后两部分出现了大幅度的转向：在前半部分，作家有意识地靠近女权思想，而在后半部分，作家内心的男权思想强烈反弹，让一位社会上卓有成就的独立的新女性，最终滑向了传统的角色。我们可以在《海狼》这个戏剧化演绎的故事本身和故事背后的潜台词中，读到文外的另一个故事。

3. 女性的赞歌

《海狼》对社会的性别关系提出了新的思考。小说的主人公是一个受城市文明呵护的青年范·韦顿，即小说的第一人称叙述者。因旧金山湾渡船失事，他被“魔鬼号”捕海豹船救起，被迫随船远航，与全体船员一起忍受着船长“老狼”拉森的铁腕统治。在日本海附近，“魔鬼号”搭救了一些遭遇海难的人，其中有一个名叫莫德·布鲁斯特的女诗人。为了她，韦顿与拉森展开了实力悬殊的较量，终于抓住机会与莫德驾小船逃脱了船长的魔爪，漂泊到一个荒岛上，而众叛亲离的拉森船长因“魔鬼号”船体损坏也来到岛上。最后，韦顿与莫德修复了“魔鬼号”，重返文明社会，而拉森船长慢慢饿死在荒岛上。与另外两部著名航海小说——史蒂文森的《金银岛》和麦尔维尔的《白鲸》相比，《海狼》更多地表达了与时代流行思潮相关的观念。其中之一是男女社会角色变化的问题。

小说伊始，作家以女性的缺场拉开了女性赞歌的序幕。“魔鬼号”捕海豹船是一个男人世界，在这个小世界中，男性在生产活动和生活中的主宰地位不可动摇。但由于女性的缺场，这个特殊的男性社会成了“一个独身者的聚合，粗暴地相互倾轧”（London，1960：129），听到的满是水手的脏话，看到的是时不时突然爆发的暴力行为，文化与文明在这里没有地位。韦顿上船后不久就发现，这个男人世界中精神文化缺失的原因是女性的缺席：

> 男人与女人完全分离，独自闯荡世界，这种事在我看来既不自然，也不健康。粗俗和野蛮是其不可避免的结果。我周围的这些人应该有妻子、姐妹、女儿，以及她们的同情心。而事实上他们没有一个结过婚。年复一年，他们中没有一个与某位体面女人接触过，也没有受过来自那样一个女性的影响和教化。他们的生活中缺少一种制衡因素。他们的男性特征得到过分发展，变成了凶残；而生活的另一面，即本性中的精神层面则萎缩——事实上退化了（89）。

小说主人公在一个极端的男人世界里发现，女性是文明不可或缺的另一半，与文明背离的社会可能堕落为纯粹的野蛮。这里，作者强调女性具有“制衡”野蛮、“教化”粗俗的功能。

在《海狼》之前的第一部长篇小说《雪的女儿》（*A Daughter of the Snows*，1902年出版）中，杰克·伦敦已经开始尝试塑造“新女性”。他把故事中的女主人公芙萝娜塑造成一个完美的边疆英雄：在艰苦的环境中从事劳动生产，巾帼不让须眉。伦敦过分凸显女性的能力，说她有“拳击师的肌肉和哲学家的头脑”（London，1902：22）。这样的歌颂抹杀性别的生物差异，强调相似性，按照“准男性”尺度衡量和建构女性英雄，而非突出她自身的性别优势，因此显得生硬。《雪的女儿》未获太高的评价，女性人物塑造的概念化是原因之一。

作家在《海狼》中不再强调“女人可以像男人”，而让女性显示自身无法替代的优势，其中之一是她精神和道德上的影响力。年轻女子莫德的出现，像催化剂一样给船上的人际关系带来了变化，不仅使韦顿的角色出现了转化，而且也改变了整部小说的走向。乔纳森·奥尔巴克认为，小说中有两次重大转折：一次是莫德登船，另一次是莫德和韦顿到达安第弗岛。这两个事件“都导致了小说主人公（韦顿）象征性的再生”（Auerbach，1996：193）。韦顿在船上开始是个无助的弱者，忍气吞声；莫德的到达激发了他内在的能量，他不再逆来顺受，开始向反叛者和保护者的角色转化，与拉森的对立随之变得公开和激烈。

乔纳森·奥尔巴克对莫德的归类应该符合杰克·伦敦人物塑造的初衷：她“不是贵族，也不是野蛮的下层人，而是个中产阶级，一个一心向往成功的独立的职业女性”（Auerbach，1996：217）。她是个崭露头角的女诗人，已有几卷诗集发表，小有名气，代表了时代发展凸显的两大特征，是个属于中产阶级的独立的知识女性。韦顿与她已有神交，以前曾对她的作品进行过评论，赞赏有加。她与韦顿理智上、精神上相近似，但与船上暴君拉森形成了鲜明的对照。“我注意到一日早晨两人沿甲板走去，不禁把他们比作人类演化阶梯上的两个极端——一个是所有野蛮性的最高代表，另一个是最高雅文明的完美产物。”（147）

拉森依靠肌肉、强权进行统治，是一个相信弱肉强食的社会达尔文主义者，从不怀疑社会生存竞争中男性的优势地位，对社会性别结构中正在出现的变化知之不多。莫德在第18章首次出现后，交谈中表现出风度和智慧，丝毫未见女子的谦卑，而充满平视的自尊。拉森决定给她一个“下马威”，提出的问题直指社会关系中女性地位的核心问题，但莫德的回答让他始料未及。

"你有没有靠自己的劳动挣到过一块钱？"他（拉森）知道她的答案，咄咄逼人地用胜利反击的语气问道。……

"我年收入大约1800美元。"

所有的眼睛同时离开吃饭的盘子，久久盯着她看。一个一年能挣1800美元的女人值得看上一眼。老狼拉森毫不掩饰他的钦佩之情。（136）

莫德已经不是男人的依附者，她获得了独立的经济地位，而经济独立保证了她的社会地位，是她能与男性平等对话的前提。但是，杰克·伦敦更强调她的道德力量。莫德上船不久了解到拉森滥杀无辜的野蛮行径，面对韦顿发出了义正词严的谴责：

她用斥责的眼光面对着我，声音里带着质问，就好像这件事中我犯下了什么罪过，或至少是其中的一分子。

"信息没错，"我回答说，"两个人被谋杀了。"

"你就看着它发生！"她大声说。

"我没法阻止，这样说才更恰当，"我依然耐心地回答。

"但你是否曾经阻止过这样的事？""曾经"二字说得很重，她的声音中带着点哀求的语调。

"是吧，你没有，"她马上接着说，猜中了我的回答，"但你为什么不加以阻止？……有一种东西叫作正义的勇气，正义的勇气从来不会没有作用。"（145）

作家的意图显而易见。他努力塑造一个完美、有时代特征又能被读者接受的理想的女性形象。此人的能力（年收入）、才智（出版诗集）和正义感（对暴行的谴责）三方面都不逊于任何男性。通过对莫德的歌颂，作家赞美女性智慧和道德的力量，表达赞同男女平等、“优势互补”的立场和对女权思想的支持。

如果凶残的拉森船长是恶魔，柔弱的韦顿是凡人，那么莫德就是一个天使，是人格和精神力量的化身。她虽然身材纤弱，但才华横溢，正气凛然。她被树立为一个“新女性”形象，与《雪的女儿》中的芙萝娜不同，莫德这个人物具有更高的可信度。她保留了女性的身体和性格特征，娇美且文静，但在理智和精神上与男性平等，甚至超越男性。在最初的接触之后，韦顿发出感叹：“我从未见过身体与精神如此完美的结合。就如批评家们描述她的诗歌，卓越而神圣，你也可以用同样的语言描述她的身体。”（146）心智体貌，神形合一，止于至善。人物塑造方面这种明显的浪漫化和理想化处理，很能说明杰克·伦敦为新女性讴歌的创作意图。但随着故事的发展，作家的这首新女性赞歌唱到中途却变了调，被一股潜在的强大力量拉回了传统，变成了熟悉而“亲切”的老调。

4. 男性的赞歌

转折出现在第26章：此后两人角色互换，莫德成了保护对象，韦顿的勇气和正义感渐渐得到凸显。在故事层面，这一过程十分自然，读者不易感觉到性别话语语调的突然变化。拉森船长对莫德心怀不轨，处于弱者地位的韦顿挺身而出，由于拉森突然头痛病发作，成全了韦顿“英雄救美”的故事。突发事件激发重大转折，这是小说中常用的叙事手段。但韦顿人物形象的“上升”，是以莫德的“下跌”为陪衬的。随着故事的进展，韦顿与莫德的重要性一起一落，越来越明显。接下来韦顿策划了逃离的大胆行动，接过了所有决定权和主导权。在第27和28章中，他们偷得救生船后离开“魔鬼号”，韦顿学着掌舵，操作风帆，测定航向，与风浪搏斗，表现出英雄主义，在整个片段中掌控一切。莫德完全成了配角，处于被指挥的从属地位，处处显得无能为力。作家让一个城市书生在与逆境的搏斗中经历突变和升华，为他展示男性的勇气、力量与胆魄提供了充分的表演舞台。

这两个章节的描述使我们想起杰克·伦敦早期的北疆小说。这些早期作品强调达尔文主义“适者生存”的原则，渲染“硬汉子”气质，凸显男性身体优势和意志力，反复刻意描写包括拓荒、冒险在内的能充分表达阳刚之气的男性活动，渲染人与自然的原始斗争，歌颂这种斗争激发的人的精神力量。这类小说迎合了读者，尤其是男性受众潜意识中的强烈期盼。在新旧世纪之交对城市化和工业化的批判中，我们常常看到一种怀旧式的对更带男性特征的边疆生活的赞美，这样的描写往往不自觉地把女性当成对立面，当作可能瓦解“边疆精神”、导致严重后果的“文明过度”的代表。这种焦虑也反映在包括杰克·伦敦在内的一些作家的艺术视野中，转变成为一种隐蔽的权力话语。他的思想是开放的，同时也必然是矛盾的。

到了荒无人烟的安第弗岛，两个逃亡者用海豹皮搭建棚屋，过起了鲁宾孙式的生活。韦顿脱胎换骨，突然意识到了自己真正的性别角色：

> 我永远不会忘记，在那个时刻我如何突然间意识到自己变成了真正的男人。我埋藏在深处的自然性觉醒了。我感到自己强健刚毅，是弱者的保护者，是个战斗的雄性。而最重要的，我感到自己是所爱之人的保护者。她依偎在我身上，如此娇小柔弱，在她的颤抖渐渐平息的时候，我好像意识到了自己身上惊人的力量。（201）

这个“觉醒”是男权意识的复苏。描述男性形象的词汇——“强健刚毅”“保护者”“战斗的雄性”“惊人的力量”，与描写女性的“娇小柔弱”“弱者”“颤抖”“依偎”，将男女角色重新死死钉在传统的二元对立的模式上。此后，韦顿操持生存大计，而莫德“自己找些诸如煮饭和捡浮柴之类的轻便活”（196）。伊甸园的新生活却是一幅男主女从的旧图景。

安第弗岛是个与文明隔绝的原始世界，与杰克·伦敦早期小说中人迹罕至的北疆有相似之处，韦顿和莫德必须面对“适者生存”法则的考验。两个相爱的文学青年在荒岛上过起了原始人的生活。男性再一次攀上不容置疑的主宰地位。韦顿上岛后变成了一个完全不同的人物，有勇气和主见，敢作敢为，主导着事态的走向，完全处于支配地位。同时，小说环境凸显自然主义的生存斗争概念，让原始环境衬托男性精神活力的复苏和再生，将莫德代表的教养和优雅变得无足轻重。在重返文明社会之前，杰克·伦敦让莫德讲出了也许是作家本人深藏于心的男性话语：

> “我真该为自己感到羞耻，”她说。然后带着我喜爱的那种随意一笑接着说，“但我毕竟只是一个小女人。”
>
> 那个用词，“一个小女人”着实让我感到一惊。这是我的专用词汇，我的昵称，我的密语，我为她设计的爱的表述。
>
> “你哪弄来的这个说法？”我追问道，突然的问话又使她感到一惊。
>
> “什么说法？”她问。
>
> “一个小女人。”
>
> “你专用的？”
>
> “没错。”我回答说，“我专用的。我发明的。”
>
> “我从小就知道这样的说法。我父亲就是这么称呼我母亲的。”
>
> （245）

莫德用“小女人”的自称，表示对男权传统的认可，甘心就范；韦顿用一个“小女人”的称呼，宣告男性主宰的回归。“小女人”这一概念内含着丰富的性别政治编码，具有很大的解读空间。第一，“小女人”是与“大丈夫”组成的二元对立中带有负面因素的一方，是弱者、被保护者，是不构成平等权利对话的他者；第二，“小女人”具有可爱、秀美、娇嗔的个性特征，但她更具有性别的社会文化建构特征：驯服、恭顺、谨言慎行，以及性别的社会权利建构特征：从属、次要、卑下；第三，这个称呼因袭了男权传统——“我父亲就是这么称呼我母亲的”，因此具有顽固的历史和社会根源；第四，这个称呼是男性“发明的”“专用词汇”，居高临下，带有歧视的内涵，是男性对女性的定位，是权力话语的隐蔽表达；第五，女性对这一称呼的愉快接纳，说明性别歧视已经“内化”，因为女性在接受这一称呼的同时，接受了男权社会分配给她的从属角色。

作者在小说的结尾再一次渲染了内心中男女社会关系的理想组合。“魔鬼号”修复后两人驾船重返文明社会，“莫德坚持替代我（驾船），但证明根本没有体力在大海中掌舵”，于是她顺理成章地回到了主妇的岗位，“早上五点，莫德送来热咖啡和她自己烘烤的饼干；七点，一份热腾腾的分量十足的早餐让我重新获得了精神”（249）。作家让莫德扮演“新女性”，走出家庭展示一番后，又把她送回了厨房。她依然是个温存贤淑的可爱形象，作家对她描述的字里行间称赞有加。这符合第二次女权主义浪潮的主要发起人贝蒂·弗里丹所揭示的“女性的奥秘[17]”，即用赞美将妇女囚禁于家庭之中，是男权统治的基本策略。

如果我们把小说的男女人物归纳一下，就可以发现韦顿和莫德两人构成了正好相反的两条发展路线。韦顿开始出现为一个城市文明的受害者，进入“魔鬼号”男性社会中经受磨炼；莫德登船后出现突变和转折，成为保护者；在与海上暴风雨的搏斗中证明了自己男子汉的勇气和价值；在海岛的生存斗争中完全成为主宰。莫德一开始出现为一个解放了的新女性，不仅品貌出众，而且具有不逊于男人的才智和能力；故事发展中很快变得无助，成为被保护者；暴风雨的考验中她从男人的表演舞台上消失，躲进船舱；到了海岛上完全成为男人的辅助者，自甘回归传统的家庭妇女的角色。就这样，小说在一个女性人物的

17 关于“女性的奥秘”的论述，参见 Betty Friedan. *The Feminine Mystique*. New York: Norton, 1963.

设定和发展上，出现了明显的前后不一致。于是，我们在阅读一部男性的成长小说时，也读到了一部女性的“反成长小说”。

5. 结语：现象的阐释

性别的文化政治理论的中心论点是“妇女是被造就的”。这一论点包括两个重大方面：第一，性别差异是一种社会文化建构；第二，性别差异是一种社会权利建构。如果我们称一个女孩为“假小子”，我们并非指她的身体特征，而是指她的行为表现不符合社会文化形成的对女性的期待性理解。期待中女性有娇美、驯顺、温存等受到赞美的一面；也有脆弱、浅薄、心地狭窄等“天生的弱点”。与之形成二元对立的是坚毅、深沉、豁达，或者粗野、暴戾、冷漠等正面或负面的男性性情倾向。

而另一方面，权力关系又建构了“社会性别”，男主女从，男尊女卑。“性别是代表权力关系的主要方式，换言之，性别是权力形成的源头和主要途径。”（李银河，1997：170）性别的文化建构与权力建构联手，搭建了一个权力维系的逻辑模式：女性的缺点使她们不得不成为社会的从属部分，而女性的优点确保她们能成为社会的从属角色。而男性的品格力量，不管是正面的还是负面的，则都是生存斗争和社会秩序所必需的。西蒙娜·波伏娃说得十分直白，“女性不会自觉自愿变成客体和次要者”，“而是男性在把本身界定为此者的过程中树立了他者”（波伏娃，1998：11）。

杰克·伦敦在《海狼》中把一个被城市文明“女性化”的知识分子放入一个极端的男性世界去获得男子汉的体验，又让一个“新女性”伴随他的成长历程。小说涉及了与性别有关的多方面的话题。我们按照文章涉及话题的线索做一总结。第一，性别可以成为文化符号，具有象征意义。当社会进入城市化时代，作家将一种对城市文明的心理焦虑，泛化为性别焦虑。杰克·伦敦和他笔下的人物韦顿都是城市人、文化人和中产阶级，后者是前者分裂自我的一面。第二，杰克·伦敦确实试图表达对女权思想的认同，在小说中强调女性的能力与道德品质，以此消解男性特权，宣扬男女平等。第三，小说中女性的生物特征被抽象化，演变为文化特征：莫德之所以值得歌颂，是因为她的品质被抽象化成一个概念，而当这一理想概念与现实生活发生冲突时，作家的内心倒向了传统权力结构中男性特权一边，因此他的性别符号是混乱的。第四,一个“理想女性”人物形象在故事进程中悄然演变，暴露出男性向往传统特权的清晰痕迹。杰克·伦敦（以及他代表的很多知识分子）似乎颇能认同男女平等的概念，但在具体的社会角色安排中，他又推翻了这种抽象的认可，矛盾态度赫然可见。第五，小说在对莫德贤淑、娇媚、温情的赞美中，重申社会对女性的文化期待，让一个“解放”的新女性重新回归传统，巩固了社会的性别权力结构原有的模式。

杰克·伦敦受到女权主义思想的深刻影响，不时有意识地表达一种反叛传统的话语，寻找一种两性之间更加和谐合理的社会关系。他不是个男权思想的卫道士，但无意识中又常为男权主义代言。其实他的性别政治态度大多是对一种文明形态和文化特征的表述，因此关于性别和性别的代表价值，他并不总是站在某一边的立场上批判对立的另一边，他的作品中有一种“双重视角”。他在批判抽象的社会的“女性化”中赞美男性；在赞美女性中批判抽象的男权社会；在渲染女性的才赋品德中呼吁想象中女性应得的社会地位；又在强调男性的能力的同时让女性甘当配角。女权主义理论家简·弗拉克斯说，“在所有这些支配关系中，没有一个主体能够简单地、自愿地转变立场。不管我们的主观愿望和目的是什么，我们总要接受某些特权或遭受某些伤害，这依我们的立场结构而定。……尽管以不同和不平等的方式，男人和女人都被性属关系打上了印记”（弗拉克斯，2001：18）。性别概念是意识形态的一部分，其背后暗含着社会的权力操纵。

特里·伊格尔顿认为，“因为女性既是秩序的内在构成部分，像任何一个性别一样，然而又被驱逐到它的边缘，被认为是低于男性的力量。女人既处于男人社会的‘内部’又处于它的‘外部’，既是它的一个浪漫的理想化了的成员，又是一个受害的被排逐的人。这就是为什么她使这样一种制度中的清晰分类显得费解，因为她模糊了它的明确限定的界限”（伊格尔顿，2006：186）。伊格尔顿的论述很好地解释了《海狼》中显得费解的性别角色的代表价值。女性形象的建构，是按照男性的需要设定的，可以理想化、浪漫化，也可以世俗化、传统化。由于界限的“模糊”，这种约定不是一成不变的，但是即使被赞美，女性仍然是被言说、被书写、被建构的“他者”。因此，我们可以通过分析小说文本中男女关系的模式，“读出”杰克·伦敦在性别观念上的矛盾，而这种矛盾也典型地存在于变迁时代的美国意识形态中。因此，了解了杰克·伦敦，我们也就能更好地了解他所处的社会。

参考文献

- 波伏娃. 第二性 [M]. 陶铁柱，译. 北京：中国书籍出版社，1998.
- 弗拉克斯. 清白的终结 [M]// 王逢振. 性别政治. 天津：天津社会科学院出版社，2001：1-33.
- 李银河. 妇女：最漫长的革命 [M]. 北京：生活 · 读书 · 新知三联书店，1997.
- 伊格尔顿. 现象学，阐释学，接受理论——当代西方文艺理论 [M]. 王逢振，译. 南京：江苏教育出版社，2006.
- AUERBACH J. Male call: becoming Jack London[M]. Durham: Duke University Press, 1996.
- FRIEDAN B. The feminine mystique[M]. New York: Norton, 1963.
- LONDON J. A daughter of the snows[M]. Philadelphia: J.B. Lippincott, 1902.
- LONDON J. The sea-wolf[M]. New York: Bantam, 1960.

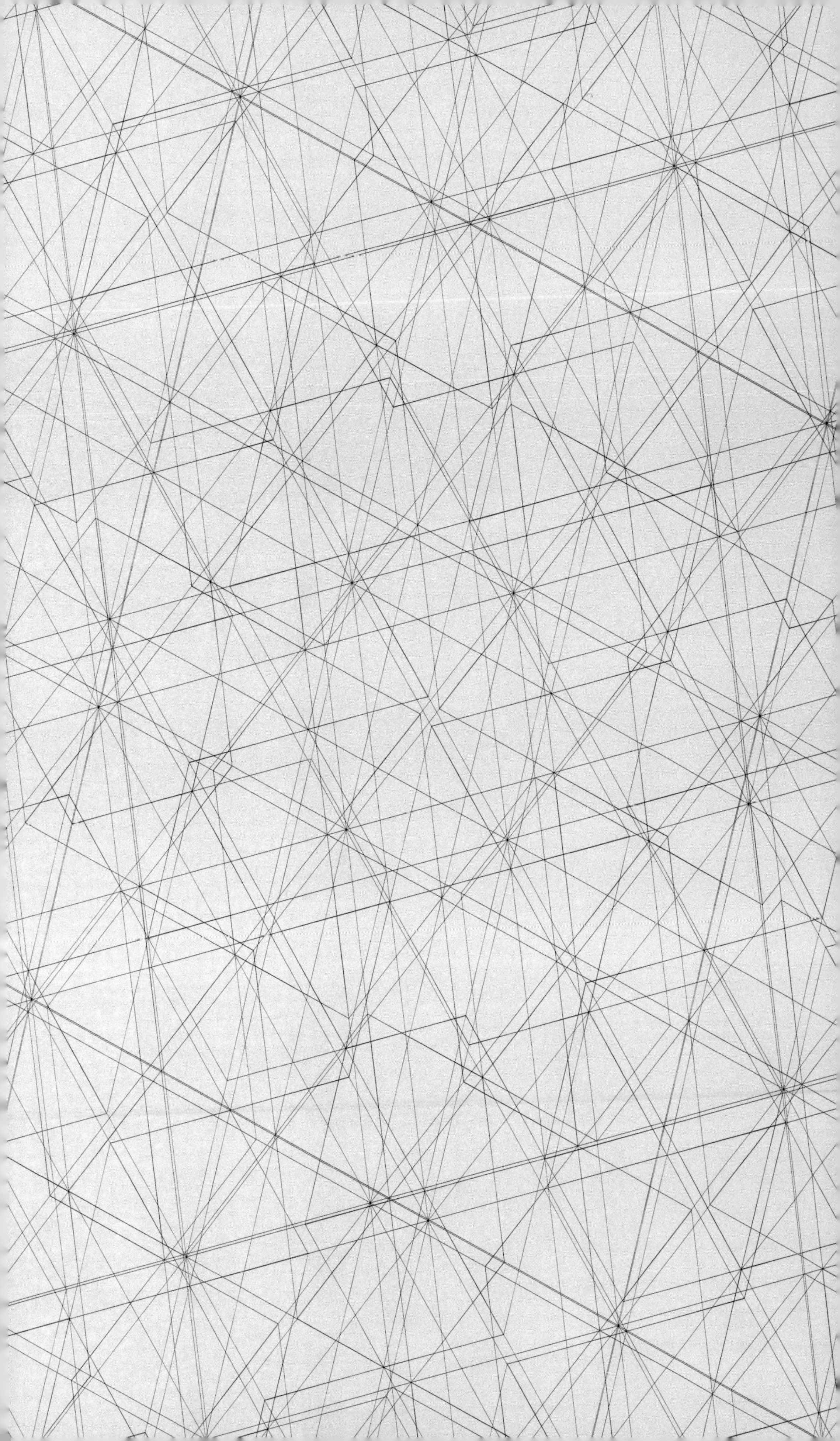

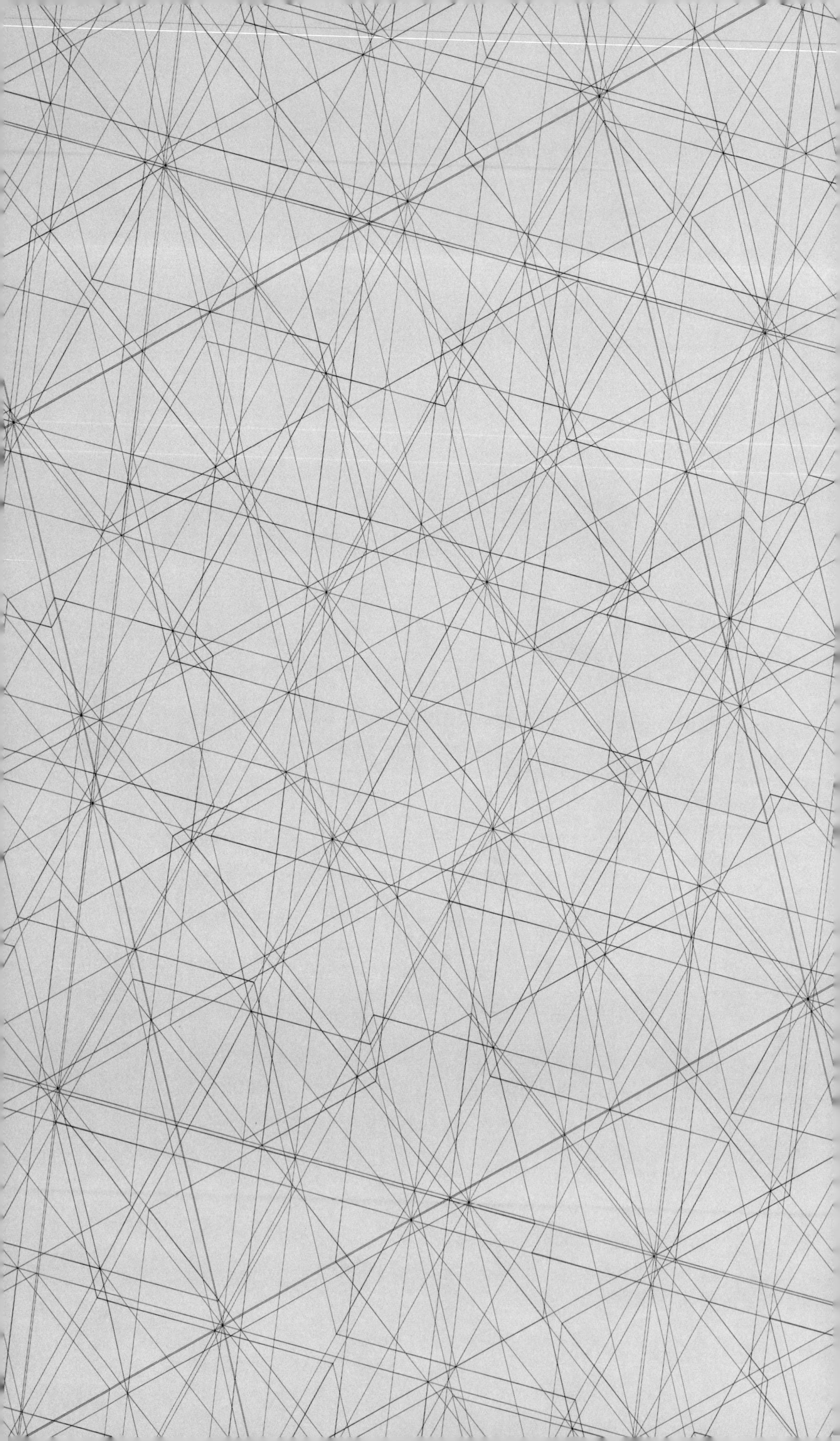

第三部分

文学史论与问题再探

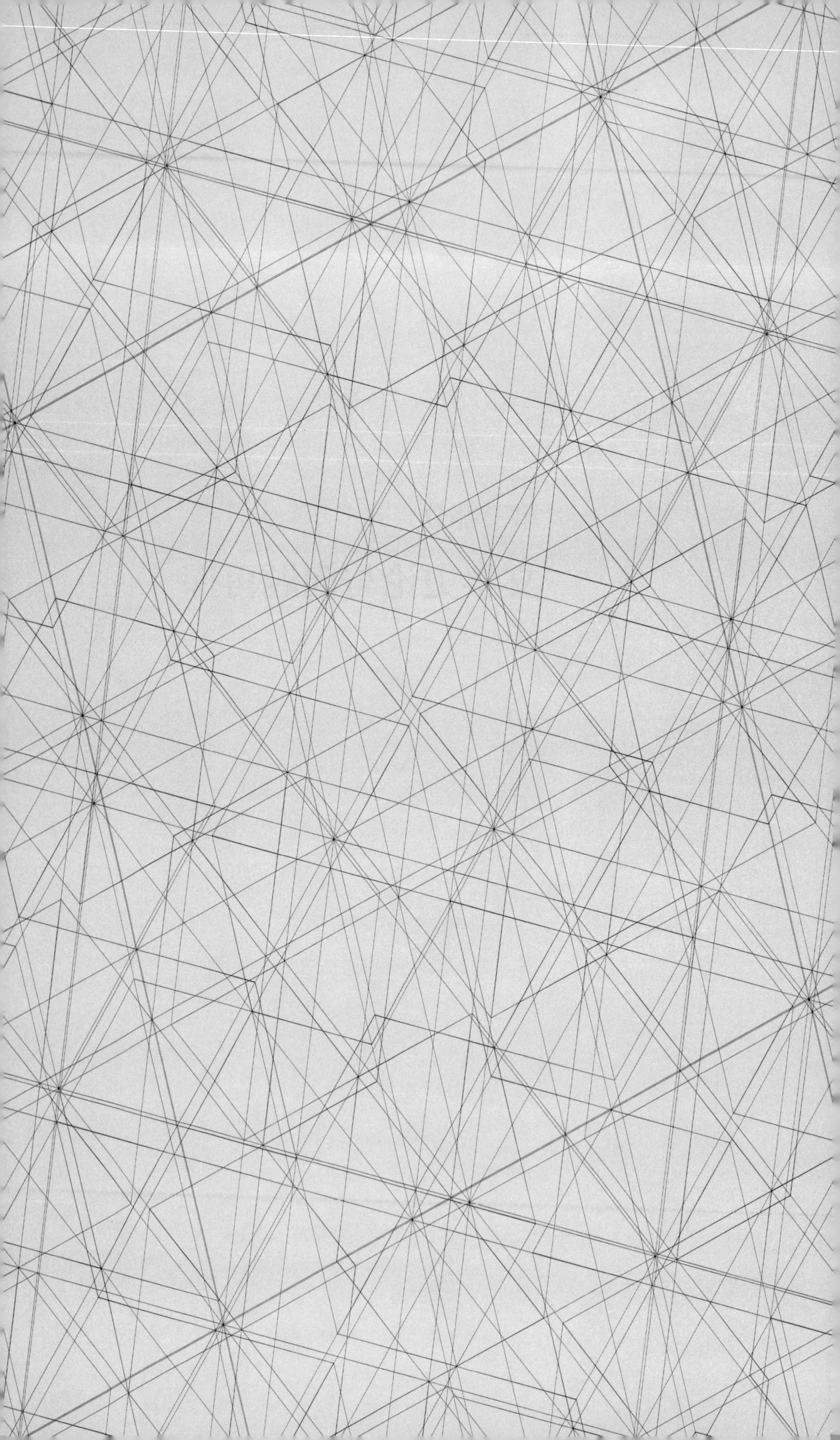

导　言

文学史也是历史，是特殊领域的小历史，其研究方法和意图与历史研究有相似之处，意在勾描总体图景和发展过程。文学史的研究对象可以是文学发展的流变和动向：作家群的形成、流派的产生、创作理念的演变、表现主题与表现方式的更替等；也可以是整体意识统观之下的局部：某个文学奖项的设立或某个杂志创刊带出的影响、某些作家之间的观念之争、某一剧种源起的考证等。文学史的研究意在鸟瞰全景，观察局部，多为“泛泛而谈”，即使涉及文本细节，也总是服务于总体构图的需要。本部分的文章都可归为文学“史论”，讨论的是文学现象而非文学作品本身。

顾名思义，第一篇《“迷惘的一代”作家自我流放原因再探》是讨论某种文学现象的，“再探”的“再”字，指向不同于以往认识的新见解。20世纪20年代一批被称为“迷惘的一代”的美国作家，纷纷自我流放到法国巴黎，形成一个奇特的文化景观。引发该篇文章思考的是一句歌词：“为什么流浪，流浪远方？”文章“再探”的正是这个问题。批评界往往将海明威等一批青年作家的行为动机崇高化，使“自我流放”现象成为可以做出合理阐释的文化表态。文章对“迷惘的一代”作家自我流放现象进行文化解剖，对流行的解释提出质疑，希望新见解有助于加深对这一重要作家群体的认识。

第二篇《现代主义和激进主义——对峙背后的姻联》的讨论对象，是美国文学史上接连出现的两场文学运动。20世纪20年代的现代主义文学大潮之后，紧接着，在30年代出现了以社会批判为特征、以现实主义为基调的激进主义文学。文章试图探问前后两场文学运动的复杂关联，指出这两场运动看似对立对抗，但其实互相纠缠渗透，背后的渊源一脉相承。文章还原历史语境，进行比较分析，揭示这一联结两个10年、两场运动的文学繁荣期中，作家的认识基础和认识变迁，试图从整体上对美国文学界政治态度的大幅度摆动做出合理的阐释。

最后一篇《20世纪二三十年代美国文学断代史研究小议》，在简要归纳外国文学断代史的研究特点和研究价值的基础上，以本人主撰的《美国文学的第二次繁荣》为个案，讨论编纂文学断代史的选题范围、理性基点、编排设想、陈述方法等方面，尤其讨论社会大环境和文化思潮对作家的影响和塑形，以及作家创造性的再现中所表达的对社会现实的认识，强调诸多政治、文化因素与作家、流派生成的关联。这篇文章的要义与本书的书名十分贴切，确实是一种“文史互观”：从历史和文化的视角看文学，从文学作品看社会和文化形态。

文学史研究是一种特殊的文学批评。它不对文学作品个案进行精细解读，也不提出解析文本的理论框架或视角，而是从宏观层面探讨文学作为文化分支的生成、发展、流变的线路图，或从微观层面以小见大，讨论某些文学现象、症结和问题，提供回看中的再认识或前瞻性的再思考。文学史是历史的一个支流，与思想史、技术史等无数分支一样，共同组成人类的大历史。相对于文学创作、文学理论和文学批评，文学史论在我国研究者不多，未能与其他几方面齐头并进。本人做过一些文学史方面的研究，但都发表于十几、二十几年前，后来的兴趣点有所转移。不管怎样，文学史研究是文学研究中不应忽视的部分，不管是纵论全局，还是考证细节，都能增进人们对文学的面貌、本质和规律的认识。

八 “迷惘的一代”作家自我流放原因再探[18]

1. 引言

流放，或曰自我流放，是20世纪20年代（以下简称20年代）美国文学的一大奇观。一批在美国文学史上享有盛誉的作家和诗人，包括海明威、菲茨杰拉德、安德森、多斯·帕索斯、艾略特、庞德、福克纳、托马斯·沃尔夫、哈特·杜利特尔、卡洛斯·威廉姆斯、马尔科姆·考利、埃德蒙·威尔逊等人，先后出走到法国巴黎。作为一种文化现象，自我流放也为后来的文史学家和批评家们所津津乐道。他们把一个统一的标签插在这一批流放作家的头上，称其为“迷惘的一代”。但是这批文化青年出走的动机是什么？他们自我流放到法国想表达什么意图、达到什么目的？对这些问题人们给出过各种回答。

由于20年代是美国文学史上重要的10年，也由于这批自我流放的作家经常处于关注的中心，更由于他们自己始终没有给过一个令人信服的“说法”，于是，文史学家和批评家们做出种种努力，纷纷替他们“自圆其说”，进行合理化推导，使流放现象成为一种可以合理阐释的文化表态。但这样做反而歪曲了事情的本来面貌。我们常看到各种各样对流放现象的解释，笔者主要归纳为

18 原载《外国文学研究》2004年第1期，98—103页。

"战争幻灭说"和"文化朝圣说"[19]。这两条促成自我流放的理由是可以成立的，但笔者认为它们不是主要理由，更不是全部理由。自我流放是一种连流放者自己也难以讲清的冲动和许多现实条件共同促成的，其真实原因要比逻辑的、理性的，甚至"高尚"的行为动机复杂得多。

批评家马尔科姆·考利在其重要著作《流放者的归来》(*Exile's Return*, 1964)中，有一句让人听了为之一惊的话："流放者们创造了一个'迷惘的一代'的国际神话。"(考利，1986：85)其实，考利的意思不是说"迷惘的一代"这一文化现象是子虚乌有的凭空臆造，他所言及的"国际神话"，指的是这批人被一种广泛认可的解读定式虚化了，曲解了，"创造"了。考利认为不存在一种具有清楚的前因后果的解释体系，他们的行为也并不具有明确的目的性和确切的阐释意义。他们的生活，尽管确实是一种文化展示，也并不与他们的文学作品所表达的态度形成严丝合缝的匹配。

2. 自我流放的成因："战争幻灭"说

很多美国文学研究者把自我流放同第一次世界大战直接挂起钩来。人们很容易产生这样的联想，因为主要的流放作家都(间接地)参加了一战，而且出走是在战后归来不久。毋庸置疑，一战对卷入战争的任何人，都带来了不小的心理冲击。大战硝烟散尽后，近5万名美国士兵客死他乡。但比起其他国家来——英国近100万，德、法、俄、奥匈各超过100万的死亡人数，5万只是个区区小数。战争的巨大影响，包括实际破坏和心理冲击，显然波及了所有这些国家。但奇怪的是，在美国，20世纪20年代的青年知识分子对战争做出的反

---

19 把自我流放的原因归为或部分归为"战争幻灭"非常普遍，相关文学手册包括*A Handbook to Literature*(Holman & Harmon, 1986)、*The Harper Handbook to Literature*. (Frye et al, 1997)等；文史著作包括*American Literature*(Kearns, 1984)等；文学作品包括*Three Soldiers*(Dos Passos, 1921)等。强调"文化朝圣"为主要出走原因的论著包括*The Twenties: American Writing in the Postwar Decade*. (Hoffman, 1965)和*American Literature: the Makers and the Making—Book D, 1914 to the present*. (Brooks, Warrington & Lewis, 1973)等。

应，其激烈程度甚至超过了直接卷入一战的欧洲各国。部分原因也许应该在战争之外寻找。

这些间接参加过一战的美国青年作家在某种意义上可以被称作战争受害者。但是，从他们的作品内容来看，我们并没有发现太多对战争的批判和对发动战争者的谴责。他们的作品大多描述的是他们在一种失意情绪主导下寻欢作乐的生活。马尔科姆·考利关于“战争是新一代作家的课堂”的论断，是讨论“迷惘的一代”时常被引用的话。但他接下来是这么说的：

> 但这些课程教给我们些什么呢？
>
> 这些课程把我们带到一个外国，对我们中的大多数人来说，这是第一次见到的外国；这些课程教我们谈恋爱，用外国语言结结巴巴地谈恋爱。这些课程供给我们吃住，费用由一个与我们毫无干系的政府负担。这些课程使我们变得比以前更不负责任，因为生活不成问题；我们极少有选择的余地；我们可以不必为将来担忧，而觉得将来肯定会给我们带来新的奇遇。这些课程教给我们的是勇敢、浪费、宿命论，这些都是军人的美德；这些课程教我们把节约、谨慎、冷静等老百姓的美德看成恶习；这些课程使我们害怕烦闷胜过害怕死亡。所有这些课程在军队的任何部门都可以学到，可是救护车队有它自己的课程：它向我们灌输那种称之为旁观者的态度。（考利，1986：32-33）

考利的字里行间的确流露出一种失落的情绪，但他主要强调的是他们养成了追求刺激和不负责任的散漫习惯，并没有涉及可以导致叛弃美国的政治、道德方面的认识，也没有强烈的抵触情绪。R. W. 霍顿和H. W. 埃德华兹谈到当时的参军热时说：“当兵是个浪漫的职业。”（Horton & Edwards，1974：325）

作家多斯·帕索斯在谈到报名去欧洲参战时说得更加干脆："我们争先恐后报名参加自愿（救援）队……我可不想错过这一场好戏。"（Minter，1996：68）这批人是在美国尚未参战时主动请求去欧洲为别国的战争服务的，不是被征入伍的。如果他们确实受人怂恿而一时冲动，其后又承受了巨大心理打击的话，那么，这些善于动笔的知识精英并没有留下多少这方面的记录。

他们提出的批判和反思，并不针对美国的外交政策，或帝国主义政治，或战争动机，或宣传媒体等与战争相关的方面，而针对的是中产阶级的传统价值观念，即所谓的"清教主义"。他们做出的是文化反叛的姿势，而不是扮演政治反对派的角色。他们的批判矛头所向，与战争幻灭说并不一致。而且，如果他们所批判的真是战争幻灭，那么，比如说他们的文学代表人物海明威，为什么又兴致勃勃地自愿投入了第二次世界大战？他们在文学作品中表达的迷惘、失去生活方向的主题，在战前战后任何时候的青年作家中都十分普遍，出现在文化转型期的20世纪20年代就更不奇怪了。流放与战争到底有多少必然的联系仍有待于考证。

也许青年知识分子的"战争幻灭感"有点夸张，有点做作，也许他们聪明地"利用"了这一场战争灾难，把它作为生活上、道德上自行其是的现成借口。这样，他们可以摆脱道德责任，把造成一切问题的直接责任都推给战争：一切行为和思想——荒唐的、消极的、悲观的、偏激的、出格的、虚无的——都可以从战争幻灭的解释里得到答案。应该说他们不是无病呻吟，但主要病因不在于此。也许不是战争，而是随着战争结束到来的现代社会，使这批落魄的文化贵族子弟成了与社会格格不入的局外人，感到无所适从 —— 既跨出了他们父辈的文化道德圈子，又不知如何作为。不管是留在国内还是远游他乡，他们都是精神上的"流放者"。著名批评家马尔科姆·布莱德伯里把这批青年作家的一战经历称为"一次强烈的现代体验，一个深度的象征性的战争创伤"是十分恰当的（Bradbury，1971：13）。我们应该注意他用的两个修饰词："现代"体验（an experience of modernity）和"象征性"的创伤（a symbolic wound）。他们在欧洲感受到的主要不是战争的打击，而是一种"现代性"的冲击，因此，他们的创伤必定是"象征性的"。自我流放本身也是与传统断裂的一个象征性的表示。

3. 自我流放成因:“文化朝圣”说

“文化朝圣”是一种包含更多积极意义、带有理想主义色彩的说法:20年代去巴黎的青年艺术家们不是“逃亡”,而是“追求”,带有主动性、目的性和崇高意图。这样解释美国文化青年的自我流放现象是否更加合理呢?

的确,流放的美国青年从不掩饰他们对本国文化的鄙视。他们认为美国人整体上缺少文化品位,粗俗、平庸、短视,崇尚物质而漠视生活的精神内涵。这种对本国文化的轻蔑态度,由于辛克莱·刘易斯1922年的长篇小说《巴比特》(*Babbitt*)而迅速具体化,形象化了。其实,美国文化从很早开始就分为两岔:一个是以富兰克林思想为代表的实用主义的大众文化,另一个是以爱默生的超验主义为代表的精英文化。20世纪初,美国文化向前者猛烈倾斜,把百万富翁捧为美国英雄。这势必使文化的另一头失去平衡。“迷惘的一代”作家们大多出生在文化渊源深厚的中上层阶级,感到被颠覆的威胁。他们的代表作品中弥漫着一种文化断根的茫然。这些青年作家看不惯全社会追逐金钱的粗俗表演,于是做出一种文化对抗的姿态——倒向另一个极端,崇尚艺术宗教,靠拢得过且过的贫民化生活。他们把美国看作“文化侏儒”的同时,也确实仰慕根底深厚的欧洲文化。但是,鄙视并不一定非得离弃,景仰也不一定必须亲临膜拜。

其实,令20年代美国青年作家感到讨厌的商业主义,早在19世纪80年代就已出现。新旧世纪交替之前,那些靠残酷剥削发家的工业巨头们巧取豪夺,充分显现了资本原始积累时期的血腥和凶狠,对传统文化和社会秩序的颠覆力十分巨大,但当时的知识分子并没有以“出走”的方式做出哪怕是象征性的对抗表示。而20世纪的前10年,进步主义运动掀起“揭丑”风潮,大量揭露工商界、政界内部的腐败和不择手段,对崇尚金钱的批判要比“迷惘的一代”作家们含含糊糊的态度犀利和尖锐得多。那么,为什么偏偏到了20年代,文化青年对商业主义的弊端就“无法容忍”了,非得“弃而远之”呢?

这些流放巴黎的美国青年，之所以能够远走欧洲，建立自己的生活，从事文学创作，并对老一辈——他们自己的中产阶级父母——进行批判，其中部分原因是他们的父母大多数经济殷实，使他们有能力选择过“流放”的生活。至于美国缺乏品位，排斥艺术，这一点大概连他们自己也不一定真正相信。因为他们信心十足地把自己写的那些一般不容易被接受的、带实验风格的作品寄回美国发表和出版，并且很快就被认可和接受了。20年代的经济振兴带来了文化和出版业的蓬勃发展，美国的文化环境似乎比以往任何时候都适合文学艺术的生存。不然的话，这批后来在美国文学史上占有重要地位的文学英才们，也许真的要被埋没了。

这批青年人由于参加救援队或运输队到过法国，对法国的文化环境很有好感。一战使得欧美之间的交流变得频繁。战后希望故地重游、甚至希望到那里去生活（但未必是去追求什么伟大的文化目标），这种念头很多人都有。知识界的新思想，包括弗洛伊德、弗雷泽和马克思的思想理论，先锋派的创作理念，随着新潮的服装、发式一同传到了美国。文化“崇欧”的倾向在知识青年中是普遍的。从19世纪下半叶起，就有不少美国知识分子纷纷到欧洲，尤其是到法国镀金。作家亨利·詹姆斯和伊迪丝·华顿就是其中知名的两位。

“流放”到20年代才形成规模。直接原因之一是因为当时在美国出现了一个小小的“法国热”。从1910年开始，法国文学在美国的影响力日渐增强。庞德1918年在《小评论》（*The Little Review*）上发表长篇文章介绍法国诗歌，后又在《日晷》（*The Dial*）上撰文介绍法国新文学。马尔科姆·考利、埃米·洛厄尔等人也不遗余力，宣传法国文学和巴黎健康的文化环境。在他们的鼓动下，青年知识分子很快丢弃了狄更斯和萨克雷，拿起了福楼拜和其他法国作家的作品。

但潜在的深层原因不容忽视。美国正处于走向真正文化成熟的过渡时期，正在蜕壳变形，急于摆脱原来所依附的英国传统。摆脱母系文化的束缚，需要借助另一种强大文化的力量。德国是战争中的敌人，俄国文化距离比较遥远，文化上“感情移位”的落脚点也只有法国了。而对作家个人来说，至少法国文学是用另一种语言写成的，向英国作家学习，结果至多是人云亦云的模仿。而且，新文学的导师们，如庞德和斯泰因，已经在巴黎等候了。但是，值得指出的是，“迷惘的一代”作家们的目的地不是“法国”，而是更具体的法国的巴黎左岸。为什么他们都只到此地落脚，而不到任何别处呢？左岸不代表法国文化正统，它是游离于法国主流文化之外的“异类”文化的堡垒。它存在于法国境内，但自成一个小世界，恰恰是动摇法国深厚的传统文化根基的力量所在，和美国的格林尼治村一样，是文化反叛的基地。这里激进的法国青年正努力推倒自己的文化庙宇，建立法国的新文化。

4. 消费主义与左岸的召唤

我们在文章开始时已经说过，造成“自我流放”的原因是多重的。这其中既有“推”的力量，也有“拉”的力量。“推力”包括女性文学市场份额的迅速扩大（流放作家几乎都是男性），作为文化堡垒的大城市中新移民的大量涌入，以及1920年通过的令艺术家难以容忍的“禁酒令”等。“推”的力量起到了“推波助澜”的作用，而“拉”的力量则完全可能是主导的动因。

如果不存在理想的出走条件，他们不可能被“挤走”或“推出”。战争是个天赐良机。由于战争，法郎大幅度贬值。美元和法郎之间的汇率变动，使得大批美国青年作家的巴黎之行成为可能。一战之后的1919年，法郎大大贬值后，1美元兑换不到8法郎，而1926年旅居法国达到高潮时，1美元可以兑换36法郎（Hoffman，1965：46）。法郎的大幅度贬值使得不少囊中羞涩的美国青年知识分子也当了一回云游他国的文化骑士。去巴黎的美国青年作家，有的有点家庭资助，有的得到某个基金会提供的出国留学奖学金，有的为国内的报纸杂志写一些小文章，有的从正在物色未来作者的出版商那里预支了稿费。他们都有点美元，但钱不多。他们利用有利的汇率，可以在巴黎过上远比美国舒适的生活。“跟着美元走，啊，跟着美元走……”作家考利写道，“哪里美元买到的东西最多，哪里就是祖国”（考利，1986：74）。

巴黎不仅生活便宜，而且也有畅饮的自由和更多的性自由。弗洛伊德的心理分析理论，尤其是性理论，传到了美国，被大多数青年半知半解地误读，拿来作为性开放的理论依据，而艺术家是“有权”放浪形骸的特殊群体。他们对浪漫的渴望，使巴黎这个浪漫之都平添了几分诱惑力。不少战后青年知识分子住进了格林尼治村，因为那里存在着比美国任何其他地方更大的个人自由空间。他们不想听从父辈的训导，安定下来，找个工作；也不希望承担社会责任。海明威在他的短篇小说《归来的士兵》(*Soldier's Home*)中这样描写他的主人公：“他不想再要任何后果，他再不想要任何什么后果。他只想这么生活下去，不产生后果。”(Hemingway，1987：113)这种不想后果，只对当前、对自己负责的生活，可以在纽约格林尼治村和巴黎左岸找到。

但是，战后的格林尼治村正在走向瓦解。城市的扩大，交通的发展(尤其是西线地铁的开通)，把格林尼治村与纽约市区连成了一片。由于报刊的大肆渲染(有进行道德谴责的，也有作为文化猎奇进行描述的)，这里开始为众人瞩目，成了旅游景点。格林尼治村从此失去了过去那种半隔绝的特点，此地生活也不再便宜。20世纪20年代初，威尔逊政府对“激进分子”进行大清洗，逮捕了像萨柯和樊塞蒂这样的无政府主义者。格林尼治村在政府和保守派眼中，是个藏污纳垢的地方。居住在此的思想激进、行为出格的青年受到政府的严格监视。其实，最终去巴黎的那些人，并不是格林尼治村最激进的一伙，但他们对政府的行为十分反感，十分抵触。从一战归来的人都知道巴黎有一个叫左岸的地方。那是个流亡者之都，狂欢者之乡，是延续格林尼治村生活的最好去处。他们去的是自己想去的地方。这是他们的选择，主要不是出于无奈，或者因为战争的心理创伤，或者出于对一种伟大文化的崇拜和景仰。巴黎左岸是他们心神向往的地方，继续过这样的生活才是自我流放最主要的原因。不管有没有战争，不管美国是不是比以前更加实利主义，只要有可能，他们不想结束“波西民”[20]式的生活。自我流放从来都是“波西民”的特征之一。

如果像流放作家所宣称的那样，老一代的那种生活已经失去了意义，那么，生存的理性基点应该定位于何处呢？他们有一个现成的、巧妙的回答——艺术。要与金钱拜物教对抗就得走向它的反面，信奉艺术的宗教。他们崇尚这

20 英语为Bohemian，文中为音译，指放荡不羁的文化人。

样一种艺术理论：艺术家独立于一切之外，包括国家、阶级、道德。按照他们的理解，艺术和传统道德是冲突的。传统道德谴责一切华而不实的东西，艺术首当其冲；而艺术则要求个性的自由解放，要求摆脱道德枷锁，要求生活的艺术化和艺术的生活化。这就是格林尼治村和巴黎左岸的居民为自己的生活模式正名的最高辩解。艺术家这个称号多少还带着一点崇高的内涵，他们按照社会上流传的关于艺术家浪漫特征的概念来塑造自己：思想激进，行为怪诞，生活放荡，嗜酒如命，性观念淡薄。但是，不管他们在多大程度上相信艺术是拯救文明的答案，也不管他们在多大程度上相信自己真有艺术天赋，他们都喜欢这种成为艺术家专利的生活。于是，一个看似有目的的、整体的，而实际上是自发的、个别的文化“战略转移”，在20世纪20年代的美国出现了。一种共同的感觉将一批文化青年聚拢到了一起：他们都感到自己是无法安分守己过常规生活的局外人，是在时代大潮中搁浅而无法找到归属的文化弃儿，是尚未证明也无须证明的艺术天才。他们一定也有一种秘而不宣的共同感觉：都想过自由、享乐、刺激、散漫的生活，而且找到了很好的理由。

其实，流放者的生活方式和行为方式与时代十分合拍。这些自视甚高的文化青年在不知不觉中成了一种消费道德的形象代理。美国在一战中发了战争财，战后军工转为民用生产，帮助促成了20世纪20年代的经济繁荣。经济发展需要市场，需要冲破克勤克俭的传统消费观念，需要在青年人中间培养及时行乐的消费理念。格林尼治村的道德标准是在商业主义的“促销”努力下传遍全国的。巴黎左岸是他们养成了新的消费习惯后，又想延续这样的生活而不得不去的地方。与其说他们走在时代前头，领导了战后文化潮流，不如说20世纪20年代快速的经济发展怂恿了他们，造就了他们，而他们的言行又为勃然兴起的消费文化推波助澜。

5. 结语

从这一角度来看，这些青年文化人其实并不特别。特别的是他们中的一些人将这一段被菲茨杰拉德称为“历史上最放荡、最华而不实的纵饮寻乐”（考利，1986：3）的亲身经历生动地记载了下来。而可贵的是，在对狂欢生活的描述中，他们看到了事情悲剧的一面。作为读者，我们不必爱屋及乌，因为喜欢他们的作品，而让作者的行为、道德、动机变得崇高一点。我们不必为他们疏通合理阐释的渠道，不必为他们画上光环。只有把他们放在原来的位置上，他们的文学作品才能体现出真正的文化力量。

那么，如果我们消除“神话”色彩，用平常的眼光来看待“迷惘的一代”作家，他们作品的意义又何在呢？首先，流放是一个象征行为。即使没有出国的新一代知识分子，当时同样感受到与社会的文化气候格格不入。去巴黎的作家埃德蒙·威尔逊用“浪漫的幻灭”和“带英雄主义色彩的放荡”来描述他们的情感状态和生活作风（Minter，1996：143）。这两对矛盾修饰说明，“幻灭”的感情状态和“放荡”的生活作风不完全是实际意义上的。20世纪20年代是个从既定的社会准则向尚未产生的社会准则过渡的特殊时期，年轻的文化反叛者需要做出明确表示。他们宣布与传统一刀两断，同时又必须身体力行“实践”自己的“宣言”，在行为上也走向原先认可的美德的对面，建立另一种生活作风和道德原则。他们这种对过去毫无眷恋的姿态，是开创面向未来的新文化所需要的。出走不仅从地理上，也从心理上与当时的主流文化拉开了距离，使流放者可以站在圈子外面对主流文化进行观察和批判。流放是主动作为“局外人”与“圈内人”进行对话的一种文化姿态。他们的象征行为起到了新文化旗帜的作用。

参考文献

- 考利. 流放者的归来——二十年代的文学流浪生涯[M]. 张承谟，译. 上海：上海外语教育出版社，1986.
- BRADBURY M. Style of life, style of art and the American novelist in the 1920s[M]// BRADBURY M, PALMER D. The American novel and the nineteen-twenties. London: Edward Arnold, 1971: 3-21.
- BROOKS C, WARRINGTON R, LEWIS B. American literature: the makers and the making–Book D, 1914 to the present[M]. New York: St. Martin's Press, 1973.
- DOS PASSOS J. Three soldiers[Z]. New York: George H. Doran Company, 1921.
- FRYE N et al. The Harper handbook to literature[M]. London: Longman, 1997.
- HEMINGWAY E. The complete short stories of Ernest Hemingway[M]. New York: Charles Scribner's Sons, 1987.
- HOFFMAN F J. The twenties: American writing in the postwar decade[M]. New York: The Free Press, 1965.
- HOLMAN C H, HARMON W. Handbook of literature[M]. New York: MacMillan, 1986.
- HORTON R W, EDWARDS H W. Backgrounds of American literary thought. [M]. New Jersey: Prentice-Hall, 1974.
- KEARNS G. American literature[M]. New York: Macmillan, 1984.
- MINTER D. A cultural history of the American novel[M]. Cambridge: Cambridge University Press, 1996.

九　现代主义和激进主义

——对峙背后的姻联[21]

1. 引言

美国文学在20世纪20至30年代（以下简称20年代、30年代）形成高潮，佳作迭出，大匠如群。这一文学鼎盛期，主要由两个部分合成：即20年代的现代主义文学运动和30年代的激进主义文学运动。这里我们应该指出，美国文学中的现代主义和激进主义不是对等的概念。现代主义就文学创作总体走势而言，尤其以表现手法上的革新为标志；激进主义主要就文学创作中的思想倾向而言。我们是把现代主义和激进主义作为二三十年代接连出现的两次大的文学运动来看待，并以此为讨论基点的。

2. 你中有我："别扭的纠缠"

在讨论二三十年代的美国文学时，人们较多注意到在这两个10年中文学之间形成的对立和冲突，而对冲突背后潜在的多方面的复杂姻联关注甚少。一般的理解是，后一次运动是对前一次的反拨。应该说这是合理的解释，理由显而易见：现代主义大潮形成于经济蓬勃发展的时期，而激进主义由经济危机所

21 原载《英美文学论丛》1999年第1辑，161—176页。

激发；现代主义注重表现失落感、异化感和绝望心理，而激进主义是目标明确的政治理想主义；现代主义强调潜意识和自我表现，而激进主义强调艺术家投身于群众运动，反对个人中心；现代主义热衷于文体实验，以作品本身为评价参照对象，而激进主义反对为艺术而艺术，以文学是否有利于社会革命为标准；现代主义是对现实主义和自然主义的反叛，而激进主义表现为对现实主义和自然主义的回归；现代主义追求超越现阶段历史，而激进主义要求适应现阶段历史；现代主义的倡导者和实践者大多是失去传统的文化贵族，而激进主义的鼓吹者和推动者大多比较靠近下层人民，至少在理论上和感情上如此；现代主义受到弗洛伊德和荣格的巨大影响，而激进主义受到马克思理论的巨大影响。

但在尖锐的对峙背后，这两场文学运动其实存在着许多共性和许多无法割断的联系。戴维·马登在《30年代的无产阶级作家》一书中提到：30年代的美国文学中，“现代主义和激进主义总是别扭地纠缠在一起”（Madden，1968：7）。马登注意到了两个事实：第一，这种“纠缠”处处存在——他用了“总是”二字；第二，人们对这一现象难以做出合理的解释，因此感到“别扭”。

美国著名批评家马尔科姆·考利也谈到了美国文学中这两个10年的内在联系。他曾提到：从某一方面来说，“30年代的强硬派小说家和大多数无产阶级作家，都是海明威的子孙”（Cowley，1978：34）。在这里，海明威的名字代表了以现代主义文学为标志的20年代作家。当然在30年代海明威仍然年轻，还在写作，但他本质上属于20年代。在10年时间里，美国文学完成了一代人的新老交替。从表面上看，代表30年代激进主义文学潮流的强硬派小说家和无产阶级作家旗帜鲜明地站在了现代主义文学运动的对立面。那么，这前后两次轰轰烈烈的文学运动之间，有何一脉相承的本质联系？有什么遗传和继承？考利未加说明。但他的说法有着深刻的文化内涵。考利在二三十年代都扮演了重要角色，这在美国作家中为数不多。他曾一度追随达达主义，曾是格林尼治村文化反叛活动中的活跃的一员，曾与海明威和艾略特等人一样自我流放到巴黎，后成为“迷惘的一代”作家的精神和文化的阐释者[22]，而到了20年代末又向左急转，积极投身于革命文学。他有参与两场文学运动的经历和体验，他对二三十年代的文化反思在美国也具有相当的权威性。

如果说以海明威为代表的现代主义文学是20年代美国文坛最鲜明的标志，那么到了30年代，“大萧条”淘汰了一批作家，改变了另一批作家。表达社会抗议的激进主义文学成为主旋律[23]。现代主义的影响在30年代依然存在，甚至十分强大，但作为文学运动，它的主流地位已被取代。20年代早已存在激进思潮，但未得到广泛拥护；30年代也有现代主义的延续，但和者甚寡。

在文学界，常常听到一种简单化的归纳：20年代的经济勃兴推动了现代主义文学大潮；30年代的“大萧条”导致了激进文学。其实，现代主义背后的“现代感”是由多种复杂的因素共同促成的。激进思潮和激进文学更有其历史渊源，而不是新的文学方向。文学中的激进思潮可以追溯到19世纪的社会主义乌托邦，在霍桑的《福谷传奇》和杰克·伦敦的《铁蹄》中都有所反映。大卫·明特在《美国小说的文化史》中将激进主义称作“美国的本土传统”（Minter，1996：181），可见其源远流长。新旧世纪交替之际，现代主义文学思潮在美国登陆，处于引进的初级阶段，但“左翼”思潮早已阵容强大，并与文学联系密切。I.K.弗里德曼、夏洛特·泰勒、厄普顿·辛克莱和杰克·伦敦都是“左翼”思潮的文学代表，其中辛克莱和伦敦在20世纪最初10年都是社会主义政党的创建者和重要成员。伦敦曾两次作为社会主义政党候选人参加奥克兰市市长竞选。到了1912年，当麦克斯·伊斯特曼接过《群众》杂志，并逐渐将其变成“左翼”文学旗帜的时候，尤金·德布兹作为社会主义政党候选人参加总统竞选，获得了约100万张选票。很多社会主义者在地方政府执政，很多社会主义组织具有报纸和杂志的出版能力，在美国文化界影响巨大。

---

22 阐释“迷惘的一代”精神气质和文化根源的代表作品是马尔科姆·考利的《流放者的归来》。

23 由于历史原因，对美国文学中激进主义思潮的研究一直未受到应有的重视，直到“冷战”结束才开始有了比较集中的、历史的、客观的讨论。

3. 不同的目标，共同的反叛冲动

从历史上看，20年代的现代主义其实也是对前期“左翼”文学的反拨；30年代的激进主义文学是对现代主义的再反拨。20年代前、20年代、30年代这三个阶段文学的走向是一个往复，其关注中心从政治到艺术再到政治，其文体形式从通俗到高雅再到通俗。这种变动是社会、文化思潮互相作用下产生的天平倾斜，主要表现并非激烈的对抗状态。

1917年俄国“十月革命”之前，美国的社会主义是非马克思主义的，并不基于阶级斗争和辩证唯物主义之上，而主要出于财富均等、社会大同等民主民权思想，与杰斐逊构建的社会理想出入不大。那时，社会主义是一个笼统的概念，“左派”和“右派”携手合作，并与无政府主义者结为同盟。艺术上追随现代风尚的作家，往往政治上倒向社会主义，现代艺术和社会主义兼容并蓄。俄国“十月革命”后，俄国移民带来了无产阶级革命的具体化的模式，美国的社会主义运动发生分裂，其“左翼”组成了美国共产党。激进派、自由派、无政府主义者分道扬镳。

组成现代主义阵容的20年代的青年作家和艺术家，其实也是激进分子。更具体地说，他们是文化激进分子。当传统遭到批判否定时，青年作家就有了在文化、道德领域内自由理解、自行其是的空间。他们在行为上或文学中大胆标新立异，甚至矫枉过正，表达与传统的决裂。但是，不管组成现代主义阵容的青年作家多么愤世嫉俗，多么放荡不羁，多么孤傲偏激，他们仍是新思潮的代表。当时的新思潮主要由两方面组成：一是对世俗的清教主义的叛弃，二是对作为精神支柱的新的哲学与信仰的追求。前者十分明确，后者又十分模糊。他们以标新立异对抗墨守成规，以及时行乐对抗勤俭克制，以“异教思想”对抗“基督教正统”，以自我为中心对抗社会责任，以流放出走对抗家庭伦理。除了对抗之外，他们也思索追寻，开设文化沙龙，创办小杂志，争论欧洲的、东方的、古典的、现代的各种思想理论。

但令人遗憾的是，这种求索在20年代没有产生权威性的结论和实质性的结果。正因如此，现代主义以及整个20年代的文学，表示的是一种含义不清的

"姿态"，一种泛化的定势。一方面，他们愤愤于言表；另一方面，他们又缺少理智的经验去丈量新观念的有效性。这种状况造成了20年代的"文化惊恐"，留出了一大片空白，也给作家提出了重建艺术的使命。这也部分地解释了为何现代主义最明显的特征和最大的成功是文体形式、表现手段的创新，而不是其他方面。卡尔·桑德堡的自我调侃代表了一代人的文化特点。他说："我是个理想主义者，虽然还不明去向，但我已经上路了。"（Mednick，1985：扉页）写现代诗的桑德堡自称是理想主义者，这一点值得注意。人们一般把这个称号放在30年代激进主义作家的头上。其实，20年代的作家也在追求一种激进的理想。他们已站在晃荡不定的航船上，离开了坚实的河岸，思索着人类的命运，开始一个重新发现的航程。他们启航了，每个人都是船长，谁也不知航向。

现代主义和激进主义的大本营都在纽约的格林尼治村。出自格林尼治村的很多先锋派和激进派杂志，在很大程度上影响着二三十年代的社会文化思潮。其中最著名的是以《群众》和《新群众》为中心组成的文化团体。《群众》初创时期，政治上拥护社会主义，文化上倡导先锋派艺术。政治反叛与文化反叛联姻，将激进政治、艺术创新和人生实验混为一谈，这在新世纪前20年的青年文化人中间是普遍现象。大卫·明特在《美国小说的文化史》中指出，《群众》之所以成功，是因为该杂志采用模棱两可的态度迎合了青年文化人含混不清的反叛情绪：在麦克斯·伊斯特曼当主编的1913至1917年间，《群众》曾一度主导着美国的激进运动，此前此后均无出其右者。但是《群众》若不是采用包容、闪烁其词的态度，也不会有它的地位。它将政治文章紧挨着肯明斯的早期爱情诗。就是当焦点完全集中在政治方面时，杂志的革命混合体中也包括了来自"耶稣"的教导（Minter，1966：49）。杂志的副主编弗洛伊德·戴尔谈到该刊物主题所涉及的范围时曾罗列道：娱乐、真理、美、现实主义、自由、和平、女权、革命——可谓包罗万象（Klein，1981：58）。丹尼尔·阿伦把《群众》比作"先锋派激进分子的《圣经》"（Aaron，1922：18），把为《群众》撰稿的作家称作"艺术家造反派"，说他们的观点"代表了一种无政府主义、女权主义和共和政治的混合体——但都推向了极端"（6）。可见，美国文学中的现代主义和激进主义都曾有过由强烈的反叛欲望和反叛态度结合而成的基础。

即使在《群众》的后继者《新群众》于1926年作为美国共产党非正式党刊推出时，56名发起作家中也只有两名是美国共产党人，其他人包括从模糊的社会主义者到“波西民”式的文化激进分子等各类作家。

马尔科姆·考利在《流放者的归来》一书中指出：“格林尼治村里有两种类型的反叛，个人的和社会的——或者说美学的和政治的，或者说是对清教主义的反叛和对资本主义的反叛——我们可以扼要地把这两种反叛称为波西民主义和激进主义。”前一种反叛常常以现代主义文学为表达手段，而后一种反叛则发展成了革命文学。但是由于美国的资本主义是建立在清教道德观之上的，基于反清教主义和反资本主义的不同侧重而形成的两个文学阵营间，不可能有明确的界限，必然互相渗透。考利承认：“这两股潮流很难区分。波西民读马克思著作，所有的激进分子都有点波西民的味道，似乎这两种类型的人在为同样的目标战斗。社会主义、性爱自由、无政府主义、工团主义和自由诗——他们把所有这些信念混为一谈。”（Cowley，1978：58）也就是说，后来打出不同旗号的两类作家，原先都曾为一个比较模糊笼统的大概念共同奋斗过。

4. 现代主义作家与左派阵容

其实，考利讲的“两种类型的反叛”，很多情况下表现为同一个作家身上的两种反叛倾向。他们反对资本主义的政治态度主要表现在反对清教传统的文化态度方面；他们社会批判的中心点往往是社会对个人精神的压制和对艺术的麻木不仁。他们之间的主要区分是侧重点有所不同，有的认为政治高于艺术，有的认为艺术至上；有的更关注社会正义，有的偏重个人自由。他们中的大多数期待着一场革命——任何革命都可以。所以，他们对马克思主义及20年代之前流传于美国的各种形式的社会主义思潮感兴趣，一般不反对马克思主义者倡导的革命，但给予的支持带有很大的随意性。到了30年代，格林尼治村的村民无法继续在自由主义、无政府主义的大伞下态度暧昧地生活，而必须面对政治选择，决定自己的归属。他们必须旗帜鲜明：要么继续自我表现，要么拿起文艺的武器，投身社会革命。

现代主义作家队伍于是产生了分化。有的加入了“左翼”阵容，如德莱塞、舍伍德·安德森、多斯·帕索斯、考利、埃德蒙·威尔逊和埃德蒙·西弗等；有的远走他乡，对国事不再关心，如T. S. 艾略特；有的因失望而自杀，如维切尔·林赛和哈特·克莱恩；有的做了些适时的调整，如庞德和海明威。大多数作家不同程度地向左转，“左翼”文学成了30年代的主流。现代主义好像昙花一现，很快被“大萧条”引发的抗议声和革命文艺的呼声所淹没，好像一场文学运动取代和否定了另一场文学运动。但这仅仅是表面现象，两场文学运动暗中“别扭地纠缠在一起”，有着许多内在的联系，而这种联系又必然会有所表现。我们先看几个例子。

首先，一些现代派代表作家、诗人不甘寂寞，试图在不放弃现代主义的基础上向左派思潮靠拢。海明威30年代的小说《有的和没有的》（*To Have and Have Not*）在思想内容上明显向左倾斜。这是海明威唯一一部有关“大萧条”的小说，也是唯一一部写发生在美国的故事，说明他对社会现实的关注。主人公哈里·摩根无法找到谋生之路，干起贩私酒和偷渡移民的勾当，但在临死时终于觉悟到，“一个人单枪匹马没一点机会”（Hemingway，1937：224）。海明威从20年代追求个性解放，到强调改变命运过程中集体的力量，这中间有一道相当宽的鸿沟，但海明威似乎轻而易举地跨越了。

创立了意象派并领导20年代诗歌革命的庞德，一般被认为是典型的“右翼”文人，但他也可以与激进主义并肩而行。他与威廉·卡洛斯·威廉姆斯以及其他几名青年诗人共同新创了文学中的“物象主义”（Objectivism）。庞德和威廉姆斯是“教父”式的人物，其他几名骨干成员查尔斯·莱兹尼考夫、路易斯·朱科夫斯基、乔治·奥本和卡尔·拉可西都是坚信马克思主义的青年诗人，但艺术上受庞德的影响，反对文学中主观感情的直接介入，相信用现代派手法能够（间接）表达革命意向，能够创造出真正的艺术。他们自办小杂志，并于1932年自筹资金出版了《物象主义文集》。“物象主义派”从“意象派”发展而来，在30年代影响不大。他们的折中调和，受到激进杂志和越来越失去读者的先锋派杂志的两面夹击。但“物象主义”本身是现代主义同激进主义合作的一次大胆的、公开的尝试。

激进文学代表杂志《新群众》(*The New Masses*)的两位主编，十分典型地代表了参与30年代激进文学的两种不同文化人。迈克尔·戈尔德是从贫民窟走出的移民后代，属于“硬派”革命文人，认为文学应该为政治服务，而现代主义作家游离于社会政治之外，因此是堕落的。他以“文学界的痴人”为题，对斯泰因的现代派文体革命提出的攻击，也许是来自“左翼”最尖锐的批评。《新群众》的另一位主编约瑟夫·弗里曼出身资产阶级家庭，毕业于名牌大学，但支持工人运动，真心拥护革命。他总是力图改变左派文学创作与批评中的教条主义和简单化的倾向，也试图用“高雅”文化教育群众，在工人集会讲演时朗读艾略特和庞德的诗。当然，30年代的文化气候更需要戈尔德的激情，而不是弗里曼的理智。两位主编虽然意见相左，但都是激进文学运动中受人尊重、影响巨大的人物。《新群众》这份“最直接地培养了一代文学激进分子”的期刊(Klein，1981:58)，是他们两人携手努力共同撑起的大旗。这一事实也反映了美国文学中激进主义和现代主义之间的微妙关系。

再来看另一份影响巨大的杂志《党派评论》(*Partisan Review*)。该杂志为推动“无产阶级文学”的发展，于1934年创刊。杂志创办之初在政治态度与艺术主张上与《新群众》并行不悖，但在1936年停刊，1937年续刊后提出三点重大修正：(1)全面重新评价斯大林式的马克思主义；(2)文学和批评中采取自主、宽容、活泼的新态度；(3)争取现代主义和激进主义之间的联合(Teres，1996)。作为刊物三大新面貌之一的第三点十分重要，提出的时间也十分重要。因为1937年美国经济开始复苏，激进主义热情开始回落，受激进主义思潮压制的自由派作家和现代主义思潮开始抬头。《党派评论》的主编仍然是菲利普·拉夫和威廉·菲利普斯，但态度出现了明显的转向，公开提出激进主义与现代主义的联合。这一从对峙到姻联的例子，只能在特殊的历史和文化语境中得到合理的解释。

尽管30年代硬派作家和批评家断然拒绝现代主义，仍有一部分“左翼”作家采用现代派技巧进行创作，而且不乏成功的例子。小说中，亨利·罗思的《称它睡眠》(*Call It Sleep*)堪称典型。它将马克思主义、犹太文化和意识流写作风格熔为一炉。多尔顿·特朗博的《乔尼拿起枪》(*Johnny Got His Gun*)和詹姆斯·阿吉的《让我们赞美名人》(*Let Us Now Praise Famous Men*)都可归入无产阶级文学的范畴，但作者也都采用了意识流的表现手法，从心理折射时代的社会、政治风潮。戏剧方面，克利福德·奥德茨创作了以工人运动为背景的《等待老左》(*Waiting for Lefty*)，从标题到剧情设计，同后来的荒诞派经典戏剧《等待戈多》(*Waiting for Godot*)有异曲同工之妙。

当然，影响最大的是多斯·帕索斯。他的《美国》三部曲是激进理想与现代派艺术相结合的最杰出的典范。他在哈佛就读时就已经培养了两方面的兴趣：实验派艺术和改革派政治。他在校刊上写赞美美国共产党创始人之一的约翰·里德的书评，也写庞德、艾略特早期诗歌的评论。这两个方面是他一生的学术关注，但不总是十分协调，多斯·帕索斯也常常表现为一个矛盾的人物。他在20年代是著名的现代派作家，如小说《曼哈顿中转站》结合了绘图艺术中的立体主义（帕索斯本人是个现代派画家，与毕加索有交往）、文学中的现代技巧和电影的蒙太奇手法。与大多数“迷惘的一代”作家一样，他参加了一战，到巴黎自我流放，受到了斯泰因和海明威等人的影响。到了30年代，他又成了著名的激进派作家，其代表作“美国三部曲”在内容上完全迎合30年代的主流思潮，但在作品中，他大量运用从“资产阶级知识分子”乔伊斯和“保守分子”艾略特（Aaron，1992：207）那儿学来的先锋派创作手段，如表现潜意识动机的诗化的、无标点的自由联想等，而且大获成功。

帕索斯的例子说明两方面的问题。其一是很早就开始的对艺术形式的认识之争。现代派作家认为，作家、艺术家有充分的自由，可以运用各种文艺形式，因为形式是中立的，不带政治色彩。激进派认为，形式如脱离生活和斗争，就不能成为为广大群众所接受的有效载体，阳春白雪，高高在上，就不是真正的艺术。这一方面的争论，帕索斯是倒向前者的。其二是对个人与团体的认识之争。这一方面帕索斯是矛盾的。他认为马克思主义对于资本主义，尤其是对经济危机的阐释是令人信服的，但他心目中的个人自由不可侵犯。他支持革命，是因为他同情被剥夺了个人自由的弱者。他反对结党成派，推崇的理想生活模式是自主的合作公社——实际上回到了布鲁克斯农场式的早期乌托邦主义。由于这种理想生存模式在现实生活中无法实现，他在作品中创造的必然是一个现代悲剧。查尔斯·沃尔科特在《美国文学中的自然主义》一书中说："现代悲剧表现为两方面的象征行为：一方面表现人与命运、与他本性进行的斗争；另一方面表现他对非正义和冷漠的社会体制进行'攻击'"（Walcutt，1956：124）。在这里沃尔科特不仅解释了作为作家的帕索斯的双重特征，也指出了文学现代主义和激进主义的共同基点——他们都在表现一个现代悲剧，只不过他们各偏重于表现其中一个方面的象征行为。

5. "迷惘"与政治理想主义

由于现代主义文学运动本身的先天不足，青年作家在抛弃传统之后，得到的往往是迷惘，就像海明威《太阳照样升起》（*The Sun Also Rises*）中的那一群游魂，对生活、对信仰感到无所适从。詹姆斯·布卢姆在谈到20年代作家时说："不管上演悲剧还是英雄剧，都需要一种神话构架，需要内含一种可接受的信仰模式，而缺少这种构架和模式，正是这些人的不幸之处。他们处于真正的困境，象征地说是一种精神荒原的处境。在对精神事物不屑一顾的世界里进行精神探索，这种痛苦构成了20年代不同寻常的感情经历。"（Bloom，1992：291）这种感情经历需要着陆，需要攀附，需要依托和充实，需要在轰轰烈烈的大事业中获得表达的构架和模式。30年代口号明确、目标清楚的激进文化运动，或多或少迎合了很多作家内心的潜在需要。从这一点上来说，前一场运动为貌似对立的后一场运动在精神上腾出了空间，至少在某些方面做出了铺垫。动荡的社会背景，容易产生冲动的文学表达，冲动的青年作家很容易走极端。现代主义表达的绝望和异化到了另一个极端，就是激进的理想追求。

"大萧条"来势迅猛，让人始料未及，造成的第二次精神打击比一战的第一次打击更加沉重。青年作家的反应先是惊恐和绝望，然后物极必反，很快转向带有政治理想主义色彩的激进主义文化运动。30年代的激进作家理论上是赞同马克思主义的，但他们把马克思主义当作一剂猛药，用来医治已经垂危的美国。他们的态度有实用主义的倾向。大卫·明特把这个现象称为"马克思主义的美国化"。肯尼斯·伯克对此做了具有代表意义的解释："我只有把共产主义翻译成自己的语言才能接受它。从深层意义上说，我是个翻译家。……我还要不断翻译，尽管我只能从英文翻译到英文。”（Minter，1996：158）这个“翻译”过程，其实很大程度上消解了激进主义和现代主义之间的对抗因素。

当“大萧条”中的美国度过了最难熬的日子，“新政”逐渐得到民众的拥护，经济开始复苏，一时的革命热情开始冷却，激进主义也潜移默化地从政治批判转变成了文化批判的武器，与20年代的文化批判相呼应，不再号召革命，而是出现了中和的迹象，从对峙走向融合。作家们感到他们更希望稳定与发展，希望重见昔日的繁荣，而不希望革命和动荡。被经济危机推向“左翼”的政治文化态度，开始向右反弹。像《党派评论》这样的激进杂志将现代主义重新提上议事日程，而且影响越来越大，很快压过了《新群众》。一场轰轰烈烈的文化政治运动就这样虎头蛇尾地结束了。这种爆发和收场的突然性，说明美国的激进主义文化政治运动缺乏牢固的根基。当经济崩塌使人感到前面无路时，作家们把危机当作创建新社会、新文化的契机，夸大了美国人民的革命意向。30年代的激进主义下面是20年代个人反叛的基础。支撑现代主义的许多价值观念，并不因为“大萧条”而从根本上得到革除。我们可以这么说，20年代的现代主义是以文化抗议为中心的文学运动，而30年代的激进主义是以政治抗议为中心的文学运动。

至此，我们也许可以总结一下潜伏在现代主义和激进主义对峙背后的一些共性。现代主义和激进主义作家都是年轻的理想主义者，不管是追求拯救自我，还是追求拯救社会的理想，不管站在右边还是左边，他们都倾向于把他们的信念推向极端。他们都是反传统的激进分子，在文化上、政治上摆出了激烈的反叛姿态。他们面对的是同一批敌人，即中产阶级传统的卫道士，而这些人在大概念上也把现代主义艺术家和激进作家视作同类。二三十年代的作家都处于从既定的社会准则向尚未产生的社会准则过渡的时期，都表现出追求新思潮的特点，也都表现出探索的勇气、冲动和盲目性。这两场文学运动的参与者都相信文学的精神力量，把写作当作一种精神创举，当作社会变革的先声，把自己当作“世俗的牧师”（埃利奥特，1994：739）。

当然，强调美国文学中现代主义和激进主义之间的姻联，我们并不忽视两者各自的独立性和两者间的巨大差异。在20年代和30年代，两个阵营都赫然存在。对作家来说，他仍有投向哪一方的选择。但是，现代主义和激进主义在对峙之中的姻联，可以从这两场文学运动的共同文化背景中得到解释。

参考文献

- 埃利奥特.哥伦比亚美国文学史[M].朱伯通，李毅，肖安溥，等译.成都：四川辞书出版社，1994.
- 考利.流放者的归来——二十年代的文学流浪生涯[M].张承谟，译.上海：上海外语教育出版社，1986.
- AARON D. Writers on the left: episodes in American literary communism[M]. New York: Columbia University Press, 1992.
- BLOOM J. Left letters: the culture wars of Mike Gold and Joseph Freeman[M]. New York: Columbia University Press, 1992.
- COWLEY M. And I worked at the writer's trade[M]. New York: Penguin Books, 1978.
- HEMINGWAY E. To have and have not[M]New York: Scribner: 1937.
- KLEIN M. Foreigners: the making of American literature, 1900—1940[M]. Chicago: University of Chicago Press, 1981.
- MADDEN D. Proletarian writers of the thirties[M]. Carbondale: Southern Illinois University Press, 1968.
- MEDNICK F. An introduction to American literature: from newcomers to naturalists[M].开封：河南大学出版社，1985.
- MINTER D. A cultural history of the American novel[M]. Cambridge: Cambridge University Press, 1996.
- TERES H M. Renewing the left: politics, imagination, and the New York intellectuals[M]. Oxford: Oxford University Press, 1996.
- WALCUTT C C. American literary naturalism: a divided stream[M]. Minneapolis: University of Minnesota Press, 1956.

十　20世纪二三十年代美国文学断代史研究小议[24]

1．研究价值与可行性

国内英美文学断代史研究尚不多见。中文和英文的英美文学史著作已经出版了不少，但一般以归纳介绍为主，供英语专业或中文系外国文学专业课程教学之用。有些如“20世纪（或当代，或战后）英国（或美国）文学史（或小说史、诗歌史）”之类，虽是断代史，但由于时间跨度大，覆盖广，其编撰模式与一般文学史并无太大差异。国外出版的像《哥伦比亚美国文学史》和《剑桥美国文学史》这类带研究性质的文学史，则洋洋数百万言，工程浩大，没有相当的规划、胆魄和资金支持，是难以完成的。与作家研究、理论研究和流派研究相比，断代史研究也相对滞后。但在个别研究与文学史整体研究之间，进行某种限定的断代史研究，有它不可替代的作用。

特定的历史时期造就了具有该时期特色的文学表达。任何一个文学时期，都可以从文化、心理、新历史主义、后殖民等各个视角进行发掘，并在其中发现很多有意义的内容。文学断代史截取和选定某一个历史时段，尤其是具有特殊文化意义的时段进行考察，因此是一种综合的、相对集中和相对深入的文学

24 原载《外国文学研究》2004年第5期，25—29页，169—170页.原文题为《20世纪二、三十年代美国文学断代史研究之我见》。

研究。政治的、经济的、文化的力量作用于社会，作用于文学，催生和滋育新的文学表达。每一时段的文学，都是该时期文化史、思想史的一部分，都最典型、最生动地反映着当时的社会风貌、政治气候和文化环境。因此即使是漫长的文学史中相对短小的某一个片断，也包含着广阔的阐释空间。相对于作家和作品研究而言，断代史研究是一种外延，可以为个别研究提供文化框架。相对于一般的文学史研究而言，它是一种深化，把焦距缩小以观察具体和细部。它是一个交汇地带，具有微观研究和宏观研究两方面的特点和优势，既可以更加全面地理解作家和作品，又能通过切片观察更深刻地认识整个文学史甚至文化史。

文学断代史似乎有它本身难以避免的局限，因为这样的研究必须将某一片断从一个连续的发展链中切割下来。历史有它承上启下的延续性，历史的，包括文学史的研究，必须考虑前面的铺垫和后来的走向，必然涉及某一选定时代之外的许多东西，而不可能是封闭自足的讨论。任何一个历史时段的文学都是流变过程中的一部分，也都依附于一个更大的整体。因此断代史研究具有相对性，同时又要求它的对象读者具有足够的外围知识。这样，研究和接受两方面都可能存在着难以确定的因素。但是，历史不仅有它的延续性，也有它的阶段性。历史的发展常由一些起着“里程碑”作用的片断串联而成，包括影响社会和历史发展的大事件，生产方式和社会形态的突变，叱咤风云的领袖人物的出现，以及代表认识飞跃的新思想的产生和普及等，而这几个方面又常常相辅相成，结伴而来，出现在同一个历史时段。这样的非常时期，也往往是作家思想活跃，文学巨著诞生的创作繁荣期，最值得后来的研究者们细细品味和解读。历史和文学的发展就像延绵的山脉，有起有伏，有峰有谷。它是一体的，又是可以划界的。文学断代史研究的范围，主要也应该圈定在以自然形成的特征为界的某一个具有特殊意义的片断，进行综合考察分析。

我在断代史研究方面做了一点尝试，对20世纪二三十年代的美国文学进行集中讨论，并以《美国文学的第二次繁荣》为书名于2004年出版。二三十年代是一个被马尔科姆·布莱德伯里称为“文化沸腾”的时期（Bradbury, 1971：6）。造成“沸腾”的原因是那个时期的文化气候出现了不同寻常的高温。时代的变迁与人的思想、与文化传统之间的各种矛盾，在这20年里强烈地碰撞摩擦，产生出高能的热量，几乎完全重塑了年轻一代的文化态度和行为模式——同时也在另一层面改变了文学的主题和形式。二三十年代是美国文学的黄金时代。我们认为，研究二三十年代的美国文学以及形成这一文学鼎盛期的社会思潮和人文环境，是一个非常有意义的课题。从这一时期的作家和作品中，我们可以看到20世纪前几十年美国社会史、文化史和认识史上所发生的一场巨变。

2．研究意义与范围

不管从生产和消费模式的更替，从社会意识的演变，还是从文化重塑和文学振兴的角度来讲，20世纪的二三十年代都是一个非常特殊、非常值得我们回溯和思考的时期。这短短的20年涵盖了美国文学中最丰富的部分，文坛群星璀璨，佳作迭出。七位诺贝尔文学奖获得者在此期间发表了他们的主要作品，他们是小说家辛克莱·刘易斯、福克纳、海明威、斯坦贝克、赛珍珠，剧作家尤金·奥尼尔和诗人T. S.艾略特。正是这些文学家，以及许多与他们一起活跃于二三十年代美国文坛的作家和诗人，如菲茨杰拉德、舍伍德·安德森、庞德、弗洛斯特、多斯·帕索斯等，引导着美国文学走向真正的成熟和真正的繁荣，使之成为世界文学的重要组成部分。而在此之前，在国外享有盛誉的美国作家寥若晨星——除了爱伦·坡和惠特曼在法国、马克·吐温在英国、杰克·伦敦在俄国、库柏在整个欧洲有一定读者外，从严格意义上讲，其他美国作家尚未跨出国门。而这20年间，无论是文学在社会上所处的地位，还是美国作家所表现出来的创作激情，都是前所未有的。

这20年处在人类历史上最大、最残酷的两场战争之间。人们习惯把从1919年第一次世界大战结束到1929年这一段称为20年代。很多人认为20年代是美国进入“现代社会”的第一个10年。这10年里，美国人，尤其是文化青年，一方面承受着第一次世界大战的巨大心理冲击，而另一方面又受到了新时期即将或已经到来的强烈的“现代意识”的撩拨，在历史造成的“迷惘”和经济繁荣激起的亢奋中，有点无所适从，但又跃跃欲试。1929年纽约的股市暴跌揭开了长达10年的“大萧条”的序幕，令人始料不及。到1939年第二次世界大战爆发为止，在这后一个10年中，人们度过了历史上最不堪回首的经济危机。于是，失落转化成了愤怒，迷惘间突然出现了方向，在“左翼”文化思潮的大旗下，30年代的“抗议文学”应运而生，在经济衰退中维持着文学的繁荣。

社会动荡和经济起落导致了认识的冲撞和文化的断裂，也活跃了思想，强化了反叛意识，激发了改革欲望，把一大批优秀的美国知识分子推上了求索之路：他们在批判传统的同时，寻找新的政治信仰、新的经济模式、新的价值观念和表达现代生活的新的艺术语言。在这两个10年中，青年一代知识分子的“波西民”式的消极文化反叛，演进成了带有政治理想主义色彩的激进主义文化运动。这是一个迅速变迁和文学实验的时代，涌现了一大批令人耳目一新的优秀文学作品，记录、再现、反映了一场社会巨变、文化巨变和认识巨变。这不同凡响的20年是美国思想史和文学史上不可或缺的重要章节。我们的研究主要从历史和文化的视角来考察在这20年走入鼎盛期的美国文学，集中讨论一个特定时期的作家和作品，及造就和产生这些作家和作品的历史和人文环境。

我们在《美国文学的第二次繁荣》一书中，将20年代和30年代置入上编、下编分别进行讨论，同时又把这两个10年当作同一个文学繁荣期对待。从表面上看，这两个10年少有共同之处，但许多貌似对立的现象和观点背后有着深刻的文化姻联，因为这一特殊时期的作家们都试图从不同的侧面对美国的社会体系、价值观念以及对社会责任的理解进行重新审视。文学的发展当然不会考虑文学研究者的方便，以10年为一个阶段。我们所谓的文学中的“20年代”或“30年代”，并不是精确的时间概念，更不是人为划分的。从1919年第一次世界大战结束到1929年“大萧条”开始，然后再到1939年经济复苏和第二次世界大战开始，这两个阶段是以历史大事件为标记自然形成的，每一个事件都标志了社会思潮的重大变革和文学的大幅度的转向，本身具有鲜明的阶段性，也正好便于称之为“20年代”和“30年代”。我们在讨论中充分注意到社会思潮和文化传统的延续性，充分顾及事件的前因后果，观念的形成变迁，文学运动的兴衰起落，作家的造就发展，而不把二三十年代从美国文学史中单列出来，也不把一个联结两个10年的文学繁荣期拦腰切断，而是在历史的大框架中，对一个特殊的文学时期进行放大观察，把二三十年代当作美国文学史中承上启下特别重要的一个环节来对待，在历史的文脉语境中看作家与作品的价值。

3．研究基点与视角

近年来，我国外国文学研究好像受到了“理论”的主宰，大多从叙事理论、精神分析、神话原型、结构主义、解构主义等各种不同的视角对文学进行讨论。这样的讨论肯定是有益的，可以从特定的观察角度去发掘文学内含的某些意义，可以与历史的、社会的、文化的文学研究互为补充。但笔者认为，理论研究不应是文学研究的主体，更不应是研究的全部。这样的研究常常倒向两个极端倾向中的一边：要么过分专注于文本，对作品中的对话、结构、意象、语码、修辞进行语言学的精细解析，把作品看成一个封闭的自足世界；要么挂靠某一哲学观点，联想发挥，天马行空。只有新历史主义稍稍扭转了沉溺于语言形式本身和哲学定式框架的研究倾向。

不管有多少种途径和方法——不管是注重历史，还是注重心理，不管是强调语境，还是强调文本，文学的讨论总是牵连着社会、文化、道德、宗教，也总是与家庭、种族、阶级、性别有着千丝万缕的关联。这些错综复杂的人文因素在文学作品中展开，得到反映。而作品的内涵，不管如何玄奥，如何超脱，也只有将其置入社会、文化的大环境中进行联想、思考，才能掂量出它的价值。即使是美学判断，也是一种可归入社会文化范畴的价值判断。而反过来，作家的审美意识和艺术想象又最能提示其所处时代的精神气候、文化特性和生存状态。正如法国艺术哲学家丹纳所说，“要了解一件艺术品，一个艺术家，一群艺术家，必须正确设想他们所属的时代的精神和风俗概况。这是艺术品最后的解释，也是决定一切的基本原因”（丹纳，1998：46）。

英国文学理论家特里·伊格尔顿也同样强调文学的历史性，他认为，“一切艺术都烙有历史时代的印记”（Eagleton，1976：3）。从社会、历史、文化发展的角度平行地看待文学，一直是文学研究的主脉络。作家的思想、作品产生的过程，不可避免地受到大的社会文化环境的影响。文化思潮也必定在社会大气候中形成、产生，然后反过来对社会的发展起到推波助澜的作用。社会借助文学语言表达文化，文化通过文学语言重建现实。作家在对现实的主题提出自己的看法时，总是自觉或不自觉地依附于某种文化传统、道德观念、哲学理论或意识形态，而这些方面，又在他对主题的观察和判断中得到反映。T. S.艾略特曾说：“没有任何诗人和艺术家能单独构成意义。他的重要性，他的艺术价值体现在他与过去的诗人和艺术家的关系中。”（Altick & Fenstermaker，1993：6）也就是说，不管作家个人经历如何不同，不管他的处世态度如何违背常情，他仍然不可避免地是他所生活在其中的社会文化大环境所塑成的，他的文学表达也必然直接或间接地与这个文化大环境相关。而从另一个角度来讲，不管他对占主导地位的意识形态持批判还是拥护态度，实际上也不可避免地是这种意识形态的共谋。

这本书里的讨论尽可能把文学研究与历史、文化研究结合起来，既讨论因社会思潮的流变而促成的文学繁荣，又从文学再现的现实中，对当时的社会文化思潮进行再认识和重新审视。只有了解影响作家态度形成的诸多方面的因素，我们才有可能真正了解作家注入其作品之中的道德、政治倾向，以及个人的认识与偏见。因此我们所谈到的“历史”不是文学讨论的“背景”材料，而是“前景”。二三十年代的文学作品参与创造了历史，而作品本身又是历史中的文本。由于作家对进入作品的现实进行了过滤、提炼、筛选和重组，文学中反映的作家个人经历所涉及的任何主题和内容，都已经不是现实本身，而是一种艺术创造，但它可以在社会文化的语境中进行解读。正因如此，即使文学作品提出的是对过去的关注，其中也倾注着一种现代精神，也仍能反映出对现时代的再思考。将二三十年代的美国文学截取出来进行重新审视，涉及了一个文学研究中的永恒话题，即文学与历史的关系。就像编写任何一段历史或文学史一样，我们的努力其实是从现在的兴趣点、关注点和立足点上，对过去一个时期的重构。所谓重构就不可避免地要对过去的文学史料进行筛选与编排。选择和视角都是对客观性的侵犯，但也可能提供一条路径，穿过层层叠叠的资料的迷障，走近事物的本真。

历史为文学创作、阅读欣赏及我们生活的其他方面确定框架。作家用语言记录、再现、阐释事件，将它们转化为故事和场景。由于行为和事件本身不造就意义，因此可以说作家用文字“篡改”了现实。这种“篡改”也是一个层面上的创造。作家索尔·贝娄说：“每一个小说家都是历史学家，是他那个时代编年史的编写者。”（Brans，1977：14）读者对以文学形式再现的“编年史”的接受与理解，是对作品进行的又一次“篡改”，因此阅读是另一个层面上的创造。这样，作者、文本、读者、真实的历史和文学对历史的再现，在现实的和想象的、外部的和心理的多个层面上交织成一个复杂的体系，文学也就成了社会文化的大展示，五彩缤纷，包罗万象。从这一认识基点出发来审视二三十年代的美国文学，就可以避免用单一的意识形态或美学标准做出评价。理查德·汉利在谈到文学与文化价值时说：“我认为美国的文化价值与文学之间有着不可分割的联系，从认识的最深层来看，两者之间是相互加强和相互循环的关系。我们的民族形象在文学作品中得到反映，因此，在这个意义上，它与我们对目的和命运的看法是不可分割的。”（利德基，1991：168）

分析特定历史时期的事件和文化气候，以及人们的社会观念和道德意识，才能深刻理解文学所涵容的对历史和现实的认识。只有在充分探索了美国社会、文化的特性之后，了解了何种心理力量驱使作家提笔作书，了解了社会事件与代表作品之间的真正关系，了解了文学提供的对时势的洞见，我们对文学的理解才可能是全面的，而不是局部的，是完整的，而不是破碎的，是深层的，而不是肤浅的，是本质的，而不是枝节的。由于文学集中地表达了人们的共同关注、思想倾向和生活态度，我们又可以从文学作品反映的各个侧面，进一步了解美国的社会和文化。

文学的价值不仅仅产生于它“使用”了某一时期的史料，也不在于它表达了某一主题思想，更不局限于它为政治、思想史做出的诠释（具有文献的功能），“而主要是因为它是一种最高概括，是通向认识某一时代重大事件的真正途径”（Hoffman，1965：12）。文学的超绝功力在于它能戏剧化地再现人生经历，帮助人们看到代表某种思想观念的现实，从中得到启发。正是基于这样的认识，我们的断代史研究由同样重要的两部分组成，既多角度讨论二三十年代的社会现实和文化思潮，又讨论在这种文化思潮影响下的作家对社会现实的认识和创造性的再现。也就是说，要从历史和文化的视角看文学，从文学看社会文化形态，而不是孤立地谈当时的社会文化思潮，也不是孤立地讨论美国文学。即便这部分断代史覆盖的只是两个10年，但最后成书洋洋洒洒已达600页的篇幅，由于这20年的文化内涵异常丰富，这些讨论仍不够深入，在这里抛砖引玉，向同行专家们讨教。

参考文献

- 丹纳. 艺术哲学[M]. 傅雷，译. 合肥：安徽文艺出版社，1998.
- 利德基. 美国特性探索[M]. 龙治芳、唐建文、丁一川，译. 北京：中国社会科学出版社，1991.
- ALTICK R D, FENSTERMAKER J J. The art of literary research[M]. New York: W.W. Norton & Company, 1993.
- BRADBURY M. Preface[M].//BRADBURY M, PALMER D. The American novel and the nineteen-twenties. London: Edward Arnold, 1971: 3-7.
- BRANS J. Common needs, common preoccupations: an interview with Saul Bellow[J]. Southwest Review, 1977, 62(1): 1-19.
- EAGLETON T. Marxism and literary criticism[M]. Bristol: Methnen, 1976.
- HOFFMAN F J. The twenties: American writing in the postwar decade[M]. New York: The Free Press, 1965.

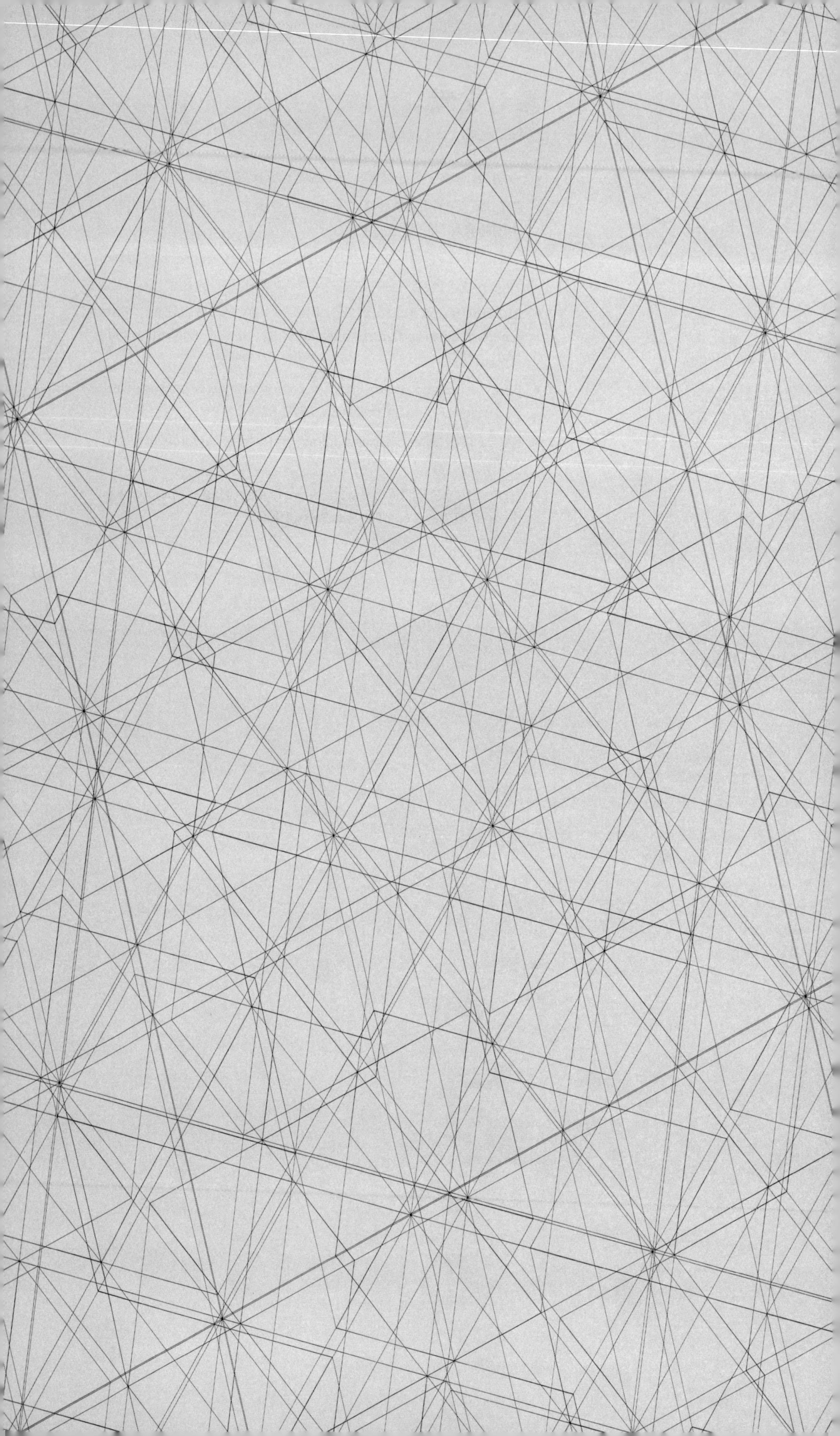

第四部分

当代文学与前沿思考

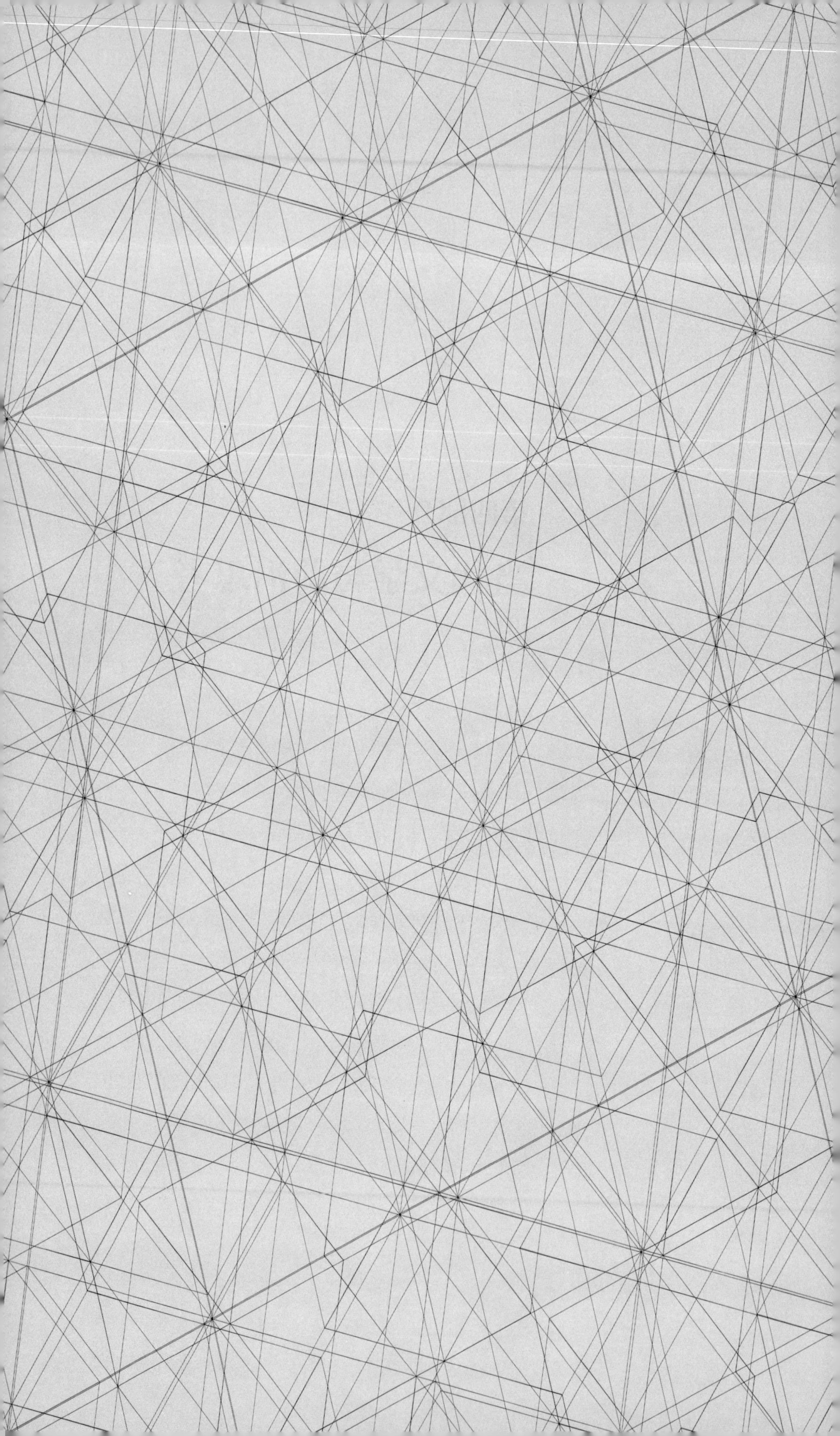

导　言

当代文学反映我们生长于其中的时代，理所当然地更能引起我们的兴趣。但是，由于拉不开观察距离，难见纵深，学界对当代文学往往难有共识，可谓“不识庐山真面目，只缘身在此山中”。不管是历史学还是文学，几十年来人们一直将“当代”的起点设在第二次世界大战结束之时。但那已是十分遥远的过去，是像我这样“老一代”学者都尚未出生的时候。历史在不断行进，“当代”的概念也应该朝前挪动。肯尼斯·米拉德在《当代美国小说》一书中，将“当代”的起点定在20世纪的70年代，根据该10年的一些标志性大事件重新划定。这也可算是一种“与时俱进”。

本部分第一篇文章《再议作家的族裔身份问题：本质主义与自由选择》以作家为个案，是对族裔身份问题的再讨论和再认识。文章首先梳理国内外族裔身份认定的现有基准，将其归纳为血统论、塑形论、认同论和表现论，逐一进行评述，解析其偏颇所在。在此基础上，文章讨论族裔作家文化身份“选择”的主观因素，聚焦常被忽视的一些方面，如身份的表演性、流动性的特质，指出基于本质主义的认识观在新文化理论检视下的不足，提出应以社会学的建构理论为指导思路，走出本质主义。本章讨论结合目前我国的批评现状，强调在今天全球化大势下的多元的社会，我们更应该把作家的族裔身份看作一个动态、临时、杂糅的建构过程。这是我自己比较喜欢的一篇文章。

第二篇文章《西方文论关键词：极简主义》是为《外国文学》“西方文论关键词”专栏写的。文章对极简主义的产生基础、创作理念、文本特征、文化功能等多方面进行阐释性的铺陈，讨论这一当代流派与主流后现代文学的抵牾与合流问题。极简主义指一种以简约为特征的小说叙事手段，也指当代美国小说的一个流派。文章追踪极简主义的源起和伴随其发展出现的褒贬不一的争论，讨论其“少即为多”的美学理念，评述其主要实践者。极简主义在美国文坛异军突起，促成了新现实主义的崛起和美国短篇小说创作的繁荣。作为当代美国文学中风格独特的一支，极简主义产生于后现代文学大潮之中，又以一种极端现实主义的表现手法，对以戏仿和拼贴为主要手段的后现代主义文学进行反抗。

全书的最后一篇文章《当今美国文坛两部社会小说的文外解读》开宗明义，在标题上点明考察对象是“社会小说”，强调两部当代小说的社会关联。这种关联性既是文本内在的，更是作家刻意凸显的。两位美国小说家，汤姆·沃尔夫和乔纳森·弗兰岑，发表了各自的“文学宣言”，呼吁久违于美国文坛的社会小说，而后又“现身说法”，各自推出长篇小说“范本”。文章结合两位作家的文学主张，将两部小说置于历史和当代文学语境中进行解读，讨论在当代美国文学中出现的不同声音。两位作家都曾宣称，后现代文学走进了死胡同，希望通过在某种程度上向现实主义文学的回归找到出路。他们把这种理念融进了自己的小说创作，作品读来别有意趣。

本部分所选的三篇文章，涉及了当代文学中几个颇受关注的方面，对后现代文化环境引出的文学现象和问题、价值与意义提出了思考，比如，在文化多元和杂糅推进“去族裔化”的文化再造的当代，身份如何定义？极简主义、新社会小说等是否表征了被称为“新现实主义”的趋势？依稀可见的向传统回归的迹象是否会持续，成为颠覆后现代文学的先导？从20世纪80年代开始，后现代文学在形成大势的同时也开始遭遇挑战，伴随着各种问题和前瞻性的思考，“后现代之后”的发展走向，也一直是文学界热衷探讨的论题。这也可以算是一种文学史的研究。当然，对文学走势的任何前瞻性思考，都必定是以现有文学现象为基底的一种推测，需要现实的校验。

十一　再议作家的族裔身份问题：本质主义与自由选择[25]

1. 引言

作家的族裔身份问题，是身份问题的一个分支。但由于作家比其他研究者更多地书写和表述身份角色和文化冲突，这一主题也相对更多地被阅读和关注，本文的讨论虽然不可避免地涉及文化冲突，但主要集中于对少数族裔作家的身份认定方面。在外国文学研究中，“族裔作家”——如“华裔美国作家”“非裔美国作家”[26]等，似乎是个无须讨论的既定概念，人们由此推定身份主体具有倒向某文化的情感动力，对这样的假设和归类的合理性则少有追问。

斯图亚特·霍尔将我们言及的身份称为“符码”，并指出，这种假定为事实的符码是“给作为‘一个民族’的我们提供在实际变幻莫测的分化和沉浮之下的一个稳定、不变和连续的指涉和意义框架”（霍尔，2000：213）。霍尔在广泛的层面论述文化身份，并不专指族裔作家，但明确指出，文化身份是一个“指涉”，其“意义框架”需要填空和阐释，不具有稳定性、不变性和连续性，背后是“变幻莫测”的“分化和沉浮”。少数族裔作家的身份更易出现变动和断裂，因为其“复合身份”的各个组成部分对作家的文化浸润并不一样，而作

25 原载《文艺理论研究》2016年第6期，193—201页。

26 本文对这样归类的合理性提出质疑，但为了便于讨论，文章中暂时仍沿用此类称呼。

家的情感依附也可能随着时间发生变化。作家的族裔身份要比想象的更具复杂性、多重性和不确定性，可以有不同的划分、定义和解读。

2. 作家族裔身份归置：现有基准的质疑

作家身份可以从多个方面划分，比如作家的等级身份——官方作家，主流作家，边缘作家；作家的文类身份——先锋派作家，网络作家，科幻作家；作家的政治身份——主旋律作家，另类作家，革命作家；作家的年龄性别身份——资深作家，女性作家，同性恋作家等。作家身份也与其他身份混杂兼容，比如苏珊·桑塔格，除了小说家，或者犹太裔美国作家的身份外，还兼有批评家、哲学家、政治活动家、公共知识分子、美国新左派等多个身份，这些身份又与她的作家身份相重叠、交叉。作家的身份问题涉及诸多学科，包括文学、哲学、社会学、心理学、文化研究、宗教研究、人类学、语言学等，因为它与生活认识和思维方式息息相关。

族裔身份一般指文化身份，是作家身份的一部分，但仍呈现复杂的结构。诺贝尔文学奖获得者多丽丝·莱辛的族裔身份是双重的，“英国+津巴布韦”；另一位诺贝尔文学奖得主奈保尔的身份是三重的，“印度+特立尼达+英国”；而近来崛起为世界华文文学一支的东干族[27]作家们，身份更显多重结构：“苏/俄+中亚所在国+中国+回族”。而同样由“美国+中国”构成的华裔美国作家，其族裔身份也有狭义和广义之分，可以指：（1）在美国出生、受教育并用英文书写美国经历和体验的华人作家，如谭恩美和汤亭亭；（2）在美国受教育并用英文写美国经历和体验的混血后裔，如水仙花（伊迪丝·伊顿）；（3）移民美国后用英文写中国题材的作家，如哈金；（4）移民美国后用英文也用中文写中国题材的作家，如严歌苓；（5）用英文写中国题材，但只有少部分中国血统的作家，如邝丽莎。“华裔美国作家”的概念弹性很大。

27 东干族指移民到中亚吉尔吉斯斯坦、哈萨克斯坦、乌兹别克斯坦等国的中国回族的后裔。

谈及水仙花时，我们大多理所当然地把她视为美籍华裔作家。她父亲是英国人，母亲是中国人，她再三把自己称作“欧亚人”（Eurasian）。她在美国长大，但用一个带中国文化色彩的笔名发表作品，“**选择**把自己的族裔身份定位为中国人”，认为是在“华裔母亲的文化中找到归宿，把自己**认同**为中国人”（徐颖果，2001：158）。“选择”和“认同”都是主观行为，受到时间、动机、情感等多方面因素的操纵，而她的笔名则是用来激发和引导关联性想象的种族标签。作家的族裔身份是一个可以滑动的游标，一个等待填空的概念。但族裔作家身份的复杂性常常被简单化，其主观动力常被忽略。笔者略作梳理，将国内文学界对“族裔作家”划分的凭据归纳为以下四个方面。

2.1 血统论

这是一种生物界定，似乎理所当然，比如，华裔美国作家必须有华人的血统，非裔美国作家必须是黑人或黑人的混血后代。这样分类的理性基础是，一个人首先必须是种族共同体的一员，才能有文化认同和共享的基础。但血统论引出两个问题：第一，血统是遗传的，延续的，需要历史的回溯。当代考古学和基因学已经证实，现代人起源于非洲，从非洲迁徙散居，走向世界各地的历史只不过十几万年。也就是说，现代人是一个种族，肤色只是人们适应环境“演变”的结果（科因，2009）。那么血统为何只追踪到某个较近的历史时期，而不是其本源呢？第二，血统论常常被种族主义挟持。比如在美国，从历史留存下来、在蓄奴时期得到强化的通行判断法则是，只要有黑人的血脉，就应视为黑人，以杜绝“劣种掺杂”。这就是臭名昭著的“一滴血”理论。

“一滴血”理论显然不应该成为我们的判定准则，但事实上它影响了族裔作家的认定。比如，作家、黑人文化领袖杜波依斯是法国、荷兰和非洲混血后裔；又比如被称为“白色黑鬼”的女诗人艾丽丝·邓巴–尼尔森，更是金发碧眼的形象。他们都只有少部分，甚至极少部分的非裔血统，但被白人社会歧视性地排斥。同时，出于被歧视者对种族主义对抗性的反歧视，他们高调认同自己的黑人身份，作品也关注种族界限问题。这是历史造成的，不是理所当然的。我们显然不能心安理得地接受种族主义的遗产，而不对这种身份划定进行历史的追问。人们把被白人文化同化的亚裔称为“香蕉人”：黄色的皮肤是外部标志，由血统传承，但里面的“内涵”则是“白色”的。那么族裔身份定位的依据应该是其外部标志，还是更重要的实质内涵？这样的实例和问题凸显了血统论两方面的缺陷：政治上不正确，学理上简单化。

2.2 塑型论

如果说血统论强调先天，那么塑形论强调的则是后天因素，即在环境影响渗透下重塑的可归属于某群体的集合性特征。“塑型论”强调教育和文化环境，包括来自家庭、学校、教会和社区的影响。美国自称文化“大熔炉”（melting pot），其背后是塑型论的观点：不同文化来源的移民，可以在新环境中消融自身，形成以白人新教意识形态为基础的新的美国身份。这种论调如今已逐渐被更民主的多元共存的身份观念所取代，其形象的代表是美国黑人政治文化领袖杰西·杰克逊的“拌色拉”（mixed salad）理论：各种文化成分不失自己的特色，拌和而成。但即使我们用更强调族裔文化影响源的指称，如“非裔美国作家”或“华裔美国作家”，这样的文化“符号”仍涉及一些复杂的问题，比如，塑形的源文化并不是一个稳定的存在。英国文化理论家斯图亚特·霍尔是出生于加勒比地区的黑人，他用自己的例子对身份的文化根源提出质疑：“它（指加勒比黑人族群）是否是我们身份的本源，是否是经过400年的置换、肢解和流放而丝毫没有改变的身份，我们能否以终极的或直接的意义回归这个身份，是值得怀疑的。”他特别指出，“我们不能与西方同谋，西方恰恰是通过把非洲僵化为一个亘古不变的原始的过去而占用非洲，将其规范化的”（霍尔，2000：222）。

我们用一个更具体的例子。谭恩美在阐述自己的文化身份时，认定自己是“美国作家”，不需要其他修饰词进行定义（张璐诗，2006），但她又不断凸显中国文化这一塑形源，说“我创作的缪斯就是我的母亲，这位女人给我DNA的同时也赋予我一些认识世界的观点”（Tan，2003：250）。她同时强调血统论的不可取代性和塑型论滋育下的族裔文化传承。谭恩美在小说中插入了大量中国迷信、神话、民俗、历史故事等文化素材，通过这些凸显其华裔源文化塑型下的华裔作家的身份，“希望取信于她的读者，使他们视她为一个对中国文化具有知识的局外人，一个对如何处理带有东方色彩的作品并不陌生的向导”（黄秀铃，2002：146）。虽然作家不是历史学家或民俗学家，艺术想象也不是历史再现，我们不能苛求真确性，但她选择的“中国素材”，恰恰是带东方主义色彩的，被西方“规范化”的东西。给这位“华裔作家”塑型的，是西方文化而不是中国文化。塑型论的问题在于，塑型源本身不是一个稳定的存在，塑型动力也难以认定，人们不得不采信于身份主体的言说。

2.3 认同论

“认同”就是对身份归属的确认。“身份”一词的英文“identity”在当代文化研究和文化批评中也常被译为“认同”，但这两个概念并不等同。“身份”概念指向两个不同的方向：它既可以指非主体性因素，如血统论强调生物遗传，塑形论强调来自外部的文化力量；也可以是主观倾向或愿望的表达，即“认同”——“我认为我是”。认同论与前两者的关系可密可疏。林莺在谈到华裔身份建构问题时说：“在华裔作家的身份建构中，‘归属认同感’无疑起到了关键性的作用。如果完成‘归属认同’，文化浸润和典籍规训无疑使华裔作家言由‘心’生，创作出他们的作品。”（林莺，2013：121）这样的评述强调“归属认同”的“关键性的作用”。但必须指出，“认同”只是一种叙事，是身份主体的感觉和表白，没有客观尺度。

我们举一个例子。曾以《骨头人》获得布克奖的新西兰“毛利作家”克丽·休姆只有八分之一的毛利血统，接受的是欧式教育，只会讲英语，年轻时仅在假期中去过在毛利人居住区的亲戚家，但她说过不少诸如“那是我心灵停落的土地”（Robinson & Wattie，1998：247）之类的话，通过再三表白自己的“认同”来确立身份。同时，她又通过小说叙事强化这种“认同”，让《骨头人》中混血主人公克丽温·霍姆（名字的拼写和读音都近似作家自己的姓名克丽·休姆）说：“按血缘、身体和继承来说，我只是八分之一毛利人；按心灵、精神和情感倾向来说，我是个完完整整的毛利人”（Hulme，1985：61），并宣称这个小说人物是她的“另一个自我”（Robinson & Wattie，1998：247）。休姆通过宣布自己是毛利作家，获得了“毛利信用基金奖”，使自己的作品得以出版，出版后首先获得该年“分配给毛利小说”的美孚飞马奖，然后再获得新西兰图书奖和布克奖。著名白人作家K. C.斯德特对她标榜毛利人身份的意图和她获国际大奖是否货真价实提出了质疑（Mercer，2010：104）。也就是说，“认同”可能是一种真实情感的归位，也可能是带有功利色彩的选择，两者之间并无可确认的边界。我们将在后面讨论作家族裔身份表演性选择的问题和族裔身份自我定义的本质问题。

2.4 表现论

认同论的关注对象是作家，表现论的关注对象是文本，后者来自读者的视角，即通过作家写就的虚构或非虚构的文本中“表现”出的文化和情感倾向，如作品探讨的文化冲突和少数族裔在主流文化压迫下的信仰危机和身份焦虑等，来确定言说者的身份立场。比如，当我们把美国文学中的“犹太裔作家”与“出生于犹太家庭的作家”当作两个不同概念时，我们实际上用了“表现论”的尺度。前者的文本往往有特定的关注领域，如该民族的历史负担、犹太教与基督教或世俗文化的冲突等；而后者关注的是一般性的社会问题。我们再以两位英籍少数族裔作家奈保尔和康拉德为例。奈保尔关注殖民地人和殖民地文化，作品多涉及殖民历史和多元文化问题。康拉德虽然本人是移民，但跨界后拥抱英国文化，有意识地撇清原文化的牵连，作品反映的基本是英国人的关注对象，如航海、帝国的海外属地等典型的英国主题，以至于有“非洲文学之父”之称的阿契贝骂他是“该死的种族主义者”（bloody racist）（Watts，1983）。哪个种族？阿契贝按照“表现论”将他归为英帝国的代言者，而不是历史上屡遭大国蹂躏欺压的波兰民族的一员，文学批评界也一般不将他归为少数族裔作家。

但表现论只能是相对的。一个族裔作家如果选择不写与本族相关的题材，我们仍不能以此判定该作家“骨子里”，即认识深层，没有族裔文化对其观察、思考、判断的影响。专写族裔题材的，也不能按“表现论”断定该作家的族裔归属，比如，专写中国题材的赛珍珠和专写毛利人题材的诺埃尔·希利亚德都是白人作家。当代叙事学理论也使得表现论难以立足，因为从文学文本中推演出来的那个背后的书写者，其实是“隐含作者”而不是真实作者，作家在创作中可以想象性地“借用”某一种身份。

从上述归纳来看，目前国内对作家族裔身份的认定，一般都基于某种稳定的、相对易于把握的基础，如生物的（血统论）、文化的（塑形论）、心理的（认同论）和行为的（表现论）。这样的归类划分往往经不住理性的追问，理所当然地受到了当代身份理论的挑战。我们必须认识到以下三点：第一，作家的族裔身份不具有客观性和真理性，是为了便于评论、研究和文史撰写而进行的人为归类；第二，族裔身份取决于先天的、后天的、主体的、外界的诸多方面，各种因素多元共存，交错渗透，对身份特征某一侧面的强调，必然有失偏颇；第三，身份建构的主导力量是主观意愿，这种主观性是在外部文化力量作用下自觉或不自觉地产生的。赛义德认为：“在学术上认同某个单一的主导身份，不管是欧裔、非裔还是亚裔，都制约了问题的探讨。个体是由有时合拍有时冲突的多重身份互相作用形成的。”（Said，1991：17）

3. 作家族裔身份建构：表演性与临时性

斯图亚特·霍尔的身份理论认为，文化身份不具有稳定性，亦非与生俱来，而是一种不断形成和改变的过程：“（它）不是从个体内部已存在的完整的身份中产生的，而是产生于需要从我们的外部进行‘填空’的不完整性中，通过我们想象他人眼中的自己而构成。”（Hall，1992：287）他更强调外部因素对身份主体的主导作用。由于这种作用力的存在，我们必须思考两个方面的问题：第一，身份主体可以重新阐释构建身份的材料，也即过去的叙述和传统；第二，变化的环境可以产生身份的肢解力量和重塑力量。因此，作家的族裔身份必然不断受到不确定性的困扰。族裔作家在外力影响下，必然会产生策略性的身份选择意愿，而这种主观意愿在与外部语境的“商讨”中，在迎合或对抗中，必然顽强地表现自己。因此，作家的文化身份必然表现出建构的特征，而这种建构是通过对身份的表演实施的。这方面正是我们在思考作家族裔身份问题时容易忽略的。

表演性身份不是新理论，但这种身份模式在国外学术界越来越成为主导，国内则较少关注。身份的表演性基于选择性的自我塑造，允许主体根据需要进入不同角色。真实作者的表态和作品中隐含的作者表演性的告白，都可以帮助建构作家心意所向的身份。朱迪斯·巴特勒在《性别困扰：女权主义和身份的颠覆》中建议把身份认定视为“效应”（effect），一种由语境“生产和促成”的东西，而不是固定不变的内在之物。她认为身份是表演性的；那个“我”是通过语言表演行为钩织的（Butler，1990：147，140）。身份除了自我承载的意义外，也产生于与他人建立的关系中，必然处于被凝视的压力和迎合的动力之下，具有表演性。由于媒体的推波助澜，表演性身份模式常常处于核心位置，但伴随这种主动选择和“创作”获得的身份，往往是一种缺乏牢固根基的焦虑。

如果我们把作家的族裔身份看成一种表演，那么我们也就颠覆了它的“内在性”和“真实性”，向本质主义固定概念保护下的身份的合法性和纯粹性提出了挑战。表演性身份强调的正是本质主义排除的自由选择，即作家通过“表演”将自己选择的身份属性“告知”或“透露”给外界。黄玉雪在华裔美国作家圈有一句名言：“你要使它（华裔身份）成为你著名的标志。”（珀尔斯，2004：251）“使它”指向一种意图清楚、目标明确的努力，即“使用”身份“标志”。“标志”可以解读为“商标”，而为之实施的行动必然是表演性的自我确认和推销。黄玉雪被赵健秀视为“一个精明的女生意人”（Chin et al.，1974：xxx），她较多考虑作为作家的可接受性，比较迎合白人的价值观，主要作品《华女阿五》也带有“自传性”的表演色彩。

所有身份都具有表演性。少数族裔作家由于身处文化边缘，更易于倾向身份的表演性塑造，在趋同主流文化和凸显族裔特征两者之间进行谋求平衡的表演。身份的表演性塑造主要通过叙述。生活总是以一种故事叙述的形式被呈现，这种生活叙事构建了自我。“人们在不同的语境中扮演不同的角色，具有不同的地位和身份，并且按照社会的需求采取符合自己身份的行为。因此，通过对其话语的分析，就可以发现在某一语境中其身份的建构过程。”（项蕴华，

2009：189）叙事可被视为个人过去经历的重演，叙说者通过强化、弱化、省略和重复某些部分，让叙述内容充满各种暗示和指涉，将已经发生或正在发生的事情（经历的和想象的）进行筛选，通过一定的呈现方式，将个人经历转化为叙事语篇。

因此不管是关于生活经历和认识的自传性表述，还是创意书写中的素材选择、人物塑造和情节编排，都具有直接或间接的身份建构功能。这种建构性叙事常常混合真实的和想象的身份内容，身份在不断的叙事性建构中形成，呈现一种动态过程。族裔作家叙事性的身份表演更值得我们的关注，因为他们更依赖个人叙事，通过讲述有别于主流文化的他者的故事来建构身份。出生于法国、用英文写作、只有八分之一中国血统的邝丽莎，选择通过“写中国”（《龙骨》《雪花和秘密的扇子》《恋爱中的牡丹》等）建构自己的华裔身份，而人们是通过她的书写以及其他文本诸如访谈之类中策略性预设的内容的“引导”，来认定这样的叙事背后传递的作家的文化归属和兴趣倾向的。

作为身份主体的作家，总是面对着意识形态、商品性和审美性之间的多样选择，并通过“表演”来实施。身份表演的驱动力是身份主体的主观意图，包括无意识的，也包括带功利色彩的策略性选择。所谓策略性选择，常常指向迎合文化市场的运作和批评界的风向，让自己处于出版、评奖、推广的有利地位的情形。不可否认的事实是，自20世纪70年代开始，后殖民主义理论主导下的西方文学界、出版界和学术界，将少数族裔作家推上了前台。后殖民理论关注文化差异、文化多样和文化杂糅，努力平衡欧洲中心主义主导的叙事，强调不同文化之间的平等对话。这样，原先的边缘和外围成了关注中心。缺乏文化资本的族裔作家，可以通过强调异质性获得关注，获得从边缘走向中心的机会。

获得诺贝尔文学奖的美国作家的情况是个说明问题的例子。进入20世纪70年代后，以美国公民身份获得诺贝尔文学奖的五人全部是少数族裔作家：索尔·贝娄（犹太裔）、艾萨克·辛格（犹太裔）、切斯拉夫·米沃什（波兰裔）、约瑟夫·布罗茨基（俄裔）和托妮·莫里森（非裔）。其中，两名移民美国的东欧作家获奖可能有“冷战”的政治因素，但整个大走向体现了“政治正确”。后殖民语境使少数族裔作家在文学出版和批评中更受关注。林涧谈到过流传于美国文学界的“冷嘲热讽”：汤亭亭、谭恩美等华裔美国作家的作品被选为经典，其主要考量未必是作品的文学价值，“而是因为她们身上的种族和性别标签。她们无非是凭了少数民族的身份，作为少数民族类的代表而被接受的所谓‘象征性的点缀’”（林涧，2003：11）。这样的评述或许带点醋意，但也说明后现代语境确实对族裔作家发展有利，而且，作为一种文化或商业策略，族裔身份的选择性认定应该是一种普遍现象。

哈里森-卡亨认为，“通过象征性表演”进行族裔身份建构，是“当代趋势”，并“反映了身份本身是一种模棱两可的过程”（Harrison-Kahan，2005：21, 25）。强调表演性塑造就是强调身份选择的主观意图。文化身份不是超越时空的存在，它既是一种现状，也是一种诉求，随着时间和环境的改变而改变。斯图亚特·霍尔认为，它“绝不是永恒地固定在某一本质化的过去，而是屈从于历史、文化和权力的不断‘嬉戏’”（霍尔，2000：215）。当族裔作家采纳主流语言进行写作，致使族裔语言与族裔文化身份发生断裂时，作家的身份尤其凸显为被“嬉戏”过程中变动不安的游移状态。断裂需要不断修复，修复的就不再是原来的，而是重构的。作家的族裔身份包含了文化继承的成分，也包含追求和创造的成分。身份认同的范围可以坚守，可以扩大，也可以转移。

4. 作家族裔身份的本质：全球化与文化混血儿

上述讨论中我们对相关问题做了几方面归纳性的强调：第一，身份不是先在的、稳定的、完整的、中性的、自然的东西，而是历史的、语境的、相对的建构，是一个动态的捏塑和修正过程；第二，它不是事实的存在，而是一种想象，表现在族裔作家身上，主要是自我定义和自我定位；第三，它不是界限分明的，也没有纯洁、远古的状态，而早已身不由己地卷入了文化杂合之中。门多萨等学者指出，“随着这一领域更多出现阐释性的批判视角，我们发现对‘身份’的定义开始出现变化，更少视其为固定、具体的现象，更多视其为不同利益交汇竞争的领地，将之前概念中缺少的宏观社会、历史和政治语境带入讨论”，而今的文化和文学研究者更“依靠实施的行为和表演的意义成为反映身份的主要依据”（Mendoza et al., 2002：313，314）。既然如此，我们或许应该重申作家族裔身份的本质问题，以及这样的讨论在全球化的今天能带给我们何种启示。

4.1 族裔身份的动态本质

沃尔科特在讨论北美非裔身份时，提出了精辟的见解：“非裔后代，即新大陆黑人，在跨大西洋奴隶贸易导致散居状态后，继续处在一个文化渗透、创造和再创造的复杂过程中，其结果是文化杂糅。”他们通过不断“借用”与“共享”，强化了有意识或无意识成为黑人文化的东西，而这其中“编织和发明自我的意图明确无误”（Walcott，1997：98-99）。少数族裔作家的这种身份建构欲望，往往表现得尤其强烈。他们一边在异质的主流文化中感受着身份焦虑，一边对自己的文化身份不断继承、修复、补充和重建。与此同时，他们视为根基的源文化，也经历着自身的演变，具有双重特征：一方面，试图重复源文化以保持其独特性；另一方面，又在一种文化帝国主义的压迫下，在与其他文化不断交往和互相渗透的过程中创造新的文化形式和文化实践，以新的文化逐步对旧文化进行修饰和更替。身份在历史和现实语境中不断变迁，在与文化语境的“协商”中不断修正，不断“生产”，永远是一种进行时态。威廉·布鲁姆指出，人们通过确认身份获得心理上的安全感，也通过不断维持、巩固身份来强化这种心理安全感。由于身份不断面对威胁，也由于身份主体的行为有时不支持甚或颠覆身份表演所预设的目标，身份的建构和维护需要“重复验证”（塞格尔斯，1999：331）。布鲁姆强调调整和改变，通过一种不断创造和重建的过程使身份得以“维持”。

4.2 族裔身份自我选择的本质

斯图亚特·霍尔指出：“身份存在于形成过程之中，而不是存在的现实：不是我们是谁，我们从哪里来，而是我们可能成为谁，我们过去是如何被呈现的，这种呈现又与我们可能如何呈现自己有何关联。”（Hall，1996：4）他认为身份问题的关注点应该从某人从属于何种身份，转向所宣称的身份是如何被规划、被建构的，以及规划和建构的目的。如果我们否定本质主义的身份观，认同身份的主观性和建构性，那么我们也可以说，作家的族裔身份本质上是一种自我选择和定位。相对于创作的作品来说，作家的身份是作家对创作课题的想象方式，是对预设的隐含读者的选择，是想象中出现在读者头脑中的形象。真实的族裔作者将身份想象融入叙事，通过作品内容“导出”隐含作者，建立自己的族裔身份。族裔作家是通过与文化语境的协商，与预设的读者群的协商，通过功利的或超功利的姿态与自己的协商，才决定在多大程度上对民族文化做出或坚守，或扬弃，或折中妥协的选择的。

还是用谭恩美的例子。她被定位为华裔作家，除了她的华裔血统外，还有主观因素，即她对小说题材、语言和叙事策略、读者对象（对中国文化不甚了解的白人女性）的选择。她对传统中华文化所知不多，但选择了扮演与真实身份不符的东方文化引介者的角色，结果漏洞百出，在《灶神之妻》中将“堂姐”说成“糖姐”[28]，让《喜福会》中的许安美“亲眼看到”母亲从胳膊上割肉让病危的婆婆吃，让《接骨师的女儿》中的母亲用矿泉水洗毛笔等。这种对中国称谓的无知，或对孝悌故事“割肉疗亲”的胡乱挪用，或矫情生硬地对传统文化表示的敬畏，一方面，迎合了西方人的东方主义想象，满足西方人对异文化的好奇心，另一方面，也可见作家努力建构少数族裔身份的良苦用心。赵健秀认为谭恩美是个“伪作家，伪华人”，并认为“《喜福会》中的中国文化是伪造的，根本就不存在那样的中国文化”（徐颖果，2004）。赵健秀关于华裔作家非真即伪的绝对化观点，并不被所有人认同。蒂娜·陈认为“假扮”（impersonation）不同于“欺骗”，即使是“真实身份也不可避免地包含着我们自己编织的虚构成分”（Chen，2005：7）。其实，谭恩美做了包括赵健秀在内的大多数华裔美国作家在不同程度上都在做的事，即对中国传统文化元素进行想象利用，为建构选定的身份提供配套服务。

28 黄秀铃教授将这一能说明问题的实例用作文章标题《‘糖姐’：试论谭恩美现象》。

4.3 族裔身份的杂糅本质

既然族裔身份以动态为本质，对于身份承载的个体而言，可靠的身份源头和“一脉相承”的遗传，只能存在于想象之中。我们可以把作家族裔身份的文化源头视为一种吸引力、召唤力、凝聚力，虽与具体的地域、历史、民族相关，但主要作用于情感、精神、心理层面，激发一种归属的感觉。这种感觉对于成为少数族裔作家的文化游子，可能强烈，也可能微弱，可能真实，也可能虚幻。必须强调的是，即便归属感强烈真实，其情感根基对于族裔作家而言（比如出生在美国的华裔作家），已经是一种异质文化。他们大多是通过凸显“族源文化”的差异性，表达对已接受的“养育文化”的再认可或平衡被边缘化的感觉。这种书写可以使族裔作家从感情上靠近被视作族裔本源文化的东西，也可以使作家与之拉开距离，反衬“养育文化”的优越感。

这种曾经作为主导认识的，由稳定的单一群体、民族、文化生成的“族源文化”，在全球化进程促成的身份语境变化中，受到了越来越多的挑战和质疑。桑德拉·斯坦利把当今称为“后身份时代”（Post-Identity Age），她认为“处在我们这个越来越民族杂糅的世界，甚至如何来确定谁是跨文化/跨种族作家也是个问题”，并指出绝对主义和本质主义的身份观及生物/文化决定论都于事无补，我们必须面对相对主义、多元主义和文化杂糅的现实（Stanley，2005：191-192）。在全球化和文化多元的当代，文化壁垒和地理疆界被迅捷的交通和电子化、网络化的传输技术冲破，不同文化在更广泛和更深刻的层面进行着交流、渗透、拌和，在碰撞中互相打磨，越来越多的人以“多民族归属为自己定义……拥抱多元、流动的身份”（Caglar，1997：169）。与此同时，族裔文化的归属地也越来越成为地球村的一部分，每个人在不同程度上都成了文化“混血儿”。全球化的语境正在进行着“去族裔化”的文化再造，这又必然导致“族裔身份”的定义进一步发生重大的变化。

5. 结语

长期以来，身份被认为具有原生的、恒定不变的特征，在此基础上人们试图划分人的文化群属，而社会建构理论正是建立在对这种认识的批判之上。在拥抱多元主义的今天，本质主义的观点已经越来越难以被接受。而身份建构论则是相对主义的，强调族裔身份不是本质而是定位，强调身份的主观因素，强调其动态发展的特性。“把身份看成是流动的、建构的、不断成形的，重视差异、杂交、迁移和流离，挑战和解构本质论、普遍化的身份观，已经成了当代文化研究的主潮。”（汪民安，2007：284）说到底，身份只是一种想象，因为按照本尼迪克特·安德森的理论，民族和民族属性本身即为一种“想象的共同体”（安德森，2011）。因此，将一名作家简单归为某类族裔作家，难免落入机械、武断、简单化的窠臼。作家的族裔身份是在历史和文化的话语之内生成的，只能是一种描述性的解释，而不应是定论式的归纳。

参考文献

- 安德森.想象的共同体[M].吴叡人，译.上海：上海人民出版社，2011.
- 黄秀铃."糖姐"：试论谭恩美现象[M]// 虞建华.英美文学研究论丛·第3辑.上海：上海外语教育出版社，2002：137-165.
- 霍尔.文化身份与族裔散居[M]// 罗钢，刘象愚.文化研究读本.北京：中国社会科学出版社，2000：212-228.
- 科因.为什么要相信达尔文[M].叶盛，译.北京：科学出版社，2009.
- 林涧.华裔作家在美国文坛的地位及归类.戴从容，译[J].复旦学报（社会科学版），2003（5）：11-17+58.
- 林莺.话语实现与华裔作家身份建构[J].学术探索，2013（2）：119-122.
- 珀尔斯.采访黄玉雪[M]// 黄玉雪.华女阿五.张龙海，译.南京：译林出版社，2004.
- 塞格尔斯."文化身份"的重要性——文学研究的新视角[M]// 乐黛云，张辉主编.文化传递与文学形象.北京：北京大学出版社，1999：327-347.
- 汪民安.文化研究关键词[M].南京：江苏人民出版社，2007.
- 项蕴华.身份建构研究综述[J].社会科学研究，2009（5）: 188-192.
- 徐颖果.美国华裔的族裔身份与中国文化[J].西北大学学报，2001（2）：157-161.
- 徐颖果."我不是为灭绝中国文化而写作的"——美籍华裔作家赵健秀访谈录[N]// 中华读书报，2004.3.3.
- 张璐诗.华裔作家谭恩美专访：我是一个美国作家[N]// 新京报，2006.4.14.
- BUTLER J. Gender trouble: feminism and the subversion of identity[M]. New York: Routledge, 1990.
- CAGLAR A. Hyphenated identities and the limits of "culture"[M]// MODOOD T, WERBNER P. The politics of multiculturalism in the new Europe: racism, identity and community. London: Zed Books, 1997: 169-186.
- CHEN T. Double agency: acts of impersonation in Asian American literature and culture[M]. Stanford: Stanford University Press, 2005.
- CHIN F et al. Aiiieeeee!: an anthology of Asian-American writers[M]. Washington: Howard University Press, 1974.
- HALL S. The question of cultural identity[M]// HALL S, HELD D, McGREW T. Modernity and its futures. Cambridge: Open University Press, 1992: 273-326.
- HALL S. Who needs "identity"?[M]// HALL S, GAY P D. Questions of

cultural identity. London: Sage, 1996: 1-17.

- HARRISON-KAHAN L. Passing for white, passing for Jewish: mixed race identity in Danzy Senna and Rebecca Walker[J]. Melus, 2005, 30(1): 19-48.
- HULME K. The bone people[M]. Auckland: Hodder and Stoughton, 1985.
- MENDOZA S L et al. Moving the discourse on identities in intercultural communication: structure, culture and resignifications[J]. Communication quarterly, 2002, 50(3-4): 312-327.
- MERCER E. As real as the spice girls: representing identity in twenty-first century New Zealand literature[J]. Journal of New Zealand studies, 2010(9): 99-114.
- ROBINSON R, WATTIE N. The Oxford companion to New Zealand literature[M]. Oxford: Oxford University Press, 1998.
- SAID E. Identity, authority, and freedom: the potentate and the traveler[J]. Transition, 1991(54): 4-18.
- STANLEY S. Teaching the politics of identity in a post-identity age: Anna Deavere Smith's *Twilight*[J]. Melus, 2005, 30(2): 191-208.
- TAN A. The opposite of fate: a book of musings[M]. New York: G.P. Putman's Sons, 2003.
- WALCOTT R. Black like who? :writing black Canada[M]. Toronto: Insomniac Press, 1997.
- WATTS C. "A bloody racist": about Achebe's view of Conrad[J].The yearbook of English studies, 1983, 13: 196-209.

十二　西方文论关键词：极简主义[29]

1. 略说

极简主义（minimalism）始于20世纪60年代的美国艺术界，是在绘画、雕塑、音乐、舞蹈和建筑造型各艺术领域出现的一种崇尚简约的流派。它源于抽象表现主义，又是对抽象表现主义的反拨。这种美学思潮于20世纪80年代影响到小说界，尤其影响了短篇小说的创作。在表现风格上，极简主义作家主张摒除复杂的陈述和修饰渲染，追求遣词造句上的简洁和内容上的浓缩；在素材选择和处理上，往往聚焦几个说明问题的细节，以小见大。极简主义派代表作家包括雷蒙德·卡佛、弗雷德里克·巴塞尔姆、安·贝蒂、波比·安·梅森、托拜厄斯·沃尔夫、埃米·亨普尔和玛丽·罗宾逊等。尽管这一新的小说流派初始时被贬称为“大超市现实主义”或“电视小说”，但极简主义作家们不为所动，我行我素，使这种小说风格逐渐流行，自成一派，受到追捧，在后现代主义虚化和文字游戏盛行的当代美国文坛独树一帜，促成了80年代以来美国短篇小说创作的繁荣。

---

29 原载《外国文学》2012年第4期，89—96页，159页。

2. 美学原则与诗学理念

20世纪60年代的美国艺术界，在一系列代表性的画展中，如纽约犹太博物馆的“走向新抽象”、纽约现代艺术博物馆的“响应的眼睛”、纽约芬奇学院的“过程中的艺术”、纽约古根海姆博物馆的“系列绘画”和洛杉矶艺术博物馆的“后绘画抽象”，出现了一种崇尚简约的艺术新趋势。这些作品排除一切干扰主题的东西，将绘画语言简化至最基本的色和形。画家们让观众直面绘画本身，而不试图阐释绘画背后的隐含意义（金薇，2009：93）。这种趋势从绘画界蔓延到其他艺术门类：在雕塑中，艺术家倾向于以最简约的几何线条和造型获得视觉效果；在音乐和舞蹈上，则以最基本的旋律或动作进行表现。这种艺术表现的新风格被称作“极简主义”或“简约主义”。汉堡王（Burger King）公司的著名广告画是一个说明问题的实例：没有背景的画面远看只是一根红头火柴，别无他物，而细看则是一根蘸了西红柿酱的炸薯条。背后的广告词是什么？“为您提供能量？”“点燃您的激情？”或其他？一切尽在不言中。

在动态、快速的今日社会，巴洛克时代的浮华铺张，哥特风格的精细繁复已经不再适合当代审美，因此极简主义艺术的深层动机是反对欧洲传统中根深蒂固的审美机制和艺术表现中的情感渲染（Meyer，2000：197-200）。艺术家们反其道而行之，强调艺术的最高境界是简约，主张用最少的色彩、符号或语言，表达最丰富的情感，传递最深邃的思想。极简主义艺术家的具体表现手法往往是寓情于物，将观念融化在所要表现的客观事物之中，再通过观众的直觉进入心灵，去感受体验。同理，极简主义作家们杜绝说教，反对浓墨重彩的描述和错综复杂的故事，追求平淡简朴、接近自然本质的文学精神，以一种全面限制表达手段的方式，来放大、强化预期的艺术效果。极简主义作家埃米·亨普尔谈及她的创作时说：“很多时候，作品中没有提到的比实际出现在书页上的东西更为重要。小说的情感焦点常常是故事中未被描述、未被言及的潜在部分。”（Sapp，1993：82-83）作家充分利用空白、无声、缺省来传递思想，其原理就如贝克特的《等待戈多》中由于戈多的缺场，反使剧作充满张力一样。

极简主义的“简”是全面的，包括了小说素材之简，叙事结构之简，故事内容之简，人物行为之简和语言文字之简。查尔斯·梅将此类小说的特征归纳为“一种以省却获取意义的修辞手法，一种通过转喻创造隐喻的语言风格，一种借助描写外部现实表达心理现实的途径”（May，1993：369）。极简主义作家一般喜好基本词汇，尤其是动词、名词和代词等实义词，叙述直截了当，不带感情色彩，描述往往停留在表面的琐碎细节上，由细节间的互相作用产生意义。作品的主要特征包括大量的叙述省略、反线性情节、开放式结尾等。作家一般不把故事和盘托出，但善于营造某种能够凸显情感的小氛围，把读者的注意力引向某个貌似无足轻重的行为或不起眼的小事，让读者通过一隅所见，或通过对单一或简化的描述对象的聚焦式关注，去想象推测。

小说创作诗学可以分为“表现说”和“再现说”两大类，前者以作者为中心，以浪漫主义为代表；后者以读者为中心，以现实主义为代表。极简主义对“表现”实施全面压制，完全由“再现”统领文本叙述，让作者闭嘴，把读者请上高座。从小说表现手法来看，又可分为“叙述”（telling）和“展示”（showing）两个主要途径。“叙述”类小说采用“内视角”（internal focalization），由作家通过叙述者将故事及意义告诉读者；而“展示”类小说则采用“外视角”（external focalization），让读者对某种生活场景匆匆一瞥之后，由他自己去发现这一瞥所见的含义。读者需要通过阅读体验和批评介入，“获得”对小说的解读。极简主义作家们大大压缩了叙述功能，使之成为“录像机”，让读者直接从被选择记录的言语和行为中获得隐含于其中的信息。这种表现原则完全颠覆了“讲故事/听故事”的传统模式，向读者提出了积极参与的要求。读者必须“进入”作品，设身处地，以想象填补空白，从人物下意识的言谈举止中，去推测潜藏在文本背后的人的情感、动机等，捕捉寓于言外的主题思想，而不是靠作者的意识形态倾向、叙述者的反省和评论、小说人物的代表价值或行为的道德内涵来把握主题。

极简主义彻底扬弃“作者中心”的内视角“叙述”，将“读者中心”的外视角“展示”理念推向极致，奉为圣训。作家们“不是从人物内省或心理分析着手，而只是呈现精心选择的具有揭示性的表面细节。这种不带情感色彩的细节描述起到了一种象征作用，因此，一根燃着的香烟、一只空空的啤酒瓶或者后院挖的一个大坑，都变成了一种具有感情色彩而又能引起读者共鸣的表征”（埃利奥特，1994：978）。这种不加修饰的文体和不加评论的叙述，强调读者与作品的互动性，要求读者在自己的经验领域寻找线索，根据作品中已知的有限信息做出判断，产生联想，通过参与故事的创造，通过对作品的心理体验获得情感的呼应。

3. 历史渊源与文化语境

谈到极简主义，人们自然会想到海明威的小说风格，但海明威本人受到的是“意向派”诗学理念的影响。庞德于20世纪初推出了概念全新的意象派诗歌，主张排除诗人的主观感情介入，要求诗人返回本原，观察处于自然状态、未经加工提炼和理性化的事物，使用洗练的语言和清新的意象，改变传统诗歌感伤主义和说教的倾向，将联想和阐释的空间留给读者。从意象派，我们又可以追踪到对庞德等诗人产生影响的中国文化，即以古典诗歌为代表的崇尚简约的文化传统。再朝前便是道家思想，老子的“大音希声”“大象无形”，以及“无为”和“无不为”的经典论述，为理解极简主义提供了审美基础。极简主义就是文学创作中以“无为”的方式产生“无不为”的效果，达到“有为”的目的，以恰当的“不言”，来产生意义，放大意义。

意象派的基本理念在海明威小说的文体革新中得到了呼应。他形象地用冰山进行比喻：露出水面，一目了然的只是小部分，而冰山的大部分则隐藏在水下。由此他推出了著名的“冰山理论”，其要义即是，伟大的文学家不在于能写出多少，而在于含而不露，能有多少不写出来。他本人在作品中一般不直接描写人物的心理和行为动机，对事件不解释，不表态，而只反映在某个大前提之下，或在某种感情的支配、诱发之下，又或在某种总体意识倾向左右之下的人的平常言谈举动。海明威的认识基点是，作家的洞察能力和创作能力应该体现在截取具体的事物，捕捉具体的动作，选择具体的环境和创造具体的对话上面，让读者在事物、动作、环境和对话中体验人物心态，在不言之中听到愤怒的吼叫、绝望的呻吟或声嘶力竭的呼喊。他的一些优秀的短篇小说，如《白象似的群山》(*Hills Like White Elephants*),《弗朗西斯·麦康柏的短暂快乐生活》(*The Short and Happy Life of Francis Macomber*),以及长篇小说《太阳照样升起》(*The Sun Also Rises*),都是这种新文体标签式的代表作。

但海明威的文体主要是一种个人风格。与海明威风格非常接近的极简主义,在20世纪80年代初形成了作家群体,成为流派。这些作家不允许对人物心理进行主观臆测,不让读者通过内心活动推测人物行为,坚持"以行为说明一切"的创作原则,努力通过描写激发情感的行为,让读者自己去揣摩人物的心态,而不是直接把这种感情反应强加于人。像海明威一样,他们借鉴新闻报道的手法,直面叙述对象,摒弃冗长深沉的表达,回归到知觉的根基。他们多用简洁明快的短句和不带修辞的文字,创造出一种具有局促感的断音节奏,强化语言的叙述效果,传递人物内心的张力,以求达到深入浅出的效果,忠实地再现混乱的、矛盾的、难以把握的生活。

不管极简主义作家如何强调他们的意图,无非是要强调"简"是通向丰富性和深刻性的途径,是一种诗意境界,而绝不等于简单、贫乏、浅显。但他们的作品毕竟有悖于一般读者的阅读心理和审美习惯。乍一看来,极简主义小说的故事情节残缺,常没有传统概念上的开头和结尾,叙述跳跃突兀,人物缺乏立体感,读来往往索然无味。作家的"隐身"又带来了意义的不确定性,让人感到不知所云。极简主义从一开始就招来了激烈的批评之声。第一个有影响力的批评者是詹姆斯·阿特拉斯。他以《少就是少》(*Less Is Simply Less*)一文单刀直入,对极简主义的核心理念"少即为多"(less is more)提出质疑(Atlas,1981:96)。他的理性基点十分明确:文学作品必须产生"意义"。也就是说,作家必须通过某些艺术策略,让素材在组合中产生意义,表达某种清晰的情感、态度、观点或认识,而极简主义作家似乎放弃了艺术家的功能,作品像无风格、照相式的生活"切片",因此不是"少即为多",而是一种干巴巴的消瘦,这种表现手段导致了文学的苍白。

另一个提出质疑的是约翰·阿尔德里奇。他在题为《少就是大缺失》(*Less Is a Lot Less*)的文章中对阿特拉斯的观点进行呼应,同样认为低调陈述背后必须体现意义。他对海明威和后来的极简主义作家们做了区分,认为海明威成功地将要说的主体部分隐藏在了水面之下，而当代的极简主义作家们呈现在水面之上的，似乎是“冰山”的全部，缺少水下的部分。材料的单一，陈述的平直，说明“想象力的缺失”（Aldridge，1992：56）。他认为艺术家必须通过细节的描述、反讽等手法创造深度，因为这是艺术的根本所在。这篇批判文章收入他的著作《天才与技师：文学新潮与新流水线小说》（*Talent and Technicians: Literary Chic and the New Assembly-Line Fiction*）中，书名旗帜鲜明，称“新潮”作家为工匠，缺少天分，他们的作品像流水线生产的产品。

上述两位批评者都认为，极简主义缺乏可阐释的意义，但这一批评基点值得商榷。结构主义理论认为，文本并不是可供读者进行解码的装满意义的容器。自结构主义产生以来，人们更把文本看成是“空”容器，等待着被“装入”内容，被建构或解构，而填空者也不是传统意义上的“读者”。显然，极简主义作家并非不作为，或不负责任地随意剪取一段日常生活，扔在读者的面前。他们对生活的观察非常敏锐，尤其善于捕捉小人物在某种心态驱动下做出的小举动，但他们刻意选择停留在细节表面，让读者去揣摩其背后的心理。因此，即使作家两手一摊，做出“无可奉告”的姿态，也是有意为之，是作家对小说内在力量的自信，是成熟的体现。约翰·加德纳认为，这类压制艺术家个性的小说，是作家的一种“美学选择”：“（极简主义小说）对个人风格的克制如此之全面，我们甚至难以区分不同作家笔下的作品，但是对风格的压制本身也是一种风格——一种美学选择，一种情感的表达。”（Gardner，1984：136）极简主义作家们为何做出这种选择？他们想表达的是何种情感？如果我们将这一作家群置入产生极简主义的后现代语境中，就不难找到合理的解释。

4. 极简主义与后现代主义

极简主义很难归类，很难置入已建立的某类文学模式，令批评界犯难。这派作家客观地描述和再现现实，常使人联想到现实主义；但他们的极端文风造成了大量跳跃、空白和叙事的碎片化，又让人想到后现代小说。人们怀疑，这种叙事风格能否承担现实主义再现人生经历的基本职责。

批评界有时也很难划定哪些人是极简主义作家。在论述极简主义时，许多后现代作家常被提及，但极简主义一般又被认为是对后现代主义文学的反叛。即使是被称为“美国头号极简主义作家”的雷蒙德·卡佛，在他的创作初始阶段和后期，也并不那么“极简”，中间阶段的“极简”作品，则常被他重写，成为普通意义的现实主义作品[30]。亚当·迈耶说：“在回答‘雷蒙德·卡佛是极简主义作家吗？’这个问题时，我们必须同时考虑另一个问题：‘我们指的是哪个雷蒙德·卡佛？’”（Meyer，1989：239）

20世纪80年代是后现代主义盛行的时期，也出现了现实主义回归的动向，但当时的现实主义受到了后现代实验风格的影响。希望反映现实的作家，也都试图与时俱进，寻找表达后期资本主义世界本质的新方式。极简主义就产生于这样的时代，而它的出现又引起了分界的混乱。除了金·赫尔辛格直接将这种“无深度、无悬念”的小说归入后现代主义文学之外（Herzinger，1989：73），批评界另给它贴上了各种带着修饰词的标签，如“反讽现实主义”（ironic realism）、“实验现实主义”（experimental realism）、“雅痞版后现代主义”（yuppie postmodernism）或“后现代超现实小说”（postmodern hyperfiction）。所有上述命名和归类，都指向现实主义和后现代主义的交界处，说明极简主义小说兼具这两类小说的部分特征。

从表现形式上看，它主要是现实主义的，用当前国内一个时髦的修饰词来说，是一种“裸”现实主义。它抛弃了后现代派迷宫般的叙述手法，使用尽可能简单的情节线条和叙述语言，直接明了地向读者呈现现实生活的片段。但这种对现实的“极简”铺陈打碎了小说构图的整体性，切断了事情的前因后果，造成空缺和断裂，因此其客观效果接近后现代小说。在对当代世界的认识方面，极简主义与后现代主义的理念十分接近：现实世界本质上是无目的的、随机的、混乱的，文本的意义是多元的、流动的、不确定的。辛西娅·哈利特强调了两者的共同点：“作为新现实主义者，极简主义作家与后现代作家都认为，

30 比如，较典型的极简主义短篇小说《洗澡》（*The Bath*）后来重写发表为《一件小小的好事》（*A Small, Good Thing*），故事相同，长度为前者的三倍，增添了许多“被简去”的内容。

世界是无序和难以预测的，而不是由某些稳定的规律体系、真理和客观法则所限定和主宰的，他们对语言的认识也基本相同。”（Hallett，1996：490）

迈尔斯·韦伯认为，极简主义和后现代主义作家都意在反映疯狂的后现代世界，只是选择了不同的途径：

> 极简主义作家……十分清楚所处时代更大层面的理性关注，并参与这种认识观的建构。如果说对于后现代作家而言，当代生存的不可预测性和战后人们的情感破碎使得传统的文学表达手段无能为力的话，此情形也同时吹响了非写实小说的号角，用进一步的无序对付无序，那么对于极简主义作家而言，他们继承的混乱世界为他们指明了一条与众不同的蹊径。极简主义者将注意力集中在人们生活中的“小”事件和不受关注的片刻，希望对烦躁的记载能够通过累积效应反映出上帝疯狂行为的某些条理。（Weber，1999：124）

正是这样，在极简主义作品中，少数有意选择或随机出现的事物，为读者提供了窥视混乱的非理性世界的洞孔。

极简主义与后现代主义小说的差异是显性的，共同点则是隐性的。这种形式上的极端现实主义，表达的是对抽象、实验性、拼贴的、游戏式的后现代主义创作的对抗。但它传递了现实中意义的缺失，表现了当代人无法摆脱的困境，以及人与人之间有效沟通的困难等典型的后现代主题。极简主义小说中的人物，大多是当代版的乔伊斯笔下默默无语、几近理智瘫痪的都柏林人，或贝克特作品中无能、无为、无助的失败者。这方面，极简主义又似乎与后现代主义殊途同归。阿巴迪-奈吉为极简主义做了恰当的归纳，认为它“既是当代美国小说后现代主义的延伸，又是对它的反叛”（Abádi-Nagy，2001：129）。如果传统价值观念不再有效，那么作家们能做的，只有选择对平庸、琐碎的日常生活进行现实描述，用对小人物的片段式的记录取代宏大叙事，取代道德内涵。

5. 极简主义的实践者们

极简主义小说家都试图用最少的素材，通过聚焦式的表现，借助读者的想象参与，达到以小见大、以无声胜有声的艺术效果，用一滴水反射太阳的存在。由于极简主义依赖的省略和排除方法本身也是短篇小说艺术的重要部分，因此极简主义主要体现在短篇小说方面。如同更早期以简约为创作理念的意象派一样，这种美学理想的极致表达，都是短小的作品，如庞德的《在地铁车站》（*In a Station of the Metro*）和卡洛斯·威廉斯的《红色手推车》（*The Red Wheelbarrow*）。但极简主义并不排斥长篇小说，事实上大多数极简主义代表作家都发表过长篇小说，但短篇小说最能够有效地体现他们的创作原则。极简主义因此推动了美国短篇小说的振兴和繁荣。

极简主义的非官方领导人和最有影响力的代表是雷蒙德·卡佛。他发表于1981年的短篇小说集《当我们谈论爱情时我们在谈论什么》（*What We Talk About When We Talk About Love*）是极简主义的标志性成果。当时的美国文坛，铺天盖地的后现代创作实验几乎淹没了传统的写实小说。卡佛以“蓝领小说”反其道而行之，用克制、写实的风格，摒弃任何感伤和渲染，表现美国下层工人黯淡乏味的日常生活和无望的挣扎：“我写那些不受关注的人群的故事……我不把自己视为他们的**代言人**，我是他们那种生活的**见证人**。”（Grimal，1990：78）卡佛的话表达了极简主义的一个关键认识：他们承担的责任是“见证”而不是“言说”。他选择再现凡人琐事，让读者透过他们的言行，窥见一颗颗被日常生活囚禁的心灵，凸显后现代社会的“异化”主题，揭示当代美国人的生存状态和精神世界。

安·贝蒂自20世纪70年代末开始，在《纽约人》和《大西洋月刊》等一些著名杂志上发表短篇小说，用淡去历史背景和行为动机的客观平直的叙述，表现中产阶级青年男女生活中的失落与烦恼，表现他们对爱强烈渴望但又求之不得的苦恼。她的长篇小说《各得其所》(*Falling in Place*)以类似的文风揭示现代人的内心困扰，其小说人物常常是得不到关爱的富家青年男女。作家避免戏剧性处理，展示一成不变、死板无聊的生活和工作的某些侧面，通过细节让读者体验压抑在人物心中的强烈反感、苦闷和幻灭，这种情绪由于叙述平静而产生张力，给读者一种强烈的预期：小说高潮将产生于文本之外，事情发展将导致悲剧性后果——或窒息于平庸，或灾难性地爆发。

在极简主义作家中，另一位必须提及的是波比·安·梅森。她的代表作短篇小说集《夏伊洛》(*Shiloh and Other Stories*)聚焦于肯塔基乡村的人们，记录现代化给这个地方带来的变化，描述下层人生活中琐细的各个侧面：不得已而做出的决定、模棱两可的行为、压在心头的不满等。作家抛却不必要的分析，没有感情宣泄，看似避重就轻，但通过准确捕捉日常生活中一些不起眼的片段，让读者感受到一种无奈的凄凉、孤独和忧伤，折射出在现代社会重压和隔阂之下，普通民众的心理。

托拜厄斯·沃尔夫是20世纪80年代蜚声文坛的短篇小说家，早期小说集主要包括《在北美烈士公园》(*In the Garden of North American Martyrs*)和《回到世上》(*Back in the World*)。他的作品以切身经历为素材，主要采用现实主义叙事模式，但叙事视角的不断切换又突破了现实主义传统。他的小说主人公不断面对选择，但常常陷入进退维谷的道德困境，徒劳地用一个谎言去遮掩另一个谎言，弥补的企图反而加重了过去的错误，最后蒙受屈辱，难逃惩罚。沃尔夫关注日常生活中的道德选择，但杜绝道德说教，时常把故事模棱两可的道德意蕴，埋藏在不动声色的细节陈述之下，让读者自己去挖掘。

上述几名代表作家以及其他作家（如弗雷德里克·巴塞尔姆、埃米·亨普尔和玛丽·罗宾逊等）的作品都因一些鲜明的共同特征而被贴上极简主义的标签。这些作家通过描写被快餐店、折扣连锁店包围的，被电视和广告主宰的市井生活，选取看似无足轻重的琐事和细节来揭示人物的处境，体现作品思想。他们的手法一般是现实主义的，努力表现现实题材和真实世界中的普通人。但他们都受到后现代主义不同程度的影响，对情节和故事无甚兴趣，通过碎片式的描述，把作品的真正含义隐藏在沉默和空白里，表现诸如情感失落、孤独异化等后现代主题。他们从不涉及心理描写，只用细节激发读者的共鸣，并引向重大心理揭示。他们试图如实记录支离破碎、杂乱无序的当代生活，捕捉在当代生活重压下美国人混乱、扭曲的精神状态。

6. 结语

批评家马尔科姆·布莱德伯里论述了极简主义产生的历史语境："越南战争、太空时代的机器崇拜、传统价值的瓦解和集体经验的消弭、都市化造成的人际关系的疏隔，以及对当代美国社会的不屑态度，共同组成了产生极简主义小说的历史背景。"（Bradbury，1992：22）而托拜厄斯·沃尔夫则强调了另一个侧面，即文化语境："极简派的崛起，是作家们对学究式故弄玄虚的后现代文学的反拨，重新将现实生活中普通人的悲欢离合作为关注对象，是创作类型的转变。"（Wolff，1994：xi）政治、科技和商业对生活的主宰、都市化带来的高强度和快节奏、稳定的传统价值观的快速流失，这些社会特征共同造成了当代人内心的局促感、压迫感和紧张感，导致回归自然、简朴、单纯和本真的渴望。而对于开始厌烦"故弄玄虚"的后现代小说的读者群体，极简主义这种褪去浮华、回归艺术本原的新类型小说，也迎合了他们的心理期待。从这个意义上来说，伴随后现代主义文学出现和发展的极简主义，又标志着一种终结后现代主义的努力。它与魔幻现实主义等一起，共同促成了新现实主义的崛起。

参考文献

- 埃利奥特. 哥伦比亚美国文学史[M]. 朱通伯，李毅，肖安溥等，译. 成都：四川辞书出版社，1994.
- 金薇. 美国极少主义艺术简评[J]. 美苑，2009(3)：93-97.
- ABÀADI-NAGY Z. Minimalism vs. postmodernism in contemporary American fiction[J]. Neohelicon, 2001, 28(1): 129-144.
- ALDRIDGE J. Less is a lot less[M]// ALDRIDGE J. Talents and technicians: literary chic and the new assembly-line fiction. New York: Scribner's Sons, 1992: 47-78.
- ATLAS J. Less is simply less[J]. Atlantic Monthly, 1981(6): 96-98.
- BRADBURY M. Writing fiction: notes on craft for young writers in the 90s[M]// VERSLUYS K. Neo-realism in contemporary American fiction. Amsterdam: Rodopi, 1992: 13-25.
- GARDNER J. The art of fiction: notes on craft for young writers[M]. New York: Knopf, 1984.
- GRIMAL C. L'histoire ne descend pas des nuages[J]. Europe, 1990, 733: 72-79.
- HALLETT C J. Minimalism and the short story[J]. Studies in short fiction, 1996, 33(4): 487-493.
- HERZINGER K. Minimalism as a postmodernism: some introductory notes[J]. New Orleans review, 1989, 16(3): 73-81.
- MAY, C. Reality in the modern short story[J]. Style, 1993, 27(3): 369-379.
- MEYER A. Now you see him, now you don't, now you do again: the evolution of Raymond Carver's minimalism[J]. Critique:studies in comtemporary fiction, 1989, 30(4): 239-251.
- MEYER J. Minimalism[M]. London: Phaidon Press, 2000.
- SAPP J. An interview with Amy Hempel[J]. The Missouri review, 1993, 16(1): 75-95.
- WEBER M. Revisiting minimalism[J]. Northwest review, 1999, 37(3): 117-125.
- WOLFF T. Introduction[M] //WOLFF T. The vintage book of contemporary American short stories. New York: Vintage Books, 1994: xi-xvi.

十三　当今美国文坛两部社会小说的文外解读[31]

1．引言

在当今的美国文坛，两位小说家在著名刊物上发表“文学宣言”，呼唤久违于美国文坛的社会小说，引起了文学界的广泛关注。之后，他们又各自推出厚重的长篇小说“范本”，与自己的文学主张形成呼应。乔纳森·弗兰岑的《纠正》（*The Corrections*）和汤姆·沃尔夫的《我是夏洛特·西蒙斯》（*I Am Charlotte Simmons*）都让人耳目一新，也都激起了巨大反响。

2．社会小说与小说的社会关注

弗兰岑的前两部长篇小说没有引起太多关注，但第三部小说《纠正》将他推到了舞台的强光灯下，他突然之间闪亮登场。《纠正》出版后获得当年的美国国家图书奖，好评如潮，不少批评家认为它具有“伟大作品”的要素。《纠正》是一部严肃的社会题材小说，以相对传统的现实主义为主调，但间或出现的黑色幽默和意识流，又让小说带着一抹淡淡的现代和后现代的色彩。

《纠正》的故事线条非常简单：兰伯特夫妇年高体衰，兰伯特太太竭力把

31 原载《国外文学》2009年第2期，82—88页。

三个在外地的子女兜拢到一起，希望在圣裘德老家共度最后一个团圆的圣诞节，刻意再现心目中“和睦大家庭”的氛围，但翘首以待的“欢喜大团圆”最后在匆忙的一聚中吵吵闹闹地结束，与期待形成巨大反差。这部小说文学性很强，但没有跌宕起伏的情节，也没有大灾大难的变故，作家追踪兰伯特家庭成员的生活轨迹，着重刻画真实人物，再现行为细节。小说中“灾难性的”圣诞团聚可以看成是老一辈与当代家庭传统崩解趋势进行的最后一次徒劳抗争，而每个人对生活的期望，都在“对一个重要节日的徒劳等待中慢慢流逝”（弗兰岑，2007：628，608）。

兰伯特一家都是现实生活中有缺点的、活生生的人。他们的经历十分复杂，也十分真实，让人叹息，又让人同情。在不知不觉中，一个家庭走向解体，家庭成员的梦想变得支离破碎，生活混乱，不堪收拾，难以“纠正”。爱与恨、亲情与私利、理智与疯狂、追求与幻灭——各种成分在小说中复杂纷乱地交织在一起。每个人都承受着巨大的精神压力，烦躁不安地试图寻找属于自己的一份快乐，但都发现快乐生活并不存在，有的只是一种虚幻的向往。作家挨个描绘兰伯特一家五口的肖像画，组合拼贴成一幅灰暗的“全家福”，又将他们浑浑噩噩的生活片段融入20世纪末西方社会的大背景中，为读者提供了近距离了解和观察当代美国市井生活的一个横切面。这是一部新版社会小说，表现手法和表现主题都让人想起传统的现实主义。

同样使人想起现实主义传统的还有汤姆·沃尔夫的《我是夏洛特·西蒙斯》。作家将观察镜头聚焦于大学校园，揭示以性放纵为特征的大学生活。小说引导读者跟随新生夏洛特·西蒙斯走进东部常春藤名校。这位来自山区信教的保守家庭的勤奋单纯的少女，开始时对校园里的一切感到震惊，但渐渐入乡随俗，最后蜕变。沃尔夫描述了大学里因经济层次、价值取向、家庭背景等因素组成的各个“小社会”，而不同人群又与20世纪末美国的政治、媒体、种族、阶级等纠缠和联系在一起。作者笔下的常春藤名校是个性欲弥漫，致人堕落的地方。小说以现实主义的细节描绘了美国大学黑暗的一面：学生们不思学业，酗酒吸毒，寻花问柳，满口脏话。作品出版后激怒了很多人，包括约翰·厄普代克和菲利普·罗斯等名家。争议的焦点是可信度问题：汤姆·沃尔夫是如实揭示了当代美国高校的面貌，还是耸人听闻，给美国名校抹黑？

两部小说引起的反响，不管是正面的还是负面的，都说明社会小说具有特殊功效：能够激发读者将现实中的社会现象或问题与之联想对比，为人们提供重新审视社会、审视自己的机会。弗兰岑和沃尔夫的小说是否忠实地再现了美国生活，这个问题可以有不同的答案，涉及如何理解和定义现实主义文学中的典型性和代表性的问题。对素材进行筛选、重组和戏剧化加工，是文学必须进行的艺术处理。举个例子，辛克莱·刘易斯的《巴比特》是公认的现实主义名著，为一位中产阶级人物画了不恭的画像。这个艺术典型也许不像真实生活中的任何人，经过艺术的裁剪、重组和渲染，他让当时美国社会生活的危机变得具体化、生活化、个人化。小说以环境和细节的真实性引导文学与真实生活之间的联想。

值得注意的是，《纠正》和《我是夏洛特·西蒙斯》的褒扬者们强调的同样是环境与细节的真实性。他们认为，弗兰岑描写的家庭解体已是被接受的当代现实，而沃尔夫的描述的确创造了一定的轰动效应，但也绝非无中生有。托马斯·希布斯指出，沃尔夫小说反映的大学生生活是“精确的”，与真实情况并无二致（Hibbs，2004：50）；贾斯丁·尤尔斯用调查统计数字说明，沃尔夫描述的当今美国大学校园中滥交、狂饮、吸毒等情况，基本都是事实（Ewers，2004：80）。且不谈生活真实与艺术再现这个文学老话题，这两部主题严肃的社会小说的出现以及它们所受到的关注、两位作家发出的回归社会小说的呼吁，共同合成了一个反叛的声音。这个声音也许依然微弱，但在散漫的、拼贴的、内化的、去中心的、调侃游戏式的后现代文本的一片嘈杂中清晰可闻。

3．文学宣言：反叛与传承

汤姆·沃尔夫出版了《虚妄的篝火》（*The Bonfire of the Vanities*）之后，为反驳对这部现实主义题材小说的攻击，在1989年写下了《追猎千足兽——新社会小说的文学宣言》一文，向他认为已彻底异化的美国小说这头“怪兽”发起宣战（Wolfe，1989）。无独有偶，弗兰岑于1996年发表的长文《间或的梦：

意象时代写小说的一个理由》也被不少人看作一种文学“宣言”（Franzen，1996）。两篇文章表现出多方面的共同点：（1）都发表在著名文化刊物《哈泼氏》上，而《哈泼氏》正是一个世纪前豪威尔斯倡导文学现实主义的主要阵地；（2）两人都言辞激烈，对美国文坛现状表示强烈失望，共同发起了对当代美国文学的讨伐；（3）两人都认为作家应该反映社会问题，而不应采取虚无主义的态度。另外，两人各自在自己的文章中提到了可以效仿的过去的文学大师，虽然提到的名字没有重复，但这些作家基本属于同一个文学类型——现实主义。汤姆·沃尔夫提到了狄更斯、陀思妥耶夫斯基、巴尔扎克、左拉和本国的辛克莱·刘易斯，乔纳森·弗兰岑提到的都是本国的前辈：斯托夫人、豪威尔斯和厄普顿·辛克莱等。应该指出，两人不是有意联手，因为弗兰岑在文章中提到了沃尔夫的文学宣言，讽刺该文为一个政治保守派心血来潮的空谈，并对沃尔夫的思辨逻辑表示不屑（Franzen，1996：54）。

但是从历史文化角度来看，两人的作为也许不纯粹是巧合，都代表了一种“反拨”的努力。沃尔夫批评美国作家走进了“实验”和“虚化”的死胡同，认为只有反映真实生活的文学才是出路，而弗兰岑则更强调在当今网络、媒体、娱乐和技术当道的社会，小说应该帮助人们面对重大的社会问题和人生困境。沃尔夫的呼吁带有理想主义色彩，但也略显空泛；弗兰岑对美国文学的前景相对悲观，但希望社会小说能够争得一席生存之地。总体看来，两人殊途同归，只是观察视角和态度激烈程度有所不同。

汤姆·沃尔夫认为，追根溯源，美国文学的衰退源自作家逃避现实，从真实、外部的世界转入心理的、想象的世界，从“写实的”退缩到“非写实的”创作活动中。他号召作家走出书房，走上街头，去发现美国，去记录报道，然后再加以艺术再现：“狄更斯、陀思妥耶夫斯基、巴尔扎克、左拉和辛克莱·刘易斯认为，小说家必须跨出自己个人经验的圈子，投身到社会中去，成为报道者。左拉称之为文献记载。为了这样的记载，他走出家门，带着本子和笔，到贫民窟、煤矿、赛马场、百货商店、食品批发市场、报社、谷仓、铁路工场和轮船机舱。这已成为传奇。”（Wolfe，1989：52）

沃尔夫提到了美国前辈作家刘易斯。现在人们谈起刘易斯，往往就会想起他享有的“社会批评家”的美誉。他继承的是19世纪马克·吐温和豪威尔斯开创的小说传统，无论是写《大街》还是《巴比特》，他都像一名社会学家那样，去采访调查，所到之处，细心观察所考察对象的行为和语言，通过细节的再现反映社会问题。作为美国第一位诺贝尔文学奖获得者，他的社会小说在当时获得了广泛的认可。刘易斯的作品须置入当时的社会语境才能凸显意义，而形式主义批评很难反映这类现实主义作品的全部价值。沃尔夫认为，美国文学被反现实主义的现代主义诗学统治太久。美国文坛的现状的确如此。老一辈现实主义作家所代表的“写实”风范被讽刺为对感觉的压制，在美国批评界长期失宠。现代主义强调内心，强调潜意识，将人的孤独和异化“浪漫化”，对真实环境和日常生活不屑一谈，偏爱潜意识、意象、幻觉、梦境等各种非现实成分；后现代主义既延续了现代主义的主要特征，又消解文学的社会功能。沃尔夫的观点是，当今的美国文学若要重获生命力，就必须突破当代批评的认识框架。早在1975年，他就开始了对现代派的尖刻嘲弄，在文集《彩绘文字》（*The Painted Word*）中暗示，自毕加索以来的现代艺术是艺术评论家、经纪人和媒体联手制造的一个“恶作剧”，曾引来相关领域的一片愤怒抗议。

乔纳森·弗兰岑对当代美国文学同样抱有负面的评价。他用了一个城市布局做比喻：“书写和阅读严肃小说的机制，就好像一个被纵横交错的超高速公路割据的古老自负的美国中部城市。包围严肃作品构成的破败的内环中心区的，是大众娱乐欣欣向荣的市郊：这里有科技和法律惊险作品、色情和吸血鬼小说、谋杀和神秘读物。过去的50年见证了很多白人男性向郊外繁荣的电视、媒体、电影的权力中心逃亡的情景。城区留下的大部分是种族和文化边缘群体。”（Franzen，1996：38）弗兰岑站在过去组成文学主流的白人男性作家群体的视角看待当代美国文学，但表达的不是沙文主义而是对传统丧失的哀叹，而由于“女性和文化族裔作家仍有族群归属感”，他们的严肃小说才能在弥漫着“电视化虚拟现实”的今天得以生存和繁荣（46）。他认为，虽然文坛前景暗淡，“就像照相机将一根尖桩刺入了严肃的肖像和风景画家的心脏，电视扼杀了社会报道小说”，但严肃小说并未弹尽粮绝，仍有机会一搏，“真正致力于文学的社会小说家，仍然能够在石板上发现裂缝，插进自己的钢钎”（41）。

沃尔夫和弗兰岑都认为，在20世纪大部分时间里，美国文学界和艺术界大刮虚化（abstraction）、表现（expression）和实验（experimentation）之风，使小说对历史和社会的再现（representation）陷入困境。他们都相信，艺术存在于历史语境中，而不是真空里，因此文学的价值应该主要体现在艺术作品反映的社会问题和真实生活方面。他们在进入新世纪以后推出的作品有很多共同的地方，显示了与前辈现实主义作家的亲缘关系。首先在形式上，《我是夏洛特·西蒙斯》和《纠正》都是当代美国文坛不多见的600至700页的长篇作品，让人想起“厚重”的传统现实主义小说，如刘易斯的《大街》。其次，主题上，两部小说都关注当代人和当代生活，聚焦于社会生活的一个侧面——学校或家庭——以小见大，折射更大的社会层面，提出社会批判。最后，在风格上，两部小说都强调局部细节的客观性和真实性，强调塑造典型环境中的典型人物。

4．社会小说的困局与作家的责任

沃尔夫和弗兰岑在各自的宣言中多次提到他们倡导的社会小说，也都用创作实践支撑自己的文学主张。沃尔夫比较明确地将社会小说等同于刘易斯那种传统的现实主义小说。记者出身、曾因“新新闻”（New Journalism）文体改革名声大振的沃尔夫，在描述社会小说时偏向一种带新闻报道特征的、传统的写实文体。弗兰岑的社会小说定义比较宽泛，并似乎有意规避直接使用“现实主义”这一概念，但除了社会小说一词，弗兰岑还用了“社会报道小说”“社会风俗小说”和“悲剧现实主义”等几个名称，所指略同。他不主张走回头路，认为传统社会小说的模式中，需要加入适应时代发展的新元素，但社会小说应在多元文化中占有一席之地。沃尔夫和弗兰岑的社会小说概念的核心是相同的，所指都是关注社会问题的、常常以现实主义为载体的严肃小说。

大多数文学术语词典中都不收录社会小说一词，但列出更具体的社会现实主义、社会学小说、社会问题小说等。社会现实主义以现实主义的客观性为表现理念，关注社会生活（Bullock & Trombley，1999：805）。而社会学小说常与社会问题小说被归为同类，主要关注社会环境和社会势力对人和人的生活产生的影响（Holman & Harmon，1986：474），其文学表现模式一般是社会现实主义。社会主义现实主义专指在苏联背景下被提出并倡导的文学表现模式，在西方常受到负面评价（Bullock & Trombley，1999：808-809）。汤姆·沃尔夫提出回归社会小说的呼吁后，美国学界有人写了一篇《汤姆·沃尔夫的社会（主义）小说》的文章进行攻击，故意将两个不同概念混为一谈，指责沃尔夫试图把美国文学引入苏联政治文学的“歧途”（Epstein，1992：147），让人啼笑皆非。

关于小说的社会功能，即小说能否反映真实社会并改造社会的问题，美国文学界长期以来争论不休。自20世纪20年代以来，豪威尔斯所定义和实践的现实主义在批评界一直地位不高，笔者认为原因主要有三点：其一，现实主义常被认为仅仅“强调当前的具体经历体验，缺少理智和精神成分的介入”（Pizer，2000：3）；其二，社会小说和现实主义以社会批判为主要特征，多与“左翼”政治联手，因此在不同时期常被刻意冷落，如在“冷战”的政治氛围下很多杂志避之唯恐不及；其三，现实主义的理念遭到了以语言学为本源的当代批评理论的围堵与重创。

成为小说家之前，汤姆·沃尔夫已是著名记者和社会评论家。他的社会小说与他早在20世纪60年代开始实践并取得巨大成功的“新新闻”相关。当时正是约翰·巴思、唐纳德·巴塞尔姆、托马斯·品钦等人大谈“小说死亡”问题，并决定放弃现实主义的年代。沃尔夫提出，如果小说不再能够承担反映社会生活的责任，那么，“新新闻”应该取而代之。所谓的“新新闻”，就是将小说的文体风格和创作技艺融入调查性的新闻故事中去，打破传统“客观性”的壁垒，作者参与故事之中，其感情反应成为故事的重要组成部分——报道的仍然是真实故事，但更加人性化，更有可读性，卷入其中的人物也更加具有复杂性。在新闻中引入小说手段取得成功后，沃尔夫又提倡一种靠近新闻报道的现实主义小说。在他的概念中，不管是小说还是新闻，都应有创造性的成分，也都应与现实生活密切相关。

弗兰岑的社会小说本质上是现实主义的，或他称之为“悲剧现实主义”的。他强调这类小说的客观性：“不管是好事还是坏事，悲剧现实主义作家不做评述，他们的任务只是再现。”（Franzen，1996：54）他认为当今社会小说之所以稀缺，是因为科技信息时代的文化生态遭到了严重破坏。电影、电视、摄影以及其他媒体能快速带来视觉化的现实，带来第一印象的真实，而印刷文本在信息时代同样求快求新，容不得一个现实主义作家费时的调查、思考和消化后的艺术再现（40）。与汤姆·沃尔夫不同，弗兰岑似乎没有自信的答案，因为“真正的问题是，人们的整个生活越来越形成一种规避冲突的模式，而这种冲突正是社会风俗小说赖以繁荣的基础”（42）。

自现代主义成为主流以来，作家们把注意力更多地转向内心，注重表现潜意识和非理性，不屑于外部的真实。反映当代真实生活，正是这两位作家在各自的“宣言”中强调，并在小说创作中付诸实践的。他们强调小说“唤醒民众”的社会功能：“悲剧现实主义保留了通往美国梦想背后的泥坑，通往所有我们生存边缘的不祥之地的途径——技术带来的舒适背后的人类的困境，大众文化麻痹状态下的苦难”（Franzen，1996：50）。弗兰岑和沃尔夫的作品表现的正是当代美国生活中令人不安的一面：传统崩解，道德失衡，个人和社会生活被一种无奈的受挫感和无所顾忌的放纵所主宰。两位作家描绘的当代美国图景，确实会让习惯于一头钻进潜意识和神秘主义迷雾的批评家和读者感到震惊。

5．理论之争与回归之路

进入20世纪以后，反现实主义诗学在美国文坛一直占据着主导地位。两个批评界的大亨，H. L.门肯和莱昂纳尔·特里林引领了这股潮流。门肯提出，所有试图反映现代生活的作家，都应该摒弃豪威尔斯式的现实主义（Mencken，1917：218）。接着，特里林声称已将现实主义“扔进了垃圾箱”（Anesko，2000：80）。森德奎斯特的《美国的现实主义》（1982）一书更被看作分水岭，为文学现实主义和社会小说做了负面定性，认为现实主义文学当时关注的主题，如阶级冲突和美国梦，已不复存在（Sundquist，1982）。但是，这样的逻辑十分牵强，因为不管阶级冲突和美国梦是否仍是适时的主题，现实主义关注的社会主题永远存在。唐纳德·皮泽在《美国的现实主义和自然主义》（1995）

中回顾了20世纪20年代现代主义兴起时、30年代“左翼”文学兴盛时和六七十年代社会小说“回潮”时一次次引发的关于现实主义文学的讨论，认为“每次争辩，中心往往不是文学论题本身，而是当前的主要社会问题”（Pizer，2000：4）。这说明，现实主义文学总是与当时的社会问题息息相关。而今天沃尔夫和弗兰岑重提社会小说，同样倾注着对当今美国社会现实的密切关注。

现代语言学和哲学的发展，加深了主体和客体之间的“鸿沟”，“以至于连表现对象本身也被后结构主义理论家们仅仅看作一种虚构的存在。这部分解释了为何在我们这个时代现实主义理论鲜有重大发展，同时也解释了为何19世纪的现实主义运动本身也被那些对其主旨不抱同情态度的现代批评家们加以否定”（Lee，1987：28）。的确，后结构主义理论将现实主义推入了困境，如埃米·卡普兰所描述的：“后结构主义反模仿理论认为，语言不能反映现实，而事实上语言创造了我们所知的现实……通过当代理论的透镜，那些曾被认为是现实主义的特征，被用来重新评价，恰恰用以揭示其虚构性。”（Kaplan，1988：5）这样一来，现实主义的基础似乎被颠覆了。如果语言不能反映现实，而是创造了现实，那么从逻辑上讲，现实主义文本与其投射的、相对应的现实之间的关联就难以成立。

但是，当代批评理论本身遇到了危机，道路越走越窄。正如伊格尔顿所言：“（当代）文学理论的问题是，它既不能超越也不能融进后期工业资本主义中占据支配地位的思想意识。”（伊格尔顿，2006：195）进入20世纪以来，文学的本体研究成了批评理论的主流，从文本的阅读和阐释活动中形成了一套“文内”（textual）研究的方法：结构主义、解构主义、叙事学、符号学、现象学、诠释学等。但其实，从19世纪80年代开始，文学研究向“文外”（contextual）的转移已经出现，“从对文学做修辞学式的‘内部’研究，转向研究文学的‘外部’联系，确定它在心理学、历史学或社会学背景中的位置。”（科恩，1993：121）如新马克思主义、新历史主义、文学的文化研究等，把文学文本当作社会意识形态的产物来对待，当作能够反映社会问题，并可以置入社会环境中进行解读的文化产品。

尽管在理论界和批评界受到打压和边缘化，现实主义和各种类型的社会小说在美国文坛仍然是一个不可否认的存在。自20世纪20年代现代主义成为主导后，美国文学也并非由现代主义和后现代主义两大块组成。现实主义的社会小说一直与崇尚幻觉和想象的非现实文学共同发展。除了已提及的刘易斯外，理查德·赖特关于黑人的小说，奈尔森·阿尔格伦关于城市堕落的小说，诺曼·梅勒和詹姆斯·琼斯关于第二次世界大战的小说，约翰·厄普代克关于中产阶级家庭的小说，都强烈地表现着社会主题，也都采用了现实主义的表现手法。在当代，虽然时常结合存在主义的意识和部分现代派的手法，索尔·贝娄、罗伯特·斯通、乔伊斯·欧茨和威廉·肯尼迪等，都用不同程度的现实主义书写社会小说，进行社会批判。

在沃尔夫和弗兰岑发表回归社会小说的宣言，并推出自己的社会小说时，也许我们也可以重新审视戴维·洛奇早在1980年就提出的问题：不是现实主义，而是文学现代主义（包括后现代主义）"究竟还能够走多远？"（Lodge，1980：143）。洛奇在16年之后又指出，传统现实主义在今天仍然是一条可行的选择之路（Lodge，1996：6）。沃尔夫和弗兰岑两位作家看到了现代主义走向"枯竭"的征兆，同时又在以现实主义为主要摹本的社会小说中看到了未来的出路。著名文学理论家特里·伊格尔顿应该能够理解沃尔夫和弗兰岑这种呼吁回归传统的"激进的保守"观点，他曾写道："像所有最激进的观点一样，我自己的观点是一种彻底的传统主义观点。我希望使文学批评摆脱诱惑它的某些流行的、新奇的思想方式——'文学'是一个非常特殊的对象，'审美活动'可以同社会决定因素分开——使它重新回到它已经放弃的老路上去。"（伊格尔顿，2006：201）

参考文献

- 弗兰岑. 纠正[M]. 朱建迅，李晓芳，译.南京：译林出版社，2007.
- 科恩. 文学理论的未来[M]. 程锡麟，王晓路，林必果等，译. 北京：中国社会科学出版社，1993.
- 伊格尔顿.现象学，阐释学，接受理论——当代西方文艺理论[M].王逢振，译.南京：江苏教育出版社，2006.
- ANESKO M. Recent critical approaches[M]// PIZER D. The Cambridge companion to American realism and naturalism. Shanghai: Shanghai Foreign Language Education Press, 2000: 77-94.
- BULLOCK A, TROMBLEY S. The Norton dictionary of modern thought[M]. New York: W. W. Norton & Company, 1999.
- EPSTEIN M. Tom Wolfe and social(ist) realism[J]. Common knowledge, 1992, 1(2): 146-148.
- EWERS J. Wolfe on campus[N]// US news and world report, 2004.11.15.
- FRANZEN J. Perchance to dream: in the age of images, a reason to write novels[J]. Harper's magazine, 1996(4): 35-54.
- HIBBS S T. Wolfe enrolls[J]. National review, 2004: 12-50.
- HOLMAN C H, HARMON W. A handbook to literature[M]. New York: Macmillan, 1986.
- KAPLAN A. The social construction of American realism[M]. Chicago: University of Chicago Press, 1988.
- LEE B. American fiction, 1865-1940[M]. New York: Longman, 1987.
- LODGE D. How far can you go?[M]. London: Secker & Warburg, 1980.
- LODGE D. The practice of writing[M]. New York: Penguin Books, 1996.
- MENCKEN H L. A book of prefaces[M]. New York: Knopf, 1917.
- PIZER D. Introduction[M]//PIZER D. The Cambridge companion to American realism and naturalism. Shanghai: Shanghai Foreign Language Education Press, 2000: 1-18.
- SUNDQUIST E. American realism: new essays[M]. Baltimore: Johns Hopkins University Press, 1982.
- WOLFE T. Stalking the billion-footed beast: a literary manifesto for the new social novel[J]. Harper's magazine, 1989(11): 45-56.

反盗版举报电话

(010) 58581999 58582371 58582488

反盗版举报传真

(010) 82086060

反盗版举报邮箱

dd@hep.com.cn

通信地址

北京市西城区德外大街4号

高等教育出版社法律事务与版权管理部

邮政编码

100120

图书在版编目（C I P）数据

文史互观：虞建华学术论文自选集 / 虞建华著. --
北京：高等教育出版社，2021.10（2022.8重印）
（英华学者文库 / 罗选民主编）
ISBN 978-7-04-053805-2

Ⅰ. ①文… Ⅱ. ①虞… Ⅲ. ①文学研究－美国－文集
Ⅳ. ①I712.06-53

中国版本图书馆CIP数据核字(2020)第038766号

WENSHI HUGUAN
—YU JIANHUA XUESHU LUNWEN ZIXUANJI

策划编辑 肖 琼 秦彬彬
责任编辑 秦彬彬
封面设计 王凌波
版式设计 王凌波
责任校对 艾 斌
插图绘制 于 博
责任印制 耿 轩

出版发行 高等教育出版社
社 址 北京市西城区德外大街4号
邮政编码 100120
购书热线 010-58581118
咨询电话 400-810-0598
网 址 http://www.hep.edu.cn
http://www.hep.com.cn
网上订购 http://www.hepmall.com.cn
http://www.hepmall.com
http://www.hepmall.cn
印 刷 河北信瑞彩印刷有限公司
开 本 787mm × 1092mm 1/16
印 张 13.75
字 数 206千字
版 次 2021年10月第1版
印 次 2022年8月第2次印刷
定 价 75.00元

本书如有缺页、倒页、脱页等质量问题，
请到所购图书销售部门联系调换

物 料 号 53805-00